Astrid Korten

# Eiskalte Verschwörung



CW Niemeyer

*Die Geschehnisse in diesem Thriller sind reine Fiktion. Sämtliche Handlungen und Charaktere sind frei erfunden.*

*Über die Autorin:*

Astrid Korten, geboren 1962 im niederländischen Heerlen, lebt heute mit ihrer Familie in Essen. Sie studierte Wirtschaftswissenschaften an den Universitäten Leiden und Maastricht, arbeitete viele Jahre als Marketing- und Vertriebsleiterin sowie als Geschäftsführerin eines renommierten Pharmaunternehmens. Ihre große Leidenschaft aber ist das Schreiben, das sie 2004 zu ihrem Beruf machte. Astrid Korten schreibt Thriller, Romane für Kinder und Erwachsene sowie Drehbücher, Theaterstücke und Kurztexte. Ihr bevorzugtes Genre ist die Spannung. Bei ihrer akribischen Recherche lässt sie sich von Forensikern, Psychologen, Gentechnologen, Pathologen und Medizinern beraten. Ihr Thriller „Eiskalte Umarmung" erreichte im vergangenen Jahr Platz 1 der Bestsellerliste eines E-Book-Onlineportals und stand monatelang in den Top 20. Auch „Eiskalter Schlaf" und „Tödliche Perfektion" erreichten die Top Ten der E-Books. Die Autorin ist Mitglied der Mörderischen Schwestern e.V. und außerdem als Kultur-Redakteurin für das erfolgreiche Online-Portal FRAUENPANORAMA tätig. In ihrer Freizeit spielt sie Saxophon, malt (Öl auf Leinen) und unterstützt ehrenamtlich diverse humanitäre Organisationen.

Mehr über Astrid Korten und ihre Aktivitäten erfahren Sie unter www.astrid-korten.com

*„Er wusste, dass ihn die Gedankenpolizei sieben Jahre lang beobachtet hatte wie einen Käfer unter einem Vergrößerungsglas. Es gab keinen Handgriff, kein laut gesprochenes Wort, das sie nicht registriert hätten, keinen Gedankengang, den sie nicht hätten ergründen können."*

*George Orwell, 1984*

*„Eine Nation kann ihre Narren und sogar ihre ehrgeizigsten Bürger überleben. Aber sie kann nicht den Verrat von innen überleben. Der Verräter arbeitet darauf hin, dass die Seele einer Nation verfault. Er infiziert den politischen Körper der Nation, bis dieser seine Abwehrkräfte verloren hat. Fürchtet nicht so sehr den Mörder. Fürchtet den Verräter. Er ist die wahre Pest!"*

*Marcus Tullius Cicero, 34 v.Chr.*

*Für Dr. Dr. L., ein wahres Genie.*
*Für Steff M. und Marcus S.*
*Schön, dass es euch gibt.*

# Prolog

*Berlin-Mitte*

*Am kommenden Freitag reise ich zum dritten Mal mit einer Delegation nach Moskau und nehme dort an einer Gesprächsrunde mit Sozialwissenschaftlern und Informatikern teil. Sie sind Spezialisten auf dem Gebiet der Kriminologie. Der Gedanke lässt meinen Bauch erzittern, bis er sich hohl anfühlt.*

*In Russland können die Menschen davon ausgehen, dass die Gedankenpolizei überall ist, aber sicher kann man nie sein. Der Terror besteht dort nicht darin, dass der Staat das Volk ständig überwacht, sondern dass die Überwachung wie alles andere auch ein Instrument völliger Willkür ist. Die Russen sind allmächtig und allwissend, sie sind das Symbol für ein perfides System der Disziplinierung, dem sich das Volk zu unterwerfen hat. Das typische Kennzeichen einer Diktatur. Das Volk muss fürchten, dass nichts unbeobachtet bleibt. Diese Furcht schätze ich persönlich übrigens sehr.*

*Dimitri, ein Vertreter der russischen Regierung, hat bei seinem letzten Besuch in Berlin den Eindruck vermittelt, als wolle er mich ins Boot holen, weil er von meinen Fähigkeiten erfahren hat und weil er meine Neigungen kennt. Ich möchte wissen, was es mit diesem Update, das sie STEFKO nennen, auf sich hat, aber Dimitri hielt sich bedeckt. Nachfragen sind unerwünscht.*

*Ich habe den Russen vor vielen Jahren aus der Patsche geholfen und ihnen ein militärisches Abwehrprogramm geliefert, das als Embargoware auch heute noch nicht nach Russland verkauft werden darf. Seitdem verbindet uns eine tiefe Freundschaft.*

*Womöglich kann ich sie mit unserem Programm CHIMÄRE verblüffen. Mir stellen sich viele Fragen, aber Dimitri mauert.*

*Unsere Computersoftware kann dank meiner hellseherischen Fähigkeiten nicht nur Verbrechen verhindern. Aber nur ein Verbrechen in der Zukunft vorauszusagen, ist gähnend langweilig. Das machen auch schon andere wie dieser Idiot Kontzen, dem Russland neuerdings die Einreise verweigert hat. Er haust in einem armseligen Büro am Stadtrand von Berlin, hinter einem Wald, der GPS-Signale verschluckt.*

*In Kontzens Büros spüren Mitarbeiter im Auftrag des Innenministeriums die Täter der Zukunft auf. Sein Berliner Unternehmen steht für die Kombination aus Taten- und Datenanalyse, die die Arbeit von Strafverfolgern verändert. Sie nennen es „Predictive Policing" oder „vorhersagende Polizeiarbeit". Dass ich nicht lache. Alles papperlapapp. Unsere Software leistet um einiges mehr. Nicht umsonst haben wir den Auftrag erhalten, CHIMÄRE zu entwickeln – ohne dass „Mutti Merkel" gefragt wurde. Sie hat wirklich keine Ahnung.*

*Es hat etwas Berauschendes, dass ein ganzes System durch einen von mir eingegebenen Befehl zum Arbeiten gebracht werden kann. Ich habe diese unvorstellbare Kraft, verborgen im Inneren eines Computers, aufgestöbert und CHIMÄRE neulich mit Informationen gefüttert. Daraufhin hat das Programm die Wahrscheinlichkeit berechnet, mit der in einem bestimmten Gebiet eine Frau am Abend das Haus verlässt. In den gesammelten Daten fand der Algorithmus ein Muster, aus dem er das Verhalten dieser Frau ableiten konnte und sie ausfindig machte. Ich musste mich nur noch in der als „gefährdet" markierten Gegend umsehen. Es war so einfach.*

*Tage später habe ich der Schlampe beigebracht, den Kopf ruhig zu halten, als ich ihr den Verband abnahm. Der Wind ließ in jener Nacht mein offenes Hemd flattern. Blitze zuck-*

*ten vom Himmel und hoch in den Wolken grollte der Donner. Ihr Gesicht war unbewegt, und von ihren Augen waren nur noch Höhlen zu erkennen, als die letzte Bandage fiel. Wie abscheulich das aussah. Sie hatte so nichts mehr von einem menschlichen Wesen. Ein groteskes Knochengerüst, das seinem Ende nahte. Der Wind brüllte sein heulendes Echo und verbreitete ihren Gestank: den Gestank von verfaultem Fleisch. Ein weiß glühendes Objekt tief in ihre Augen zu bohren und das Fleisch zischen zu hören, sobald es verbrennt, hat etwas Magisches.*

*Der Gedanke lässt eine dumpfe Wärme in meinem Rückgrat und meinen Lenden erstrahlen und für einen Moment verschwimmt alles vor meinen Augen.*

*Hm …*

*Ich vermute allerdings, dass man den Russen mit nichts mehr in Erstaunen versetzen kann, auch nicht mit meinem Programm. Sie sind schon gestählt.*

*Dennoch … Gefahren warten doch auf jene, die nicht auf das Leben reagieren. Ich kenne die Bedeutung von Leben und Tod. Letzterer ist mir näher als das Leben. Ich brauche den Tod, um zu überleben.*

*Obwohl ich erst vor drei Monaten von meiner letzten Russlandreise zurückgekehrt bin, sind meine Erinnerungen an den Tod nicht mehr allzu frisch. Es kommt mir deshalb geradezu unwirklich vor, bei hellem Tageslicht die Straße entlangzugehen, den Gesang der Vögel und das Lachen der Menschen zu hören. In Russland hat es kein Lachen gegeben, nur die Stimmen der Straße und das pfeifende Dröhnen in meinem Kopf.*

*Ich träume immer häufiger vom Angesicht des Todes. Es ist das schmerzverzerrte Gesicht der Frau, die ich demnächst töten werde. Ich höre, wie ihr Atem sich verheddert, höre ihre qualvollen Schreie, die mein Herz höher schlagen und mich in der Nacht aufwachen lassen. Ich bin verschwitzt, mein Kissen ist nass, die Bettdecke zeigt mir meine Träume, irgendetwas mit Tod, Nässe.*

*Ich gehe ins Badezimmer, sehe in den Spiegel. Er luchst mir meine finsteren Geheimnisse ab. Ich schließe meine Augen und mein Atem vibriert schon jetzt vor Aufregung. In Gedanken schlage ich mit der Faust zu, in das Gesicht der Hure. Ihre Haut platzt auf, ein roter Fleck erblüht auf ihrer Wange wie eine Rose. Der Fleck ist wunderbar. Ihr Blut sickert tröpfchenweise heraus, auf ihre Bluse – rot auf weiß. Ich sprühe ihr Gesicht mit Rasierschaum ein, rasiere sie, schneide sie, tupfe das Blut mit weißem Toilettenpapier ab. Ich kann es riechen; wenn ich meine Zunge herausstrecke, kann ich die eisenhaltige Trübe schmecken.*

*Sie ist still. Sie ist keine Heulsuse mehr. Immer wieder sage ich ihr, dass ich der Stärkste bin. Die Starken beherrschen die Schwachen. Das hat mein Vater mich gelehrt, obwohl ich damals nicht dankbar war. Ich war gerade erst sechs! Heute bin ich älter und kenne die Wahrheit. Ich lernte meine Lektion gut. Heute bin ich ein mächtiger Mann und stark, habe wie mein Vater Einfluss und die zwei Gesichter des Gottes wie Janus, weshalb ich mich auch so nenne. Ich bin der Gott allen Ursprungs, des Anfangs und des Endes, der Ein- und Ausgänge, der Türen und der Tore und… hui, der Vater des Bösen! Befriedigung finde ich nur, wenn ich die stummen Tränen einer Frau sehe, die nicht antworten kann, nicht einmal mehr blinzeln. Dann lächle ich und senke langsam die Axt. Ich sehe sie zittern, sehe, wie sie sich schüttelt, beobachte, wie ihr Oberkörper vornüber sinkt, ihre Hände sich zu Fäusten ballen. Ich höre sie stöhnen, lang anhaltend, voller nasser, widerlicher Dinge. Sie harmoniert mit meinem misstönenden Geheul. Und dann sehe ich es: ihr volles, stinkendes, klebriges Unterhöschen. Es ist dämonisch. Ich beuge mich noch einmal hinab und bringe den Mund an ihr Ohr. Ich flüstere ihr etwas zu und lege die Macht meines ganzen Ichs in meine Stimme, meinen eigenen Schmerz. Dann schwinge ich die Axt und bin ein Engel mit bleiernen Flügeln. Ich zucke ein wenig, wenn ihr Blut und ihre Gehirnmasse auf mein Gesicht und Brust spritzen wie warme, halb geronnene Kotze. Dieses einmalige Gefühl, wenn etwas widerlich Heißes an meiner Wange hinabgleitet und auf den Boden klatscht oder an meinen Fersen klebt. Wir beide bluten aus Wunden, die nicht heilen wollen. Ich öffne meine Augen und sehe in den Spiegel. Mein Blick ist leer, und ich bilde mir ein, dass schwarzer Speichel von meinen Fängen trieft, über das Kinn läuft und auf meine Brust tropft.*

*Es ist ein symphonisches Geräusch, der pfeifende Schlag der Axt und das darauffolgende Krachen des Schädels oder der Halswirbelkörper einer Frau in einem abgelegenen Keller am Stadtrand von Berlin. Aber … Zu einfach ist das Ganze. Ich sollte mir etwas anderes überlegen und mir ein schönes Plätzchen überlegen, wo ich diese Dame zur Schau stellen kann. In einem Keller wird man sie nicht so schnell finden. Raffinesse lautet ab sofort mein Motto.*

*Tja, Gefahren warten auf jene, die auf fragwürdige Weise auf das Leben reagieren – wie jetzt mein neuer Online-Kontakt: Tanja.*

*Die russischen Internetportale bieten reichlich Konsumgüter für meine Bedürfnisse, ein Grund mehr, mich auf meine Reise zu freuen und mich mental auf Tanja einzulassen.*

*Tanja – achtzehn Jahre – sie scheint ein wirklich unartiges Mädchen zu sein. Für sie habe ich mir etwas Besonderes, etwas Bedeutendes überlegt. Ich werde vor meiner Abreise noch ein wenig üben, ich muss mich darauf verlassen, dass es klappt. Noch ahnt sie nichts von ihrem Schicksal. Tanja glaubt an die große Liebe und hofft – so sagt sie –, diese Gefühle auch in mir zu wecken.*

*Ich werde dich schlagen, furchtbar schlagen. Die Sorte von Schlägen, die sehr wehtun, ohne zum Tod zu führen.*

*Die Art von Schlägen, die sich anfühlen, als seien sie endlos. Die jede Hoffnung töten, während dein Körper am Leben bleibt. Ich werde in deinem Blut baden, dich mit einem aufgerauten Badetuch abreiben, dort, wo es verboten ist und besonders schmerzt. Ich will dein Aufheulen aus den Eingeweiden hören, ein seelenzerschmetterndes Geräusch, einen Schrei, lang genug, um die Welt zu zerstören. Dann werde ich einen Freudentanz aufführen und mit meinem Schwanz wedeln. Es wird Zeit, ihn wieder in die Hand zu nehmen.*

*Drei Monate sind seit meiner letzten Reise vergangen. Ich betrachte mein Regal, das angefüllt ist mit Mitbringseln aus Moskau: kleine Bronzefiguren in unverhüllten, weiblichen Formen und in unterschiedlichen Stellungen, hungrige Heiden, Raubtiere, die Beine gespreizt, das fleischige Geschlecht schamlos zur Schau gestellt.*

*Moskau … Mein Schwanz reagiert. Er hebt sich. Ich kann den Drang, zu Tanja zu fahren, nicht mehr länger zügeln. Ich will dieses unartige, ungebändigte Fohlen zureiten, quälen und töten. Ich will die Angst in ihren Augen lesen, wenn ich ihr Blut lecke.*

*Er legte den Stift beiseite, schaltete den Laptop ein und begab sich in den geheimen Chatroom Oasis. Tanja wartete bereits auf ihn und zeigte ihm ihre Knospen, weiter unten ihr fulminant entspanntes Reich. Sie gab ihm Anweisungen, ihre Finger bewegten sich flink.*

*Er starrte angestrengt auf den Bildschirm, in Tanjas Tiefe, begierig darauf, die Distanz zwischen sich und der jungen Frau in Gedanken zu verringern.*

*„Mach weiter“, knurrte er mit zusammengebissenen Zähnen und lotste seinen Saft in den virtuellen Mund. Tanja streckte ihre Zunge heraus und leckte den Bildschirm. Die Schwungkraft ihrer Zungenspitze verstärkte die Dunkelheit seiner Seele.*

# Kapitel 1

*Freitag, Berlin-Friedrichshagen*

Bereits um 16.30 Uhr setzte allmählich die Dämmerung ein. Ein solches Wetter hatte Alexa Erbach Ende September in Berlin noch nie erlebt. Die flirrenden Panoramen des Herbstes zogen durch die ganze Stadt an den Gebäuden vorbei. Überall standen Bäume, junge und alte. Immer wieder blinzelte sie, wenn die untergehende Sonne durch die bunten Blätter eine Lücke ergatterte und ihre Strahlen sie für Sekunden blendeten. Es war die Jahreszeit kräftiger, satter Farben.

Alexa fuhr ihren Porsche Carrera auf den Parkplatz der Neurotec AG und fragte sich, warum Frank Ponti nun doch in eine Unterredung eingewilligt hatte.

Wochenlang hatte ihre Sekretärin sich um einen Termin mit dem Vorstandsvorsitzenden Ponti bemüht, aber dessen Mitarbeiter hatten sie immer wieder vertröstet. Ponti sei im Ausland, Ponti sei in Leipzig, Ponti sei Gastredner bei einem internationalen Kongress in Saudi-Arabien. Warum also gerade jetzt, spontan und völlig unerwartet? Und dann auf eine so ungewöhnliche Art. Ponti hatte sie vor zwei Tagen sogar persönlich angerufen und die Einladung mit einem seltsamen Klang in der Stimme ausgesprochen. *Ich erwarte Sie dann morgen um 17 Uhr. Und ich hasse Unpünktlichkeit.*

Einladung, Alexa lächelte, Befehl traf wohl eher zu. Ob ihr Vater Bardo die Finger mal wieder im Spiel hatte? Der Gedanke einer Einmischung behagte ihr überhaupt nicht, aber sie beglückte sich im Stillen.

Nach ihrer Heirat mit dem Profiler Tom Diavelli hatte das Innenministerium ihr die Leitung der forensischen Anstalt Auxillium Reos in Berlin übertragen, nachdem sie als Fachärztin für Neurologie und Psychiatrie in der forensischen Psychiatrie in Hamburg hervorragende Arbeit geleistet hatte. Der Umzug nach Berlin kam ihr sehr entgegen, da ihr Vater auch nach seiner Pensionierung als beratender Kriminologe für den Berliner Maßregelvollzug tätig war. Er saß dort jeden Tag hinter seinem Schreibtisch und es kam Alexa vor, als hielte ihr Vater noch immer die Fäden in der Hand.

*Auxillium Reos – den Schuldigen helfen.* In der forensischen Klinik wurden die Grund- und Persönlichkeitsrechte jedes Einzelnen geachtet und geschützt. Einschränkungen dieser Rechte waren ausschließlich begründet zum Schutz der Allgemeinheit, ebenso aller im Maßregelvollzug untergebrachten beschäftigten Menschen und zur Abwendung von Eigengefährdung.

Die ehemalige, weitläufige Kaserne, von der Straße zurückversetzt in einem ummauerten Park gelegen, der von dichten, hohen Zedern umsäumt war, diente als Hauptstandort des Maßregelvollzugs von Berlin. Hier waren die Abteilungen verschiedenster Sicherheitsstufen untergebracht. Neben dem Hochsicherheitstrakt, in dem die Affekttäter verwahrt waren, gab es sogar eine große Parkanlage.

Alexa arbeitete mit multiprofessionellen Teams und nutzte alle vorhandenen Fachkompetenzen für das Behandlungsziel: die Besserung und Sicherung psychisch kranker Straftäter. Qualifizierte Diagnostik, Prognose und Behandlungsmaßnahmen waren die Grundlagen der inneren und äußeren Sicherheit. Die Klinik war auch für die Begutachtung von straffällig gewordenen

Suchtkranken zuständig. Ihre Arbeit orientierte sich deshalb besonders an wissenschaftlichen Qualitätsstandards und berücksichtigte aktuelle Forschungsergebnisse bei der Weiterentwicklung von Konzepten.

Der Stolz ihres Vaters war schon immer die Forschungsabteilung gewesen, die bei schweren Zwangsstörungen neue Konzepte entwickelte und dabei eng mit den Unternehmen und Gesundheitsbehörden zusammenarbeitete. Ihr Vater kannte viele Entscheidungsträger, wenn es um die Vergabe von wissenschaftlichen Studien ging.

Auch Alexa kannte einige von ihnen. In den vergangenen Jahren hatte es immer wieder Treffen in der Erbach-Villa gegeben. Aber Frank Ponti war sie noch nicht begegnet.

Sie hatte sich im Vorfeld über die Neurotec AG erkundigt, die Apparaturen für die Elektrostimulation und audiovisuelle Stimulationsgeräte produzierte. Neurotec war wieder im Auftrag des Innenministeriums an die Klinik herangetreten und hatte um Unterstützung bei einer Studie gebeten. Der Schwerpunkt lag auf der Behandlung der bipolaren Zwangsstörung bei straffällig gewordenen Triebtätern mittels Einsatz neuer Apparaturen. Alexa hatte als Klinikleiterin bereits zugestimmt und Neurotec einen Kostenvoranschlag unterbreitet, doch bis heute keine Nachricht erhalten.

Zu DDR-Zeiten hatte Neurotec ihren Hauptsitz in Ost-Berlin gehabt und war eines der größten Kombinate gewesen. Sie kannte zwar Begriffe wie Kombinat oder VEB, dennoch empfand sie sie fast schon als abstoßend, was vermutlich daran lag, dass sie ein diktatorisches Regime und die Planwirtschaft verabscheute. Die Menschen waren zu DDR-Zeiten unzufrieden gewesen. Tagtäglich hatten die Medien über den Aufruhr gegen die damalige Regierung berichtet. Sie bewunderte den Mut vieler Menschen, die sich gegen das System gestellt hatten und damit das Risiko eingegangen waren, verhaftet zu werden. Aber sie konnte auch jene verstehen, die aus politischer Zweckdienlichkeit den Mund gehalten hatten, weil das Regime Angst verbreitet hatte. An der Spitze der früheren Kombinate hatten schließlich skrupellose Männer gestanden.

*Ob Ponti auch einer von ihnen gewesen war?* Über den Vorstandsvorsitzenden gab es kaum Informationen, bis auf einige wenige Bemerkungen ihres Vaters.

*Dieser Mann kontrollierte früher die Kombinate und war nur Honecker rechenschaftspflichtig, Alexa,* hatte ihr Vater erklärt. *Sei auf der Hut. Lass dich nicht über den Tisch ziehen. Ponti ist ein Fuchs. Er gilt als blitzgescheit und umtriebig, oft auch barsch und ungeduldig. Der Name Ponti zeugt in der Branche mehr von Furcht als von Ehrerbietung für einen Mann, der die schlimmsten Zeiten eines diktatorischen Regimes mit Bravour überstanden hat. Würden wir in Frankreich leben, käme er einem Fouché gleich, der als Drahtzieher für üble Operationen galt.*

*Du machst mir keine Angst, Papa,* hatte sie erwidert.

*Hm … Jedenfalls ist Vorsicht geboten.* Er hatte gelacht. *Schließlich war jener Fouché für die Hinrichtung von Robespierre mitverantwortlich. Soll ich dich nicht doch begleiten?*

*Papa, ich bin erwachsen und kann auf mich aufpassen!*

Alexa schmunzelte bei der Erinnerung an das Gespräch. In der Stimme ihres Vaters hatte eine gewisse Besorgnis gelegen, die für ihn ungewöhnlich war. Bardo Erbach zeigte in der Regel keine Gemütsbewegungen, aber ihr hatte die Sorge des Vaters um die Tochter gefallen. In ihrer Jugend hatte es kaum Zeichen der Zuneigung zwischen ihnen gegeben, dafür oft fehlende Nähe und ein frostiges Miteinander. Als sie ihr Studium aufgenommen hatte, war sie froh gewesen, der eisigen Kälte endlich zu entkommen. Nach dem Studium und ihrer Heirat mit Tom Diavelli hatte sich ihr Verhältnis ein wenig entspannt. Ihr Vater mochte Tom, den er immer *Dr. House* nannte. Als zynischer und ewig nörgelnder Ermittler tyrannisierte er manchmal seine Kollegen, doch Toms analytischer Verstand galt bei ihnen als hochgeschätzt. Hinzu kam die Ähnlichkeit mit dem Schauspieler Hugh Laurie aus der TV-Serie *Dr. House*. Tom trug immer wieder gerne graue Anzüge, passend zu seinem graumelierten Haar, was ihm zusammen mit dem markanten Kinn und den stahlblauen Augen eher einen skandinavischen Charakter verlieh statt eines italienischen, weswegen er den Spitznamen *Dr. House* von seinen Kollegen verpasst bekommen hatte.

Alexa parkte den Wagen auf dem Firmenparkplatz für Besucher und stieg aus. Ein seltsamer Geruch drang ihr in die Nase, ein Gemisch von Braunkohle und Chemie. Worte wie beißend, umweltschädigend, gesundheitsgefährdend, tödlich, kamen ihr in den Sinn. *Merkwürdig für ein Werk, das Apparaturen herstellt.*

Sie betrachtete die verschiedenen Gebäude. Die Fassaden bröckelten an einigen Stellen, und alles erschien grau in grau. Der weitläufige Bau lag abseits der Straße und diente als Hauptsitz der Neurotec AG. Produktion, Forschung und Entwicklung waren in den diversen Häusern hinter Gitterzäunen untergebracht, die von Dutzenden Kameras überwacht wurden.

Alexa schauderte, als sich plötzlich Wolken vor die Sonne schoben, und mit einem Mal die feuchte Kälte

Berlins durch ihren Regenmantel drang. Zu Hause würde sie jetzt mit ihrem siebenjährigen Sohn Josh spielen, den Jungen ins Bett bringen, mit Tom etwas Gutes essen und mit ihm auf dem Sofa kuscheln und in seine Augen sehen. Sie waren intensiv, umgeben von langen Wimpern, um die jede Frau ihn beneidete. Sie waren zu einer unglaublichen Tiefe imstande, zu unglaublichen Emotionen.

Vor vielen Jahren war sie Tom zum zweiten Mal in der Klinik begegnet. Sein berufliches Interesse hatte damals einem Insassen gegolten. Wilfried Brenner, den sie im Auftrag des Staates therapeutisch betreut hatte. Der drogensüchtige, im Hochsicherheitstrakt verwahrte Mann war wie ein zurückgebliebenes Kind, eingesperrt auf einem der endlos langen Korridore. Brenner hatte damals unter dem Einfluss einer brutalen Gang gestanden, die den Süchtigen zum Mittäter ihrer Verbrechen gemacht hatte. Heute lebte Wilfried Brenner im offenen Vollzug und schrieb ihr regelmäßig eine Karte.

Sie hatte Tom damals gebeten, ihr bei einem Gutachten für Brenner behilflich zu sein. Heute wusste Alexa, dass das nur ein Vorwand gewesen war, Tom wiederzusehen. Er hätte von sich aus nie wieder einen Schritt in ihre Richtung unternommen, dafür kannte sie ihren sensiblen Ehemann nur zu gut.

Sie schmunzelte bei dem Gedanken an ihr erstes Kennenlernen. Am ersten Tag hatte er mit ihr geflirtet und ihr einen riesigen Rosenstrauß geschenkt; am zweiten hatte er sie leidenschaftlich im Kopierraum der Klinik geküsst. Tom wollte eine Beziehung, doch sie erteilte ihm einen Korb. Sie war für ein ernstes Miteinander noch nicht bereit, obwohl Tom genau ihrem Typ entsprach. Zwei Jahre später gab es das zweite

Treffen. Sein Anblick hatte ihr Blut sofort in Wallung gebracht. Alexa begriff schnell, dass er ein zweites Nein nicht als Antwort gelten lassen würde, wenn er ein Ja hören wollte. Er hatte so eine romantische Aura, die Alexa unwiderstehlich fand. Nach der ersten gemeinsamen Nacht hatte Tom ihr einen Heiratsantrag gemacht und ein Jahr später war ihr Sohn Josh auf die Welt gekommen.

Heute waren sie eine kleine Familie, die in sechs Monaten Zuwachs bekommen sollte. Tom Diavelli zu heiraten, war die beste Entscheidung ihres Lebens gewesen.

Alexa lächelte, während sie auf das prächtige Gebäude mit der Hausnummer 26 zuging. Der mehrfach gegliederte Baukörper zeigte eine reiche Formenvielfalt. Turmhaube und Volutengiebel griffen Elemente der Renaissance und der Antike auf. Mit Bedauern stellte sie fest, dass auch dort an vielen Stellen der Putz bröckelte. Rasch lief sie die Außenstufen hinauf. Nur der Eingangsbereich und wenige Fenster im ersten Stock waren erleuchtet.

Der Wachposten an der Pforte hob fragend die Augenbrauen. Sie zeigte ihm ihren Ausweis, worauf er sich umwandte, durch einen Computerausdruck blätterte und die Daten mit den Anzeigen auf seinem Monitor verglich.

„Herzlich willkommen, Frau Dr. Erbach. Herr Ponti erwartet Sie bereits, dritter Stock, Zimmer 32."

Alexa nickte, passierte das massive Stahltor und blieb in der Halle vor der Tafel mit der Aufschrift NEUROTEC AG BERLIN. *Wie wir heute arbeiten, werden wir morgen leben* stehen.

Die majestätische Treppe mit der Balustrade sah nicht besonders einladend aus. Deshalb entschied sie sich für den Aufzug. Sie war gespannt, wie sie auf Ponti, den ihr Vater so schätzte, reagieren würde und fragte sich, welche Erklärungen dieser Mann für ihr plötzliches Treffen bereithielt.

Der Aufzug hielt mit einem Ruck. Alexa betrat einen langen Korridor, der nur von dem gedämpften Licht einiger Wandleuchten erhellt wurde. Vor einer massiven Holztür blieb sie stehen. Aus dem Büro hörte sie Gesprächsfetzen. Die Stimme klang scharf und bohrend. Plötzlich wurde die Tür aufgerissen, und ein junger Mann eilte mit hochrotem Kopf an ihr vorbei.

„Sind Sie Dr. Erbach?", rief die Stimme.

Unsicher, was sie erwartete, betrat Alexa das Büro und musterte den Mann, der sich hinter dem Schreibtisch erhob und auf sie zukam.

Ponti war ein großer, weißhaariger Mann von Anfang sechzig in einem zerknitterten Anzug, der aussah, als hätte er darin geschlafen.

Beim Anblick des Mannes hämmerte auf einmal ihr Herz. Sie reichte Ponti die Hand.

„Richtig. Erbach, Alexa Erbach." Eine seltsame Vertrautheit ergriff sie, als der andere ihre Hand berührte.

Der Blick, mit dem Ponti sie sekundenlang fixierte, war so intensiv, dass sich Alexa fragte, ob sie sich vielleicht schon mal begegnet waren. Sie sah in dunkle Augen unter weißen Brauen.

„Wir haben miteinander telefoniert. Ich bin Frank Ponti. Herzlich willkommen, Frau Dr. Erbach", sagte ihr Gegenüber, während er ihre Hand noch immer hielt. „Freut mich sehr." Endlich ließ er ihre Hand los und machte eine einladende, joviale Handbewegung. „Ich habe Sie schon erwartet. Bitte setzen Sie sich doch."

Alexa wurde leicht schwindlig. *Verdammt*. Der Zuckerspiegel machte ihr mal wieder zu schaffen. Und das jetzt. Sie hatte Kopfschmerzen, und eine Unruhe erfasste sie, als sie sich in den angebotenen Sessel sinken ließ.

„Unser Berater Torsten Winter wird unserem Gespräch ebenfalls beiwohnen", fuhr Ponti fort. „Ich nehme an, gerade in Berlin-Grunewald haben die Ereignisse um die Familie Winter Schlagzeilen gemacht. Sie wissen doch sicher über Manfred Winter Bescheid, Torstens Vater?"

Alexa nickte. Ihr Vater kannte Winters Vater, der als Halbwaise im Ostberliner Treptow aufgewachsen war. Er hatte während der Wende als einer der renommiertesten Unternehmensberater gegolten und auch der Treuhand als Berater zur Seite gestanden.

Alexa hob die Augenbrauen. „Sind Winters Eltern vergangenes Jahr nicht bei einem Brand ums Leben gekommen?"

„Richtig", erwiderte Ponti, „zwei Monate später wurde ihr älterer Sohn Paul bei einem Verkehrsunfall getötet. Und fünf Wochen danach starb ihre Tochter Julia nach einem Skiunfall." Ponti hielt einen Moment lang inne. „Alles sehr merkwürdig. Man könnte auf die Idee kommen, dass die Winters die Kennedys Deutschlands seien. Winter ist der letzte Spross der Familie."

Alexa schwieg betroffen.

„Torsten Winter ist in die Fußstapfen seines Vaters getreten und als Unternehmensberater sehr erfolgreich", fuhr Ponti fort. „Er genießt einen geradezu sagenhaften Ruf. Außerdem berät er das Innenministerium in Sicherheitsfragen."

Ponti musterte Alexa. „Geht es Ihnen nicht gut, Dr. Erbach? Sie sind ein wenig blass um die Nase."

Alexa spürte um den Mund ein leichtes Kribbeln. „Haben Sie vielleicht ein Glas Wasser für mich?"

„Aber natürlich. Entschuldigung, ich hätte Ihnen sofort etwas anbieten sollen." Ponti eilte zum Waschbecken. Wenig später hielt er ihr ein Glas Wasser hin, reichte ihr ein Stück Traubenzucker und fixierte sie mit seinen grauen Augen. „Kommen Sie, nehmen Sie das. Sie sind wahrscheinlich unterzuckert und haben neuroglykopenische Symptome. Ihr Vater hat mir erzählt, dass Sie an Diabetes leiden."

*Mein Vater? Mein Vater hat mit Ponti über mich gesprochen? Warum?*

Pontis Augen glänzten. „Meine verstorbene Frau hatte auch Diabetes Typ eins." Pontis Stimme klang fast, als stammte sie aus einem Computer. Seine Aussprache war sehr präzise. Dennoch passte sie nicht zu seinen Gesichtszügen. „Ich weiß von ihr, wie man sich dabei manchmal fühlt." Ponti wischte sich mit einem weißen Taschentuch über die Stirn, öffnete ein Fenster und schmunzelte vor sich hin. „Es ist aber auch eine stickige Luft hier drinnen."

Die Vorhänge bewegten sich im kalten Windhauch. Obwohl sie Frank Ponti erst seit wenigen Augenblicken kannte und bereits jetzt spürte, dass er ein sehr distanzierter Mensch war, schoss ihr immer wieder ein Gedanke durch den Kopf. Dieses Lächeln. Diese Stimme. Ich kenne ihn. Aber woher?

# Kapitel 2

*Freitag, Berlin-Friedrichshagen*

„Fühlen Sie sich jetzt besser?“, Pontis Stimme klang fürsorglich.

„Danke. Wie neugeboren. Traubenzucker bewirkt wahre Wunder.“

Sie spürte eine gewisse Spannung in der Luft und fragte sich wieder, warum ihr dieser Mann so vertraut erschien. Dennoch konnte sie sich nicht daran erinnern, ihn jemals im Haus ihres Vaters gesehen zu haben.

„Hm … Torsten Winter. Ich bin ihm noch nie persönlich begegnet.“

„Das überrascht mich nicht“, erwiderte Ponti. „Sie beide bewegen sich auf zwei unterschiedlichen Parketten.“

Sie lächelte. „Das mag wohl sein.“

Ponti hielt inne, als die Bürotür schwungvoll geöffnet wurde. Er drehte sich um, ging auf den Mann zu, der das Büro betrat, und reichte ihm die Hand. „Da sind Sie ja, Torsten.“

„Freut mich, Sie wiederzusehen, Frank.“

„Dr. Erbach, darf ich Ihnen Torsten Winter vorstellen?“

Leibhaftig sah Torsten Winter noch besser aus als auf den Fotos, die die Medien verbreiteten. Winter war Anfang vierzig, hatte grüne Augen und sprühte förmlich vor Charme, ein Mann, der oft und gern lächelte und dabei makellos weiße Zähne zeigte. Es gab zig verschiedene Versionen darüber, wie er sein riesiges Vermögen angehäuft hatte, darunter auch einige wenig schmeichelhafte.

Winter reichte ihr die Hand. Ihre Blicke trafen sich. „Na, endlich lerne ich Sie mal persönlich kennen, Frau Dr. Erbach."

Alexa sah in Augen, reglos wie Steine, die einen stählernen Charakter spiegelten. Sie mochte ihn nicht!

„Dr. Erbach, Torsten, nehmen Sie doch bitte Platz. Wie wär's mit einer Stärkung?" Ponti deutete auf die Bar, wo Kaffee bereitgestellt worden war. „Kaffee mit einem Schuss Cognac kann ich wärmstens empfehlen."

Das belebende Aroma des frisch gebrühten Kaffees stieg Alexa in die Nase. „Kaffee wäre nicht schlecht", antwortete sie und konnte nur mit Mühe ein Lächeln unterdrücken, als Ponti ihr und Winter eine Tasse reichte.

„Lassen Sie uns bitte sofort zur Sache kommen", begann Ponti. „Eines sollten Sie wissen, Dr. Erbach. Ich habe Herrn Winter dazugebeten, weil er unser Unternehmen in Sicherheitsfragen berät. Dieses Projekt unterliegt einer hohen Geheimhaltungsstufe und Herr Winter ist auf eine sehr besondere Form von Sicherheit spezialisiert."

*Das Innenministerium,* begriff sie sofort. Aber sie hatte schon vor langer Zeit von ihrem Vater gelernt, niemals eine Reaktion zu zeigen, sobald eine bestimmte Strömung spürbar wurde.

Winter klappte seinen Laptop auf. „Wir möchten Ihnen ein neues Projekt unterbreiten, Dr. Erbach."

Alexa gab sich ahnungslos. „Es geht also nicht um die geplante Studie?"

Winter lächelte geheimnisvoll. „Nicht so ganz. Eine unbedeutende Fehleinschätzung."

Plötzlich fühlte sich Alexa unbehaglich. „Worum geht es dann?"

Winters Blick wurde eine Spur freundlicher. „Die Regierung plant eine erweiterte Studie in Sachen Predictive Policing. Wir – ich vertrete hier das Innenministerium – möchten die Auxillium Reos-Klinik für das Projekt gewinnen, Dr. Erbach. Sie können große Erfahrungen im Bereich der forensisch-psychiatrischen Gutachten aufweisen und Ihre Zukunftsprognosen waren bei den Inhaftierten – bis auf minimale Abweichungen – immer zutreffend."

*Du meine Güte, was für ein Speichellecker!*

Winter warf Ponti einen bedeutenden Blick zu und nickte.

„Neben der Durchführung verschiedener Forschungsprojekte", ergriff Ponti das Wort, „wird das Hauptaugenmerk auf die Frage der Prognose von psychisch kranken Straftätern liegen."

„Und welches Ziel verfolgt diese erweiterte Studie tatsächlich?" Alexa sah Ponti an, dass er diese Reaktion erwartet hatte, denn er grinste sichtlich amüsiert.

„Es geht um Gestik und Mimik von straffällig gewordenen Triebtätern, die wir erfassen möchten – um sozusagen ihre Gedanken- und Gefühlswelt beurteilen zu können", antwortete Winter. „In naher Zukunft werden nicht nur alle Kommunikations-, Bewegungs- und Finanzdaten online verfügbar sein, sondern auch alle genetischen und medizinischen Informationen. Unser Programm befasst sich allerdings ausschließlich mit den Daten von Gewaltverbrechern."

Alexa nippte an ihrem Kaffee. „Ihr Programm? Sie sind aber keine galaktische Vereinigung ohne feste Strukturen, die *happy human hacking* betreibt?"

Winter sah sie irritiert an. „Indem sich unser Leben und unsere Persönlichkeit mehr und mehr im Internet abbilden, müssen die digitalen Persönlichkeitsrechte

Schritt halten", antwortete er schroff. „Das ist uns wichtig, Dr. Erbach, und dafür steht das Innenministerium. Aber wenn es um das Profil von Gewalttätern geht, schöpfen wir unsere Möglichkeiten voll aus. Google-Chef Eric Schmidt drückte es so aus: *Wir wissen, wo du bist. Wir wissen, wo du warst. Wir können mehr oder weniger wissen, was du denkst.* Auf diese drei Pfeiler stützt sich auch unsere Studie."

„Wir machen sie zu unseren Sklaven und sind damit nicht mehr weit vom totalitären Staat entfernt, Herr Winter", erwiderte sie trocken.

Ponti schnitt ihr mit einer Handbewegung das Wort ab. Sie konnte seinem Blick entnehmen, dass ihm ihre letzte Bemerkung nicht gefallen hatte. Was war bloß in sie gefahren, dass sie sich zu so einer Aussage hatte hinreißen lassen? *Du baust Mist, Alexa,* warnte Tom sie aus der Ferne. *Vorsicht jetzt. Ab hier balancierst du auf Glatteis.*

„Wir wollen lediglich die Verbrechen der Zukunft verhindern, Dr. Erbach", sagte Ponti.

Ein merkwürdiges Gefühl erfasste sie. Das Büro schien plötzlich eng, sehr bedrückend. Sie hatte das komische Empfinden, als ob jemand eine Heizlampe in ihrem Nacken einschaltete. Sie zwang sich, sachlich zu bleiben. „Sprechen Sie von der audiovisuellen Stimulation in Sachen Psychotherapie, Herr Winter?"

Winter schüttelte den Kopf. „Nicht ganz."

Alexa krauste die Stirn. „Schon wieder ein *nicht ganz*? Okay, Sie haben mein Interesse geweckt. Dann erzählen Sie mal."

Ponti atmete erleichtert auf. „Wir nennen das Projekt CHIMÄRE. Alles begann mit dem Ursprungsprogramm PrePol, das bereits heute vielfach genutzt wird. CHIMÄRE ist eine Weiterentwicklung, die mit einem

Mindprogramm verknüpft wurde. Die Sache ist die, Dr. Erbach ..." Dann begannen Ponti und Winter mit ihren Ausführungen.

Alexa saß still da und hörte zu, als Winter erläuterte, in welchem Ausmaß die Software CHIMÄRE die Verbrechensbekämpfung revolutionieren könnte.

„Natürlich hat das Innenministerium sich schon vor PrePol damit beschäftigt, wie die zur Verfügung stehenden Programme möglichst effizient und effektiv eingesetzt werden können. PrePol – Predictive Policing – vorhersagende Polizeiarbeit – ist nicht mehr aufzuhalten. Das Innenministerium setzt verstärkt auf seine Algorithmen, wenn dadurch die Kriminalität sinkt."

„Das ist uns bekannt, Torsten", unterbrach Ponti freundlich. „In einem demokratischen Rechtsstaat müssen Sie aber erst mal eine Straftat begehen. Die Gedanken sind immer noch frei, und das soll auch so bleiben. Unser Vorgehen hat auch nichts mit dem berühmten Blick in die Glaskugel zu tun. Es ist knallharte Wissenschaft, knallharte Mathematik, knallharte Kriminologie und knallharte Statistik. Aber lassen Sie mich eines klarstellen, Dr. Erbach. Mit dem herkömmlichen Programm PrePol lassen sich nur Straftaten voraussagen. Das Programm hat für die Forensik keine Bedeutung. CHIMÄRE hingegen schon. Es erfüllt eine andere Aufgabe."

Alexa rief sich den Grund für ihre Anwesenheit ins Gedächtnis und runzelte die Stirn. „Und die wäre?"

„Unsere herkömmliche Mindmachine konnte nur mit einer audiovisuellen Stimulationsweise – also über Kopfhörer und Licht – einen fragwürdigen Einfluss auf den Bewusstseinszustand aufzeichnen", antwortete Ponti. „Leichtes Heben der Augenbrauen, geöffneter Mund, entspannte untere Kiefermuskulatur –

ganz klar: Überraschung. Das Rümpfen der Nasenflügel könnte Ärger bedeuten, die Anspannung der Augenmuskulatur wäre womöglich ein Zeichen von Fröhlichkeit. Es geht um die Vokabeln, aus denen die Sprache der Mimik zusammengesetzt ist."

Ihr Interesse war geweckt. „Und wie soll das funktionieren? Werden die Personen in einen Schlafzustand versetzt und danach manipuliert wie in Leipzig zu Zeiten der DDR?"

Winter lächelte gepresst. „Ich verstehe, was Sie andeuten wollen, Dr. Erbach, aber seien Sie unbesorgt. Die Mind- oder auch Bewusstseins-Maschine genannt, war früher sehr umstritten. Das Neurotec-Modell Brain II wurde mit einer besonderen Software ausgestattet, sozusagen mit einer Erweiterung der Schweizer Software PrePol. Inhaftierte, straffällig gewordenen Täter sind unsere Probanden."

Alexa lächelte schwach und fragte sich, ob sich dieser Mann bewusst war, dass sie in ihrem Beruf das Bewusstsein von Menschen schützte.

„Wir sprechen hier von Serientätern, von Psychopathen", fuhr Winter fort. „Täter, die sich nicht auf einen Mord beschränken. Täter, die in die Freiheit entlassen werden, nachdem sie ihre Strafe verbüßt haben. Oftmals können wir den weiteren Verlauf nicht ausreichend prognostizieren. Auch fehlen uns Personal und die finanziellen Mittel, diese Personen ständig unter Beobachtung zu halten."

Während Winter gesprochen hatte, hatten sich seine Finger mit schlangengleicher Eleganz hin und her bewegt.

Jetzt faltete er die Hände vor seiner Brust und sah Alexa ruhig und abwartend an.

Stille.

Ponti, der die ganze Zeit aus dem Fenster gestarrt hatte, ergriff schließlich das Wort. „Frau Dr. Erbach, ich habe mich in den vergangenen Wochen verleugnen lassen, weil ich absolut sicher sein wollte, dass Sie die richtige Projektleiterin für CHIMÄRE sind. Ich habe mit Ihrem Vater über Sie gesprochen, ihm erklärt, welche Bedeutung das Projekt für unser Land hat. Das Innenministerium möchte diese Versuchsreihe, und sie möchten Sie als hervorragende Analytikerin und Ärztin dabeihaben. Sollten wir mit CHIMÄRE ein positives Resultat erreichen, werden wir zukünftig Menschen, die einen Mord begangen haben, besser beurteilen können. Und hier kommen Sie ins Spiel, Dr. Erbach."

„Inwiefern?"

„Ihr Vater hat mir versichert, dass Sie weit und breit die beste Forensikpsychiaterin sind. Die Welt ist in Zeiten der IS-Psychopathen und des Terrors auf Programme wie PrePol und CHIMÄRE angewiesen. Wir brauchen Ihre Hilfe."

„Was hat mein Vater Ihnen sonst noch über mich erzählt", fragte Alexa nach kurzem Zögern. *Hat er dir auch von meiner Schwangerschaft erzählt?*

Ponti lächelte. „Dass Sie charmant, hochintelligent und bildschön sind und dass wir uns auf Sie verlassen und Ihnen vertrauen können."

Alexa brannte darauf, mehr von Ponti zu erfahren. Aber im Beisein von Torsten Winter schien es ihr unangebracht, weiter Fragen über das private Gespräch zwischen ihrem Vater und dem Vorstandsvorsitzenden der Neurotec zu stellen. Wieso hatte ihr Vater sich bloß darauf eingelassen? Sie würde morgen mal ein ernstes Wörtchen mit ihrem alten Herrn reden.

Sie mochte Ponti. Das stand fest. Aber das Eindringen in ihre Privatsphäre behagte ihr ebenso wenig wie das unerklärliche Wohlbefinden, das sie in der Gegenwart dieses Mannes empfand, den sie erst vor einer Stunde kennengelernt hatte.

Sie bemerkte, dass Torsten Winter nur mit Mühe seine Erregung verbergen konnte.

„Wir werden mit CHIMÄRE bahnbrechende Ergebnisse erzielen und zu einer neuen Supermacht aufsteigen", sagte er.

Sie fand seine Aussage unpassend. Hier saß kein Unternehmensberater vor ihr, sondern ein Mann mit narzisstischen Grundzügen. *Nimm dich in Acht, Alexa,* warnte Tom sie erneut. Mit einem Mal schien ein Schauer durch den Raum zu gehen und es lief ihr kalt den Rücken hinunter.

## Kapitel 3

*Moskau, zur selben Zeit*

In Moskau schlängelte Janus sich durch die geschäftige Arbat-Straße. Er war ein kleiner, aber kraftvoller, gut aussehender Mann. Ausgesprochen beweglich. Seine Muskeln fühlten sich noch immer hart an vom Nervenkitzel der zurückliegenden Tage mit seinem letzten Opfer. *Alles war perfekt.*

*Alles ist gut gegangen.* Dimitri hatte ihn gestern im Hotel kontaktiert und sich nach seinem Wohlbefinden erkundigt.

*Wir sind in gewisser Weise verwandt, Dimitri,* hatte er gesagt. *Wir haben ein gemeinsames Ziel.*

*Wir haben ein gemeinsames Ziel, aber das ist auch alles,* hatte Dimitri erwidert. *Ansonsten gibt es zwischen uns keine Gemeinsamkeiten.*

Er hatte sich mit voller Absicht für ein Hotel entschieden, das nur zwanzig Gehminuten vom Kreml entfernt lag, wo in einer Stunde die Tagung STEFKO stattfinden sollte, und das auch vom Arbat leicht zu erreichen war. Der Arbat war eine belebte, etwa einen Kilometer lange Straße im historischen Zentrum von Moskau, die westlich der Mauern des Moskauer Kremls begann und zu den ältesten Straßen der russischen Hauptstadt gehörte. Die belebte Straße wurde von einem Dutzend Seitengassen gekreuzt, bis sie schließlich am Smolenskaja-Platz endete, wo sein Lieblingshotel, das Golden-Ring-Hotel lag. In der obersten Etage befand sich das Restaurant Panorama, das die russische Küche in Sterne-Qualität bot, in dem er nach seinen Streifzügen durch die Stadt so gerne zu Abend aß und den Ausblick auf die Stadt und seine nächsten Opfer genoss. Die Straße galt als belebtes Szeneviertel. Er fand hier immer, wonach er suchte. Im Hard-Rock-Café hatte er am Nachmittag Tanja, seinen Onlinekontakt getroffen, und danach Gott oder wohl mehr dem Teufel gedankt, dass er in Deutschland seine Verfahren optimiert hatte. Üben, üben, üben, deine Methoden perfektionieren, um mit dieser russischen Braut den höchsten Genuss zu erleben, hatten die Stimmen befohlen. Heute Nacht – nach einem opulenten Abendessen – konnte er endlich seine Kunst anwenden. An so einem lauten und chaotischen Ort fiel das Verschwinden einer Tanja Orlowski nicht auf.

Janus überquerte eine kleine Brücke und gelangte zum Kreml. Auf dem Kathedralen-Platz blieb er stehen und betrachtete einen Moment die prachtvollen Gebäude der russischen Märchenwelt.

Sein Kopf schmerzte. Alles schien ihm unwirklich, seine Sicht war verschwommen, seit er Tanja getroffen hatte, und durchsetzt von schlimmen Bildern: Lust, Angst, Sex, Gewalt, Blut, überall explodierte das Blut, aus jeder ihrer Poren sprudelte der Schweiß. Gott konnte zwar über Wasser laufen, aber dieses arme Geschöpf würde er heute Nacht nicht schützen können. Intelligenz konnte einen Menschen schützen, Tanja war einfach nur dumm. Bei dem Gedanken an ihre verstümmelte Leiche, erschaffen von dem satanisch Bösen, spürte er seinen rasenden Herzschlag und dass er allmählich die Fassung zu verlieren drohte – ein merkwürdiges Gefühl, an das er sich nur noch schwach aus Kindertagen erinnerte. Die Jahre mit seinem Vater: Schmerz, Macht Demonstration, Frustration und keine Möglichkeit, damit fertigzuwerden.

Heute wurde er mit allem fertig, wahrte die Fassade der Unfehlbarkeit und zerstörte das Vertrauen bei den Menschen. Vertrauen gewinnen, Vertrauen zerstören.

Er ging in Richtung Verwaltungsgebäude des Kremls weiter. Eine eigenartige Mischung aus Furcht und Aufregung stieg in ihm auf, und ihm wurde bewusst, wie sehr er sich auf den heutigen Abend freute. Im linken Flügel des vierstöckigen Dienstgebäudekomplexes des russischen Präsidenten, auch Haus 14 genannt, begann in einer halben Stunde die geheime Konferenz STEFKO, zu der Dimitri ihn persönlich eingeladen hatte.

Am Eingang zeigte Janus seinen Ausweis und wurde elektronisch gescannt. Anschließend führten zwei finster aussehende Wachleute ihn in den II. Sitzungssaal. Er wunderte sich nicht über die Wahl des Konferenzraumes im rechten Flügel, denn dieser lag direkt neben der Abteilung der Kremlkommandantur und des russischen Geheimdienstes FSO.

Der Raum, in den zwei Wachleute ihn allerdings brachten, war düster und karg. Mittelalterlich. Nackter Stein. Abhörsicher. Zwei Stühle, ein Tisch.

„Herzlich willkommen, Janus", begrüßte ihn Dimitri.

Wieder staunte Janus über das zirka fünf Zentimeter große Muttermal unter Dimitris rechtem Auge. Mit diesem Mal hätte er längst einen Schönheitschirurgen aufgesucht. Es schien Dimitri nichts auszumachen. Die Russen kamen ihm mit ihren grobschlächtigen Gesichtern aber irgendwie alle hässlich und entstellt vor.

Weiter hinten saß ein zweiter Mann im Schatten, fast unsichtbar. „Haben Sie, was ich wollte? Haben Sie den CHIMÄRE-Stick dabei?" Seine Aussprache war so hart wie die Steinwand.

„Ja das hab ich."

„Und es gibt keinen Zweifel darüber, dass das Ziehen der Kopie keine Spuren hinterlassen hat und wer dafür die Verantwortung trägt?", fragte der Schattenmann.

„Nein!"

Der Mann im Schatten schien erfreut. „Ausgezeichnet. Sie haben uns vor vielen Jahren das militärische Abwehrprogramm zur Verfügung gestellt. Wir sind Ihnen deshalb zu großem Dank verpflichtet." Er wandte sich an Dimitri. „Dimitri, zeigen wir unserem Gast, was wir ihm anzubieten haben. Wir werden es allen zeigen, wozu wir in der Lage sind. Bringen Sie unserem deutschen Freund das STEFKO-Update ins Hotel, damit er ein wenig spielen kann!"

Dimitris Augen glitzerten schwarz wie Öl. Er nahm ein kleines elektronisches Gerät aus seiner Tasche und stellte es auf den Tisch. Dann sah er ihn an. „Die CHIMÄRE-Datei bitte."

Janus überreichte ihm den Computerstick.

„Sie haben Ihre Sache gut gemacht, Janus", sagte der Schattenmann.

„Es ist mir eine Ehre, wenn ich Ihnen behilflich sein konnte."

Der Mann im Hintergrund hob die Hand. „Mit CHIMÄRE und dem Update STEFKO, mit beiden Programmen, verändern wir den Lauf der Welt." Der Schattenmann stand auf und das Licht fiel auf sein Gesicht.

Janus konnte nicht glauben, wen er da vor sich hatte und er wusste, dass er niemals den Namen dieses mächtigen Mannes in den Mund nehmen würde. Niemals.

Der Schattenmann fixierte ihn mit eisernem Blick. Seine Botschaft war deutlich: *Wie ich Ihnen bereits sagte – mit CHIMÄRE und STEFKO verändern wir die Welt.*

Er hatte das Richtige getan, indem er einer Weltmacht CHIMÄRE geliefert hatte. Jetzt war es an dem Schattenmann, seinen Einfluss zu nutzen, um für die richtige Platzierung des *Gegenstandes* zu sorgen. Er fragte sich, wie dieser Mann eine derart schwierige Aufgabe lösen wollte und was er plante.

Janus wusste nur eines: Sie kämpften gemeinsam gegen den gleichen Feind, sie kämpften gegen den Terrorismus, IS stand in fast jedem Land der Erde als ein Synonym für Tod und Terror, für die Bedrohung der Welt. Doch Tod bedeutete für ihn eine andere Welt, seine Welt, sein Element, seine Realität in seiner Geschichte. Sein Verstand arbeitete jetzt auf Hochtouren.

Janus sah den Schattenmann erwartungsvoll an. Doch stattdessen wandte dieser sich an Dimitri. „Kommen Sie, bringen Sie das unserem Gast ins Hotel." Er lächelte kalt. „Heute Nacht werden wir Sie nicht überwachen."

Dimitri reichte ihm einen Zettel und einen Schlüssel. „Dort stehen, wie von Ihnen gewünscht, ein OP-Tisch und ein Röntgengerät bereit. Nur dort erlauben wir Ihnen, Ihre Spiele zu spielen!"

Ein kaltes Lächeln huschte über das Gesicht des Schattenmannes. „Die Konferenz STEFKO wurde auf Dienstag, 11 Uhr, verschoben. Seien Sie bitte pünktlich", sagte er und verließ grußlos den Raum.

Auf dem Weg ins Hotel blieb Janus einen Moment auf dem Roten Platz stehen und blickte zurück Richtung Kreml-Mauer. Er dachte an den Schattenmann und war davon überzeugt, dass dieser Mann imstande wäre, mit STEFKO in das Computer-Netzwerk des Bundestages einzudringen.

Im Hotelzimmer lag ein Fotoalbum für ihn bereit – mit einem Gruß von Dimitri. Er spürte einen animalischen

Hunger in sich aufsteigen, schlug das Album auf und betrachtete die Fotos. Sie zeigten ihm sämtliche sexuellen Fantasien, die er sich je erträumt hatte. Feurige, geschmeidige, muskulöse und exotische Frauen, die als Akt abgelichtet waren. Er ging das gesamte Album zweimal durch und traf seine Wahl. Online-Tanja konnte warten.

## Kapitel 4

*Freitag, Berlin-Friedrichshagen*

Um Winters Lippen spielte ein kaltes Lächeln „Was meinen Sie mit *zu einer Supermacht aufsteigen*, Herr Winter?", hakte Alexa nach.

Winter starrte sie an. „Das heißt, dass das Projekt CHIMÄRE weltweit auf Interesse gestoßen ist. Wir arbeiten mit allen Regierungen zusammen, die sich für die Verbrechensbekämpfung einer Predictive-Policing-Software bedienen. Auch sie interessieren sich für die komplexeren Zusammenhänge. Wie komplex, differenziert und präzise ist die Sprache, die den Menschen schon in die Wiege gelegt wurde? Ein Runzeln der Brauen, ein Blinzeln der Augen, ein flüchtiges Zucken der Mundwinkel reicht als Botschaft, und schon weiß der andere, ob man skeptisch, fasziniert oder erfreut ist. Als uns klar wurde, dass sich da eine ganze Dimension menschlicher Kommunikation auftat, begannen unsere Informatiker eine Software zu schreiben, die Gefühle sicher zu erkennen vermag."

Sie starrte einen Moment auf ihre auf dem Schoss ineinander verschränkten Hände, dann sah sie in Winters Augen, kalt und tot wie winzige Eisschollen.

„Die digitale Gesichtserkennung liefert bereits einigermaßen taugliche Ergebnisse", fuhr er fort. „Aber die feinen Nuancen zu unterscheiden, in denen sich die Gefühle widerspiegeln, schien bis vor Kurzem noch jenseits des technisch Möglichen. Jedenfalls entstand eine Datei von insgesamt 730 Gefühlen: Wut, Furcht, Trübsinn, Enttäuschung und so weiter."

Alexa nickte. „An welche Täter habe Sie denn gedacht, Herr Winter", fragte sie versöhnlich. „Wenn ich Sie richtig verstanden habe, kommen für dieses Projekt wohl nur Inhaftierte infrage?"

„So ist es. Gewaltverbrecher, Schläger, Sexualtäter, Ritualmörder, Frauenhasser, Kinderschänder - das ganze Spektrum Ihrer Klinik", antwortete Ponti.

„Wir möchten uns nur den Daten von straffällig gewordenen Triebtätern widmen, um ihre Gedanken- und Gefühlswelt besser zu verstehen. Sie sind für die Prävention von immenser Bedeutung."

Sie blickte nachdenklich auf. „Nur männliche Täter oder auch unsere weiblichen Inhaftierten?"

Torsten Winter stutzte. „Sind denn in der Auxillium Reos-Klinik auch Frauen inhaftiert?"

Alexa hörte die unterschwellige Erregung in seiner Stimme. Sie fragte sich, was diesen Mann veranlasst hatte, in die Welt der Täter mittels einer Software einzudringen. Winter kam ihr merkwürdig vor. Es waren nicht nur sein Benehmen und die empfundene Abneigung, die sie irritierten. Sie konnte förmlich spüren, dass ihm die bevorstehenden Streifzüge durch die teuflischen Dimensionen eines Täters offensichtlich Vergnügen bereiteten.

Er runzelte die Augenbrauen und wich ihrem Blick aus. „Ob Männlein oder Weiblein, egal. Psychopathen töten, um selbst zu überleben und sind geschlechtsunspezifisch. Frauen werden ebenfalls in die Studien einbezogen."

Ponti seufzte. „Psychotische Erfahrungen schwappen wie eine Sturmflut über die Seele, Dr. Erbach. Aber wem erzähle ich das. CHIMÄRE ist eine Software, die die Mimik eines Betrachters verfolgt, während dieser Videos auf dem Bildschirm anschaut. Sekunden genau protokolliert das Programm, wann ein Täter amüsiert, verwirrt, gelangweilt, schockiert oder verärgert ist. CHIMÄRE hat die Aufgabe, ein Motivmuster zu erkennen, um womöglich eine Folgetat zu verhindern, sobald ein Täter aus der Haft entlassen wird. Deshalb sind wir auf diese Daten angewiesen."

„Sie erschaffen für den Täter eine Welt der Täuschung, um seine Mimik und Gestik zu erfassen. Richtig?"

Wieder ein Nicken.

Alexa verspürte ein wenig Erleichterung. Sie kannte solche Projekte aus den Berichten der Zeitschrift *Forensische Psychiatrie, Psychologie, Kriminologie,* die über gute Ergebnisse aus den Staaten berichtete.

„Das Hirn von straffällig gewordenen Triebtätern funktioniert anders", erklärte Ponti. „Wir wollen die unbewussten Regungen, die flüchtigen Momente des Stutzens und Zweifelns einfangen. Als Psychiater können Sie Gestik und Mimik von Psychopathen deuten. CHIMÄRE soll sie visualisieren, Dr. Erbach." Er sah sie an, als duldete er keine Widerworte. „Wir beschränken uns allerdings nicht mehr auf die Mimik allein."

Alexa war verblüfft. „Was bedeutet das?"

„Auch Blutdruck, Hautleitfähigkeit, Pupillengröße, Atem- und Herzfrequenz, Stimme und Muskeltonus können Auskunft über die Befindlichkeit eines Menschen geben." Ponti holte tief Luft.

„Eine Stimme zeigt Begeisterung, Nachdenklichkeit oder eine depressive Verstimmung", ergänzte Winter.

„Gibt es weitere forensische Anstalten, die sich der Studie angeschlossen haben?"

Ponti und Winter bejahten gleichzeitig.

„Eine zweite Klinik in Finnland ist ebenfalls involviert und nimmt an der Studie teil." Winter grinste breit. „Die Kliniken werden genauestens eingewiesen und erhalten alle Vollmachten. Sie haben ein Jahr lang die Kontrolle über das Projekt, Dr. Erbach."

Nervöses Schweigen erfüllte den Raum.

Sie räusperte sich. „In Ordnung, es wäre einen Versuch wert. In einigen Jahren werden Computer mit emotionaler Intelligenz allgegenwärtig sein. Warum also nicht meinen Part dazu beitragen. Allerdings habe ich eine Bedingung. Ich trage die Verantwortung für die Testpersonen und kann jederzeit die Studie abbrechen, sollte es den Probanden schlechter gehen. Schließlich wissen wir nicht, wie die Patienten meiner Abteilungen auf Computerimpulse reagieren."

Winter nickte sichtlich erleichtert. „Ich glaube, dass wir uns sehr gut verstehen werden, Frau Dr. Erbach."

Sie runzelte sie Stirn. *Davon bin ich nicht ganz überzeugt.*

„Ich fasse mal zusammen", wandte sie sich an Frank Ponti. „Der Forschungsschwerpunkt liegt also insbesondere auf der Erfassung von Gestik und Mimik und anderen körperliche Reaktionen, um langjährig inhaftierte Täter nach ihrer Freilassung besser in Fragen der Rückfallprognose beurteilen zu können. Aber dafür scheint mir der Zeitraum von einem Jahr ..."

Alexa fühlte ein kaltes Prickeln im Nacken, als plötzlich ihr Smartphone vibrierte. *Verflixt!*

Sekunden später klingelte Pontis Telefon.

Er stand auf, ging zum Schreibtisch und nahm ab. „Ja? Ich hatte Ihnen doch gesagt ..." Er wirkte bestürzt. „Ich soll den Fernseher einschalten?", rief er, hörte kurz zu und knallte den Hörer Sekunden später auf.

„Entschuldigen Sie. Aber meine Assistentin faselte etwas von einem Bericht über die Auxillium Reos-Klinik in den Nachrichten."

Alexa hob erstaunt die Augenbrauen. „Über unsere Klinik?“

Wieder vibrierte ihr Smartphone.

Ponti trat zum Fernseher und schaltete ihn ein. Der Bildschirm flimmerte einen Moment. Als der Nachrichtensprecher der ARD den Namen von Alexas Vater nannte und dessen Bild aufflackerte, stand Alexa auf und ging langsam auf den Fernseher zu. In der nächsten Sekunde tauchte das Bild der Erbach-Villa auf, wo sich zahllose Pressevertreter vor dem Eingang aufhielten. Ein ARD-Berichterstatter drehte sich um und blickte in die Kamera. „Soeben wurde bekannt, dass der weltbekannte Kriminologe und Psychiater Bardo Erbach in seinem Haus tot aufgefunden wurde. Er erlag einem Herzinfarkt. Sein Tod ist nicht nur ein schwerer Schlag für diese Stadt, sondern für ganz Deutschland. Professor Erbach wurde vor wenigen Wochen für seine hervorragenden Leistungen im Bereich der Forschung über die Ursachen für kriminelles Verhalten in der Gesellschaft das Bundesverdienstkreuz verliehen.“

Ponti schaltete um. Die Nachricht von Erbachs Tod löste in der Medienwelt Bestürzung aus. Auf sämtlichen Fernsehkanälen nahmen Politiker und Wissenschaftler dazu Stellung.

„Eine Tragödie …“

„Unfassbar …“

„Die Welt hat einen schrecklichen Verlust erlitten.“

Alexa blickte ungläubig auf den Bildschirm. Erbachs Tod war in aller Munde. Es hatte den Anschein, als ob das ganze Land in Trauer versänke.

Alexa erstarrte. Ihre Unterlippe zitterte. Sie sah Ponti fassungslos an, aus dessen Gesicht die Farbe gewichen war.

Auch Winter wirkte sichtlich betroffen. „Ich … ich weiß nicht, was ich sagen soll", sprach er leise. „Es tut mir leid, Dr. Erbach."

Alexa stützte sich an Pontis Schreibtisch ab. Nein! Das konnte nicht sein. Sie hatte ihren Vater erst vor einer Woche kardiologisch durchgecheckt.

Wenige Minuten später stand sie wieder auf dem Parkplatz. Die aufkommende Feuchtigkeit ließ sie den Wind schärfer empfinden. Die Kälte drang ihr wie mit Nadeln in die Haut.

*Das alles ist noch inoffiziell, Dr. Erbach,* hatte Frank Ponti zum Abschied gesagt. *Sprechen Sie bitte mit niemandem darüber.*

Sie hatte nur kurz genickt.

Es gab noch eine ganze Menge anderer Dinge, über die sie nicht sprechen wollte. Sie fröstelte und schlug den Kragen ihres Mantels hoch und peinigte sich mit Fragen. *Wo bist du gestorben, Papa? Hinter deinem Schreibtisch, in deinem Bett?* Dass Panik und Angst plötzlich über sie hereinbrechen konnten, hatte bis heute außerhalb ihres Vorstellungsvermögens gelegen. Schlimmer, da war sie sich sicher, konnte ein Tag nicht enden.

*

Torsten Winter sah aus dem Fenster und beobachtete, wie Alexa Erbach in ihr Fahrzeug stieg.

„Die Besonderheit des *Modells* der Auxillium Reos-Anstalt ist, dass nur die verfassungsrechtlich unbedingt erforderlichen Aufgaben, also insbesondere die Arbeit am Patienten, in öffentlicher Hand verblieben sind. Gut für uns!"

Frank Ponti hob die Augenbrauen. „Alle sonstigen Leistungen werden nahezu ausschließlich privatrechtlich von Dritten gegen Entgelt *eingekauft*. Wir sind, was CHIMÄRE betrifft, richtige Glückspilze." Ponti seufzte. „Bardo Erbach war einer der brillantesten Köpfe unter den Kriminologen."

Winter wandte sich um. Einen Augenblick lang glaubte er, in Pontis Gesicht Emotionen zu entdecken. Doch sie vergingen so schnell, wie sie gekommen waren. „Sie ist eine bildschöne Frau. Wow, diese dunklen Augen, das blonde Haar und Beine bis zum Himmel. Wow, was für eine Frau. Meinen Glückwunsch, Frank."

„Was glaubst du?", sinnierte Ponti. „Hat sie es geschluckt?"

„Ich stelle mit Erleichterung fest, dass selbst eine begnadete Forensikpsychiaterin hin und wieder Fehler macht."

## Kapitel 5

*Samstag, Moskau*

*Ich blicke auf das tote Mädchen auf dem metallenen Untersuchungstisch und frage mich, ob sie für das Experiment nicht viel zu jung gewesen war. Anfang zwanzig. Wunderschön. Ihre Haut, na ja, zu blass für meinen Geschmack. Hübsche, zarte Gesichtszüge. Langes, dunkles Haar. Ich musste den Kopf in den Nacken legen, um ihr in die Augen zu sehen. Ich bin nur knapp eins sechzig, sie eins siebzig.*

*Ihre Körpergröße wurde ihr zum Verhängnis. Deswegen haben sie sie fürs Album abgelichtet. Tja, jeder hat so seine Fehler. Ich verabscheue große Frauen. Das wissen die Russen also auch …*

Es war gestern so kalt und kein Laut zu hören gewesen. Seine Gefühle hatten an der Oberfläche getrieben, als hätten Kraken sie aus unergründlichen Tiefen aufgescheucht, und all das Hässliche, was dort begraben gewesen war.

Janus hatte alle Zeit gehabt, um mit dem Wagen zu der Adresse zu fahren, die Dimitri ihm aufgeschrieben hatte.

Er war durch das düstere Kiefernwäldchen am Stadtrand von Moskau gerast und hatte über die Wipfel der Bäume eine weitere Schlechtwetterfront aufkommen sehen. Plötzlich war, wie aus dem Nichts, vor ihm inmitten einer Lichtung eine Lagerhalle aufgetaucht. In Moskau hatte ein heftiger Schneefall die Stadt erstickt und alle Anzeichen von Leben ausgelöscht. Hier in der Einöde lag der meiste Schnee unberührt da, es gab kaum Fußspuren und kein einziger Pfad war freigeschaufelt worden. Hier waren die Tage so still wie die Nächte, hatte er gedacht, als er Freitagnacht Olga hergebracht und seine Aufmerksamkeit auf die Vorbereitungen im stillgelegten OP-Trakt verwendet hatte.

Nun ging er langsam am ehemaligen Aufwachraum vorbei und weiter den Flur entlang. Er spürte, wie sich seine Nackenhaare aufstellten. An der letzten Tür blieb er stehen.

Er hielt kurz inne und lauschte in die Dunkelheit, atmete die modrige, fremde Atmosphäre ein. Dann öffnete er die Tür und schaltete das Licht an.

Er wusste bereits, welch ein Anblick ihn in dem Raum erwarten würde, er glaubte, darauf vorbereitet zu sein. Doch als er das Licht einschaltete, überwältigte ihn die Erregung von Neuem, wie gestern, als er diesen Raum für sein Vorhaben vorbereitet hatte. Vielleicht sollte er ihre Tränen mit einem glühendheißen Stick versiegen lassen und einen kleinen Chip in die Wunde legen. Er liebte diese Spielchen. Dann hätten die Ermittler etwas, worüber sie grübeln könnten. Ha!

Olga-K, die noch immer im Operationstrakt auf einer Liege lag, hatte gestern Nacht Angst gehabt, denn sie hatte seine Wut gespürt. Er hatte Panik und Verwirrung in ihren Augen gelesen – und nach seinem Spiel mit dem Skalpell ihren unsäglichen Schmerz. Trotzdem war da irgendwo in ihren Augen noch ein kleiner Kern von glühendem, russischen Stolz zu erkennen gewesen, der ihn zur Weißglut gebracht hatte, und seine zerstörerischen Emotionen waren mit ihm durchgegangen.

Olga hatte es fertiggebracht, sich ihr Talent, alles zu verdrängen, zunutze zu machen, glaubte Janus zu wissen. Diese Gabe hatte sie in die Lage versetzt, Gedanken und Empfindungen auszuschalten, selbst nachdem der Schlüssel im Schloss umgedreht worden war und sie auf der schmalen Pritsche lag.

Er trug bereits die Einwegschürze, die er in einem Baumarkt gekauft hatte. Jetzt setzte er noch eine Papierhaube auf, die verirrte Haare auffangen sollte, und zog Einwegschuhe aus Papier über.

Janus hob die raue Decke an, und beim Anblick ihres Körpers wusste er: Das Vergessen von Raum und Zeit sollte sich bald über sie senken - schwer und dunkel. Aber heute - am Samstag - fühlte er noch etwas, eine Art Prickeln, als würde er mit Nadeln gestochen - die Vorboten des Schmerzes in erfrorenen Gliedern.

Aufregung? Nein, das war es nicht; das würde auf Freude oder Glück hindeuten, auf eine Gemütsbewegung, die es für ihn nicht gab, obwohl jenen Worten noch ein feiner, vage bekannter Duft anhaftete. Furcht vielleicht?

Sein Blick streifte erneut ihren Körper. Anfangs hatte sie schreckliche Angst gehabt, war aufs Äußerste verstört, ja starr vor Entsetzen gewesen, doch allmählich hatte Olga-K eine wirksame Überlebensstrategie entwickelt.

„Ich werde mir dein Nervengeflecht vornehmen." Als sein Mund diese Worte formte, versagte sein Verstand. Minute für Minute hatte sich sein Geist mehr von den Fesseln der vergangenen Stunden befreit, der Flut der Schmerzen, die er ihr zugefügt hatte. Die Erinnerung daran ebbte ab. Jetzt waren ihr und auch sein Inneres wieder weiß und ausgelaugt wie angeschwemmter Sand aus dem Meer. Es wurde also Zeit, sie mit seinen neuen Methoden zu konfrontieren.

Janus versiegelte ihren Mund mit Klebeband. Auf ihre Haut klebte er Elektroden. Dann legte er ihren Körper in Rückenlage auf den alten OP-Tisch. Auf eine Intubationsnarkose würde er verzichten. Er positionierte den Röntgenbildverstärker so, dass ein paralleler Blick auf der zu operierenden Bandscheibenetage erschien. Ihren Hals desinfizierte er vierfach und deckte ihn steril ab. Vier Zentimeter oberhalb des Schlüsselbeins infiltrierte er die Haut mit Lidocain und Adrenalin. Er setzte das Skalpell an und zog einen linksseitigen Hautschnitt im Verlauf der Hautspaltlinie, durchtrennte die Muskelplatte und präparierte den Hals medial weiter frei. Ihre stummen Schreie brachten ihm wahres Vergnügen und hallten in seinem Kopf nach.

Dann sah Janus sie: Die Arteria carotis pochte vor seinen Augen. Er wischte sich eine schwarze Haarsträhne, die sich hervorgestohlen hatte und ihm ins Auge gefallen war, aus dem Gesicht. Plötzlich zitterten seine Hände.

Da ... da waren sie wieder, die dichten grünen Schatten, die auf ihn starrten. Die Nacht braute sich über ihm zusammen, um den Tag aufzuzehren. Da waren sie wieder, in Begleitung der Stimmen, er konnte ihr Flüstern hören. Sie murmelten, dass er sich beeilen sollte. Das war der Anfang. So begann es immer. Sein Schwanz wurde groß und steif.

Er öffnete die tiefe Halsfaszie mit einem Präpariermesser. Die Streckmuskulatur hielt er, wie auch die Luft- und Speiseröhre, nach medial.

„Jetzt wird es spannend, du kleine, widerliche Nutte“, zischte er und präparierte die vordere Seite der Halswirbelsäule frei. Sieben schöne Wirbelkörper mit sieben einwandfreien Bandscheiben strahlten ihn an.

Er entschied sich für die fünfte Bandscheibe, öffnete sie mit dem Skalpell in der Mitte und entfernte das Gewebe vollständig.

„Vollständig ... in toto“, kicherte er und rieb seinen Schwanz. *In toto ...*

Er bewunderte mit offenem Mund ihren Hals, der nun ungeschützt dalag. Mit einer Kürette säuberte er den Bandscheibenraum. Rechtsseitig öffnete er das Foramen und entfernte Knochen- und Bandscheibenreste aus dem Wirbelloch bis zum Austreten der Nervenwurzel.

„Weißt du, für dich gibt es heute keinen Gott“, murmelte er. Schließlich war es ein kalter Herbsttag. Logisch in der russischen Pampa, dass es schon dunkel war und schneite, aber das war kein Zeichen. Kein göttliches Zeichen. Und für Olga-K schon gar nicht. Außerdem war dieses Gebäude nicht heilig oder gesegnet. Olga-K hatte es auch gesehen als das, was es war: Stein, Glas, Leitungsrohre, Balken, Schmutz. Es war ihm egal. Er hatte genug und musste zum Abschluss kommen.

Über das Röntgenbild überprüfte Janus, ob die Bandscheibe vollständig entfernt war. Dann öffnete er das hintere Längsband, bis die äußere Hirnhaut frei einsehbar war. Er spreizte den Bandscheibenraum und führte zwei Nägel zwischen den beiden Wirbelkörpern ein. Das müsste reichen. Beim Entfernen des Hakenmaterials kam es zu einer kleinen, knöchernen Blutung, die er mit Pattex verschloss. Danach spülte er die Operationsfläche mit einer schmerzerzeugenden Seifenlauge.

Zwei Stunden später war er wieder in Moskau und schrieb in sein Notizbuch:

*Protokoll: Versuchsreihe I – Olga-K*
  *Nahtmaterial:*
  *Halsmuskel: Vicryl-Faden 3,5, blau.*

*Muskelplatte: Vicryl-Faden 3,0, blau.*

*Unterhaut: Vicryl-Faden 2,0, grün,*

*Haut schließen mit Prolene-Faden, violett – Der violettblaue Faden bildet einen wunderbaren Kontrast zu ihrer blassen Haut.*

*Verband: weiß.*

*Röntgenkontrolle in zwei Ebenen. Die Etage ist exakt getroffen. Der Nagel zeigt eine regelrechte Positionierung.*

*Post OP: keine Halskrause.*

*Die ersten sensomotorischen Defizite treten auf. Wunderbar.*

*Fazit: Sterben ist eine einsame Sache. Das Leben aber auch. Wir alle verbringen unser Leben im tiefsten Inneren einsam und allein, ganz gleich, wie viel wir mit den Menschen teilen, die wir lieben, irgendetwas halten wir stets zurück. Manchmal ist es eine Kleinigkeit. Ich weiß, wovon ich rede.*

*Mein Gehirn glüht, meine Fingerknöchel schmerzen. Die Stimmen in meinem Kopf geben enervierende Töne von sich. Nichts kann die Flut des Bösen eindämmen. Jede Zelle meines Körpers ruft nach dem krönenden Abschluss der Versuchsreihe I – Olga-K.*

## Kapitel 6

*Möwensee, Dienstagmorgen gegen 3 Uhr*

Niemand bemerkte den Lieferwagen mit dem gefälschten moldawischen Kennzeichen, der zwei Stunden nach Mitternacht über die Afrikanische Straße fuhr und später in den Volkspark Rehberge bog. Niemand sah, wie der Wagen am Möwensee hielt und drei finster blickende Männer ausstiegen, ihre Wollmützen tief über die Stirn gezogen. Niemand hörte ihr Flüstern, als sie den schweren Fuß eines Sonnenschirms aus der Ladefläche trugen und am Ufer des Möwensees auf das feuchte Gras legten. Niemand bemerkte, wie sie den Ständer in den Fuß schoben und danach in den Lieferwagen stiegen, um wieder geräuschlos in die Dunkelheit der Nacht einzutauchen.

*Möwensee – Gegen 4 Uhr morgens*

Es war ein launischer Herbsttag gewesen. Das Wetter, sich ständig verändernd, hatte Wolken aus Blau und Violett über die Stadt gejagt. Im Oktober muss man mit derartigem Wetter rechnen, dachte Josef Kretschmar. Am Kurfürstendamm hatten Musiker ihre brüchigen und melancholischen Lieder ertönen lassen, die ihr Echo im Tschilpen der Spatzen und in den plötzlichen Ausbrüchen der amourösen Drosseln in den Bäumen am Straßenrand fanden.

Josef Kretschmar hatte den Abend plaudernd in seinem Klub verbracht, und da seine Gesprächspartner Männer seines eigenen Schlages waren, ehemalige

Kriegskameraden, Staatsbeamte, Männer im Ruhestand, ließen sie mit alten Witzen und Geschichten ihre Vergangenheit aufleben und wandten sich dann wie selbstverständlich der Gegenwart zu.

Heute hatte er nur mit halbem Ohr zugehört. Der Hunger war an diesem Abend und in der Nacht in sein Gehirn zurückgekehrt. Und er wusste: Er war niemals wirklich daraus verschwunden.

Während die Männer geplaudert hatten, hatte er unschöne Gedanken im Hinterkopf gehütet. Oh Gott, dachte er. Schenk mir die Gelassenheit, die Dinge so zu akzeptieren, wie sie sind. Vielleicht war er wegen dem, was sein Hirn da die ganze Nacht ausgebrütet und was ihn den Schlaf geraubt hatte, in den frühen Morgenstunden zum Möwensee gefahren, weil er hier seinen Trieben nachgehen wollte. Er erlebte es als lustvoll, vor anderen Personen seine Geschlechtsteile jungen Strichern zu zeigen oder bei sexuellen Aktivitäten beobachtet zu werden. Er starrte aus dem Fenster seiner Limousine und führte Selbstgespräche. Wieso kämpfst du so sehr dagegen an?, fragte er sich abermals.

Er kannte die Antwort. Weil er nicht den Mut aufbringen konnte, die Dinge zu ändern, die er ändern konnte. So einfach war es. Seine Welt zu ändern, bedeutete ein Verhalten an den Tag zu legen, das ihm schwerfiel.

„Ach komm, du warst so lange ein ganz braver Junge. Du weißt, dass du es heute tun willst", flüsterte er.

Warum sollte er diese sündige Welt so annehmen, wie sie war und nicht, wie er sie gerne hätte? Das konnte er nicht.

Er stieg aus. Niemand war zu sehen. Er blickte zum anderen Ufer des Möwensees. Vielleicht hielten die jungen Männer sich dort auf. Der Mond strahlte am Nachthimmel, wenn auch immer wieder von Wolkenfetzen verdunkelt, und wieder fortgeweht vom kräftigen Ostwind. Und dann sah er es und übergab sich in der nächsten Sekunde.

# Kapitel 7

*Montag, Berlin-Grunewald*

Im Oktober wurde Theo Walther auf der Mitgliederversammlung des Kreisverbandes Berlin erstmals zum Vorsitzenden gewählt. Seine Freunde hatten in ihren Laudationes seine Verbandsarbeit als unverzichtbar gewürdigt. Sehr oft war seine ehrenamtliche Arbeit der im Stadtverband Berlin organisierten Bestatter mit großem Zeitaufwand und unter Hintenanstellung persönlicher Interessen einhergegangen, doch er liebte diese Tätigkeit. Dass der Verband ihn eines Tages mit der Goldenen Nadel ehren würde, damit hatte er nicht gerechnet. Deshalb trug er die Ehrennadel mit Stolz. Gerade in einer Zeit des massiven Umbruchs in der Friedhofs- und Bestattungskultur sah er es als seine Aufgabe an, die Gestaltung der Beisetzungen maßgeblich zu unterstützen. In Walthers Augen verstand sich der Bestatter heute als moderner Dienstleister, als Schnittstelle zwischen Kommunen, den Kirchen und den Angehörigen. Er hatte es sich zur Aufgabe gemacht, nicht nur Bestattungen sorgfältig und pietätvoll durchzuführen, sondern den Angehörigen auch vor und nach dem Trauerfall beratend zur Seite zu stehen, insbesondere, wenn es sich um einen so bekannten Prominenten handelte wie Bardo Erbach.

*

Alexas Welt versank in Dunkelheit, als sie das Beerdigungsinstitut betrat. Sie hörte ihren leisen, kontrollierten Atem, als wollte sie auf diese Weise ihre Trauer abschütteln.

Sie sah sich um. Ein schlichtes Bild mit einem Muschelmotiv an der weißen Wand, ein einfacher Schreibtisch aus Nussbaum rechts in einer Ecke, ein grauer Teppichboden dämpfte die Schritte der Besucher.

Die Schreibtischlampe unterstrich mit ihrem kalten Licht die neutrale Atmosphäre des elegant eingerichteten Büros. Alexa konnte ein Frösteln nicht unterdrücken, als sie einige Urnen auf dem Schreibtisch sah, die der Mann dahinter rasch beiseiteschob, als sie sich setzte.

Theo Walther begrüßte sie mit einem mitfühlenden Blick. „Mein tiefstes Mitgefühl, Frau Dr. Erbach. Es tut mir sehr leid."

Alexa nickte und musterte den Bestattungsunternehmer, den sie in seinem dunklen Anzug auf mindestens fünfzig Jahre, vielleicht älter, schätzte. Seine rosige Haut strahlte vor Gesundheit. Sein volles Haar hatte unter der grauen Beleuchtung etwas dämonisch Imposantes. Die tiefschwarze Krawatte hing auf eine Weise schief, die vermuten ließ, dass er sich in Windeseile für seinen Gast umgezogen hatte.

Walther führte Alexa schweigend durch einen reich geschmückten Gang in die Kapelle. Während sie stumm nebeneinander hergingen, dachte Alexa an die Worte, die über die Fernsehkanäle zu hören gewesen waren. Und jetzt war sie hier in Walthers Beerdigungsinstitut und wollte vor der morgigen Beisetzung in Ruhe Abschied von ihrem Vater nehmen. Ihr Herz pochte, als sie auf den geöffneten Sarg zuging.

*Papa.*

Theo Walther sah sie an. „Soll ich das Licht ein wenig dämpfen?"

„Ja, machen Sie das, bitte." Ihre Stimme klang tonlos.

Walther betätigte den Dimmer. Dann trat er mit gesenktem Kopf, die Hände respektvoll gekreuzt, einige Schritte zurück.

Alexa holte kaum wahrnehmbar Luft. Für einen Moment schloss sie die Augen. Ihren Vater, der immer voller Leben gewesen war, im Sarg liegen zu sehen, ließ sie erschaudern.

*Papa.*

Sie streckte die Hände nach ihm aus, und für einen Augenblick war sie wieder bei ihm, entrückt in der Oase ihrer Erinnerungen. Sie war sechs Jahre alt gewesen, hatte mit ihm auf einem Karussell gesessen, und der blaue Himmel hatte sich über ihr gedreht. Sie hatte gekichert und sich ganz dicht an ihn gekuschelt. Einer der wenigen Augenblicke, wo sie sich nah gewesen waren.

*Papa! Papa!*

Ihr Herz galoppierte. Sie strich dem Toten übers Gesicht, küsste seine Stirn. „Mach's gut, Papa, wo immer du jetzt bist", flüsterte sie.

Dann drehte sie sich um, ging zum Eingang der Kapelle und nahm am äußersten Ende einer Reihe von Klappstühlen Platz. Sie blickte auf ihre im Schoß gefalteten Hände. Tief in ihrem Inneren spürte sie das Zittern, von dem sie gehofft hatte, es würde nachlassen, wenn sie sich einen Moment hinsetzte. Die morgendliche Übelkeit machte ihr zu schaffen. Aber das würde vorübergehen. Auch ihr Zuckerspiegel spielte mal wieder verrückt.

Sie griff in die Tasche ihres Mantels nach einem Stück Traubenzucker und kehrte aus ihren Tagträumen zurück.

Als zwei Männer die Kapelle betraten, blickte sie auf.

Die Männer blieben steif an Erbachs Sarg stehen, die Hände gefaltet. Ihre Blicke huschten umher, mit Augen, in denen kalte Gleichgültigkeit lauerte.

Alexa hörte, dass sie kurz mit Walther sprachen. Im bleichen, fluoreszierenden Licht der Kapelle hatten sie eine bedrohliche Ausstrahlung.

Für einen Moment schloss sie die Augen und konzentrierte sich auf die flüsternden Geräusche, doch sie konnte nicht hören, worüber die Männer sprachen. Wenige Minuten später gingen sie grußlos an ihr vorbei.

Ihr Atem ging nach dem Stück Traubenzucker gleichmäßiger.

Theo Walther kam auf sie zu. „Kommen Sie, Dr. Erbach. Ich begleite Sie noch zu Ihrem Fahrzeug."

Alexa dankte ihm mit einem stillen Blick. Doch dann siegte ihre Neugierde. Sie hob die Augenbrauen. „Was waren das für zwei finstere Gestalten, Herr Walther?"

Theo Walther nahm seine schwarz geränderte Brille ab und säuberte sie mit einem weißen Papiertaschentuch aus seiner Hosentasche. „Sie waren vom Innenministerium und wollten sich von Ihrem Vater verabschieden."

„Die sahen aber eher wie diese Typen vom Verfassungsschutz aus!", sagte sie mehr zu sich selbst.

Theo Walther setzte seine Brille wieder auf, lachte und zeigte dabei seine gelben Zähne. „Nein, nein, Dr. Erbach. Sie haben mir ihre Ausweise gezeigt. Dennoch, ich fand sie auch seltsam. Irgendwie zum Fürchten."

Alexa nickte. „Finster. Genau! Das ist ihre Masche, Herr Walther. Wenigstens behauptet das mein Mann immer, und der muss es wissen. Er arbeitet beim BKA. Auf Wiedersehen, Herr Walther. Bis übermorgen."

„Auf Wiedersehen, Dr. Erbach. Wir werden alles für die Beerdigung zu Ihrer Zufriedenheit vorbereiten. Machen Sie sich bitte keine Gedanken."

Als Alexa die Kapelle verließ, rannte sie beinahe in Dr. Bernhard Kramer, einer der beiden Oberärzte der Klinik, der wohl auch in aller Stille Abschied von ihrem Vater nehmen wollte. Er verzog den Mund zu einem flüchtigen, nichtssagenden Lächeln. Alexa erwiderte es nicht, sondern wandte sich ab, um seinen möglichen Fragen zu entgehen.

Plötzlich blieb sie stehen. Was hatte Walther gerade gesagt? *Sie haben mir ihre Ausweise gezeigt.* Beamte vom Innenministerium kamen in der Regel nicht zu einem aufgebahrten Toten, sondern zu seiner Beerdigung. Und sie zeigten einem Beerdigungsunternehmer gewiss nicht ihre Ausweise. Vielleicht der Verfassungsschutz! *Diese Typen verhalten sich immer so auffällig, Alexa,* hatte ihr Vater ihr einst gesteckt.

Nachdenklich stieg sie ein, drehte den Zündschlüssel um und startete den Wagen. Sie sah nicht in den Rückspiegel, auch hörte sie das andere Auto nicht, das auf der gegenüberliegenden Straßenseite startete und anfuhr.

Alexa dachte an ihre Mutter, wie ihr Tod sie einst zutiefst berührt und sie die abrupte Leere des Verlusts gespürt hatte, als sie unerwartet gestorben war. Sie erinnerte sich an die Beerdigung. Es war ein grauer, verregneter Tag gewesen, zwei Tage nach ihrem zwölften Geburtstag. Das Haus war voller Menschen in grauen und schwarzen Anzügen und Kostümen gewesen, Nachbarn und Verwandte, die ihr die Hand beim Schütteln fast zerquetscht hatten. Alle hatten etwas von Herz und Stress gemurmelt und von Gott, und sie hatte durch Tränen verhangene Augen gesagt, dass sie sich jetzt um die Rosen kümmern müsste. Damals war sie am Boden zerstört gewesen. Das Gefühl, das sie heute empfand, war eine eher distanzierte Empfindung. Seit zwei Stunden wusste sie auch warum. *Papa!*

Aufgewühlt durch die Entdeckung im Aktenschrank ihres Vaters raste Alexa durch die Stadt, im Zickzackkurs von Spur zu Spur über die Königsallee in Richtung Grunewald. Zurück in die Erbach-Villa. Offensichtlich hatte ihr Vater viele Geheimnisse. Sie musste Gewissheit haben.

# Kapitel 8

*Dienstag, Berlin-Charlottenburg*

Ein Bombenentschärfungskommando war gekommen und hatte Lion Breckendorf wie durch ein explosionsartiges Spektakel unsanft aus dem Schlaf gerissen. Die fünfjährige Esther und ihre sechsjährige Schwester Becky hüpften auf dem Bett herum. „Aufstehen, Papa, aufstehen und duschen! Duschen! Aufstehen!"

Die beiden Quietsche-Enten erreichten an seinen Ohren mindestens 130 Dezibel. Wenigstens kam es Lion so vor.

Er blinzelte und öffnete die Augen. „Aufstehen, Papa! Wir sollen dir von Mama sagen, dass Tom Diavelli angerufen hat und dass du ihn sofort zurückrufen musst", sagte Becky, die ihn mit Philipas bernsteinfarbenen Augen ansah.

„Mami hat auch gesagt, dass du deine Extremi … eh … miditoten bewegen sollst. Was sind Extremidingsda?", fragte Esther.

Becky schüttelte ihren roten Lockenkopf. „Du bist aber doof. Das ist das, was am Menschen dranhängt. Beine!"

„Weiß ich doch! Ich bin nicht doof!", kreischte Esther.

„Ruhe jetzt. Kommt her, ihr Rabauken!" Lion Breckendorf drückte seine beiden Töchter fest an sich und gab ihnen einen dicken Kuss. „Ich hab gar keine Lust aufzustehen. Wo ist denn eure Mutter?"

„In der Küche. Sie macht Polizeifrühstück", antwortete Esther. „Papa? Wenn Mami ein Mann geworden wäre, könnte sie doch zur Arbeit gehen und dann müsstest du nicht so früh aufstehen und böse Menschen fangen."

Lion Breckendorf hob verblüfft die Augenbrauen. „Da hast du wohl recht, Kleines. Aber wenn Mami ein Mann gewesen wäre, hätte ich sie nie kennengelernt, und wenn ich sie nicht kennengelernt hätte, dann hätte es euch nicht gegeben. Und das wäre doch jammerschade."

Becky überlegte kurz. „Stimmt. Oder du hättest einen Mann geheiratet und uns adoptiert. Mit uns hast du echt Glück gehabt."

Lion lachte laut auf. „So und jetzt ab mit euch. Ich muss duschen."

Becky schubste ihre Schwester an. „Der Unterschied zwischen Menschen und Tieren ist, dass Tiere nicht duschen müssen. Unsere Katze Samu putzt sich doch auch nur", sagte sie und stürmte aus dem Zimmer.

Esther schaute ihn an. Auch sie hatte die bernsteinfarbenen Augen und das rotblonde Haar ihrer Mutter geerbt. Aber sie hatte sein breites Lächeln. „Das haben wir im Kindergarten gelernt. Und dass Tiere auch nicht aufs Klo müssen. Sie können im Freien Pipi machen, wie die Jungs, aber wir Mädchen können das nicht, weil, wir haben ja nichts zum Festhalten." Dann rannte auch Esther aus dem Schlafzimmer.

*Kinderlogik,* dachte er. Er fragte sich, was Tom Diavelli auf dem Herzen hatte. Wenn sein Freund sich frühmorgens bei ihm meldete, musste das einen triftigen Grund haben.

Lion griff zum Hörer und wählte Toms Nummer. „Tom, was gibt es denn so Dringendes, dass du mich um diese Zeit aus dem Bett scheuchst? Weißt du eigentlich, wie spät es ist?"

Lion richtete sich in seinem Bett auf und versuchte die Benommenheit abzuschütteln, während er Diavellis Worten lauschte.

„Ich muss dich unbedingt treffen", erwiderte Diavelli und nannte ihm den Grund seines Anrufs. Ein Mann hatte in den frühen Morgenstunden im Volkspark Rehberge am Möwensee die entstellte Leiche einer jungen Frau aufgefunden. An und für sich sei es die Angelegenheit der Mordkommission Wedding, aber in diesem Fall hatte man das LKA eingeschaltet und ihn zum Tatort gerufen. Es lag der Verdacht nahe, dass es sich um eine Serientat handeln könnte, die Ähnlichkeiten mit einer Reihe von Verbrechen aufwies.

„Entschuldige, Lion. Es ist wichtig. Ich habe mir in aller Herrgottsfrüh etwas ansehen müssen, und es fällt mir verdammt schwer, am Telefon darüber zu sprechen."

Ein ahnungsvolles Stöhnen drang über Lions Lippen. Es war nicht das erste Mal, dass so etwas geschah. Sie wurden zu oft mit dem Bösen konfrontiert.

„Es ist nicht nur diese übel zugerichtete Leiche. Ich habe den Verdacht, dass es hier um viel mehr geht. Allerdings bin ich bereits auf dem Weg nach Wiesbaden. Ich komme heute Abend zurück. Können wir uns bei dir treffen? So gegen 20 Uhr? Es gibt da noch etwas anderes, was von Bedeutung sein könnte. Es ist sehr wichtig!"

Lion runzelte die Stirn. Tom würde die Worte nicht in den Mund nehmen, wenn nicht etwas wirklich Übles in sein Leben getreten war. „Okay, bis dann", sagte er und legte auf.

Blinzelnd blieb er noch einen Moment liegen, sammelte seine Gedanken und wehrte sich gegen den Drang, weiterzuschlafen. Das Zifferblatt seines Weckers zeigte Viertel nach sieben. Die vergangene Nacht hatte ihm nur fünf Stunden Schlaf beschert. Er holte tief Luft, nahm alle Kraft zusammen, schwang sich aus dem Bett und ging ins Badezimmer.

Dort schaute er in den Spiegel. Für deine einundvierzig Jahre siehst du gar nicht so übel aus, dachte er. Das sonnengebräunte Gesicht, die Lachfalten, braune Augen, das dunkelblonde, kurze, gewellte Haar, ein Vollbart und der sinnliche Mund blickten ihm entgegen. Er verzog sein Gesicht zu einer Grimasse und warf seine Shorts achtlos auf den Boden.

Er drehte den Hahn auf und stellte sich unter die Dusche. Das Wasser prasselte auf seinen Körper, und er hing seinen Gedanken nach. Wieso hatte Tom als Mitarbeiter des Bundeskriminalamtes eine Leiche in Berlin ansehen müssen? Vielleicht, weil er hin und wieder in Berlin für das LKA 5, Polizeilicher Staatsschutz in der Luftbrücke 6, tätig war? Hm … Das LKA 5 gliederte sich in den Polizeilichen und den Ordnungsbehördlichen Staatsschutz. Der Polizeiliche Staatsschutz war für die Verhinderung und Bekämpfung politisch motivierter Straftaten der Phänomenbereiche Rechts, Links und Ausland einschließlich des Islamismus zuständig. Darüber hinaus wurden auch Delikte geheimdienstlicher Agententätigkeit bearbeitet sowie alle Ermittlungen in Zusammenhang mit Sprengstoffattentaten geführt.

Nein, da passt etwas einfach nicht zusammen, dachte er. Tom arbeitete seit geraumer Zeit beim Bundeskriminalamt in Wiesbaden, das in einigen Monaten nach Berlin umziehen würde. Sie hatten sich vor vielen Jahren beim LKA in Hamburg kennen- und schätzen gelernt und Jahre später mehrere grausame Morde aufgeklärt. Nach Toms Hochzeit mit der Forensikpsychiaterin Alexa Erbach hatten sie noch einmal an der Universität die Hörsaalbank gedrückt. Tom hatte einem Abschluss in Master of Criminal Justice, Governance and Police Science und hatte schwerpunktmäßig in Hamburg gearbeitet, während er sich nach seinem Master of Criminology and Police Science für den Standort Berlin entschieden hatte.

Nach der Dusche fühlte er sich besser und halbwegs frisch.

Während er dasaß und geistesabwesend vor sich hin starrte, wurde die Stille seines Hauses erneut durch das laute Geplapper der Mädchen gestört.

„Lion, hat deine Duschorgie zu einer Minderung deiner körperlichen Leistungsfähigkeit geführt? Wir warten auf dich!", hörte er Philipa rufen. Lion lächelte und ging die Treppe hinunter. Als er das Esszimmer betrat und seine Frau auf ihn zukam, vergaß er einen Moment, was er soeben gehört hatte. Er seufzte. Philipa war atemberaubend, ihr Lächeln zauberhaft. Sie hatte rotblondes, naturgekraustes langes Haar, das ihr fast bis zur Taille reichte. Ihre Gesicht bestand aus lauter Sommersprossen: Ansichtspunkte, die geküsst werden wollen, fand er. Ihre bernsteinfarbenen Augen leuchteten, als sie auf ihn zukam, vor ihm stehen blieb und ihn küsste: „Guten Morgen, Liebling."

Er hatte Philipa, die er Pippa nannte, im Rahmen einer Ermittlung kennengelernt. Eine Spezialeinheit hatte ein Café gestürmt, in dem Philipa sich zufällig aufgehalten hatte. Er hatte sich Hals über Kopf in sie verliebt. Ein Jahr später waren sie verheiratet.

Lion erwiderte den Kuss seiner Frau und streichelte sanft über ihr Haar.

„Alles okay? Wasserpfützen im Bad beseitigt?", fragte sie leise. Er nickte und küsste sie noch einmal.

„Könntest du für heute Abend eine Flasche Hugo kaltstellen?"

Sie lächelte. „Was hast du mit mir vor?"

„Ich werde deinen Körper in Fahrt bringen."

„Mit Hugo?"

„Definitiv."

„Gefällt mir. Was wollte denn Tom um diese Zeit von dir?"

„Er war schon auf dem Weg nach Wiesbaden und möchte mich nach seiner Rückkehr sehen. Ich habe ihn für heute Abend eingeladen. Wie es aussieht, gibt es einen neuen Fall." Mehr wollte er Philipa im Beisein der Kinder nicht erzählen.

„Papa muss arbeiten", plapperte Esther drauflos. „Es gibt Tote. In Karlas Familie sind auch viele tot und die hängen bei ihr zu Hause an der Wand."

„Wer ist Karla, Kleines?", fragte er.

„Ihre Freundin aus dem Kindergarten, Papa. Die mit den Glubschaugen!", rief Becky.

Esther sprang auf und schubste ihre Schwester. „Sie hat keine komischen Augen. Sie trägt nur eine Brille, die die Augen groß macht!"

„Ruhe jetzt!", sprach Philipa ein Machtwort. „Müsst ihr immer so laut sein?"

Lion grinste. „Wie kommen unsere Kinder bloß auf ihre Weisheiten?"

„Aus dem Kindergarten", erwiderte Philipa.

Er nickte, trank rasch zwei Tassen Kaffee. „Ich muss. Bis später. Wobei ich mich lieber einer Studie der sexuellen Anziehung zwischen zwei Menschen widmen würde."

Philipa umarmte ihn zärtlich. „Wer käme da als Studienobjekt infrage?"

„Rate mal. Ich liebe dich", hauchte er ihr ins Ohr, küsste sie noch einmal und verließ das Haus.

Während der Fahrt durch den Berufsverkehr zum Tatort sah Lion das Bild einer toten Frau in allen grässlichen Einzelheiten vor sich. Das blutige Gesicht, die leeren Augenhöhlen. Entsetzen stieg in ihm auf. Toms Botschaft war deutlich gewesen. Vor dem Frühstück hatte er versucht, die offensichtliche Wahrheit zu verdrängen, doch er wusste, dass er das nicht konnte. Sein Freund hatte ihm einmal erklärt, dass Mörder ihre Opfer häufig an einem Ort zur Schau stellen, nach dem andere Ausschau halten, weil dieser eine Attraktion darstellt. Ein Ort, den auch ein Mörder immer wieder aufsuchen, und an dem er sich selbst wiederfinden und seine Tat immer wieder neu definieren konnte. So ein Ort war der Möwensee im Volkspark Rehberge.

## Kapitel 9

*Dienstag, Moskau*

Wie lange hatte er geschlafen? Nicht lange. Nicht lang genug. Seine Stimme war heiser, die Kehle trocken. Janus war so müde, dass selbst die einfachsten Verrichtungen ihm Konzentration abverlangte. Aufstehen, duschen, frühstücken. Die *Perfektionierung* hatte ihn Kraft gekostet.

Er schaute zum grauen Himmel. Seine Gedanken schweiften immer wieder ab, doch er musste sich konzentrieren, sich für die Konferenz STEFKO sammeln.

Der Wind war stärker geworden, fegte lockeren Schnee vom Boden und peitschte ihm ins Gesicht. Er hob die Hand und beschirmte die Augen. Während er sich dem Verwaltungsgebäude an der Ostseite des Iwanplatzes näherte, linste er durch seine Finger und sah Dimitri am Eingang stehen.

Vor zwei Tagen hatte sich der Geheimdienstler mit einem verächtlichen Gesichtsausdruck von ihm verabschiedet. Janus war nicht besonders erpicht auf eine Begegnung mit dem Mann. Dieser verdammte Russe wusste alles, aber auch alles über ihn. Dimitri war gefährlich. Kein Wunder. Er gehörte zur Elite des russischen Geheimdienstes. Dieser Mann wusste, dass, wenn man die Dinge einfach laufen ließ, sich ein eventuelles, haltloses Mordgeschwätz wie Unkraut unter den Einwohnern Moskaus ausbreiten und sie verunsichern würde, bis die Gegner der Regierung womöglich wieder einen der Grundpfeiler der fehlerfreien, makellosen russischen Gesellschaft hinterfragten.

Dimitris Aufgabe war es, haltlose Spekulationen im Keim zu ersticken und Zweifler vom Abgrund wegzuführen. Dieser Gedanke fuhr wie ein Adrenalinstoß durch seine Adern. Dimitri war ein ebenbürtiger Gegner.

Der Schnee sammelte sich auf seinem Gesicht. Er leckte die Flocken von seinen Lippen, und ihm wurde klar, dass er, wenn er im Verwaltungsgebäude nicht pünktlich erschien, sterben würde. *Die Russen sind gestählt!* Oh ja, das wusste er. Sie würden ihn - ohne mit der Wimper zu zucken - töten.

„Hast du dich am Wochenende gut amüsiert", fragte Dimitri verächtlich, als er am Eingang des neoklassischen Gebäudes ankam.

Janus antwortete nicht, sondern warf einen Blick in die Dunkelheit des Verwaltungsgebäudes.

„Bevor du hineingehst, solltest du wissen, dass du bis morgen dein Spiel mit Olga zu Ende bringen solltest. Morgen werden wir gegen Abend sämtliche Spuren beseitigen. Danach gibt es nichts mehr, was dich und uns mit dem vergangenen Wochenende in Verbindung bringt. Vergiss, dass du jemals dort warst!"

Janus nickte und betrat das Verwaltungsgebäude des Moskauer Kremls, manchmal auch *Gebäude 14* genannt. Es war eines der wenigen aus dem 20. Jahrhundert stammenden Bauwerke auf dem Kremlgelände. Den sichtbaren Kontrast des Gebäudes zu den benachbarten Bauten hatte Architekt Rerberg zu lindern versucht, indem er das Gebäude von der charakteristischen gelben Fassadenfarbe her an die nähere Umgebung angeglichen hatte. Dennoch blieb es von außen ein hässlicher Kasten, fand Janus.

Nach fünf Gehminuten durch endlos dunkle Korridore betrat er den Konferenzraum und nahm an dem

Tisch mit dem Hinweis *Janus* Platz. Rechts neben ihm saßen die Vertreter der chinesischen Regierung, links die der indischen Verbündeten. Weiter vorn waren die Plätze lediglich mit Russland gekennzeichnet. Wer hier Platz nehmen würde, wusste keiner der Anwesenden.

Die große Leinwand im vorderen Bereich zeigte einen Willkommensgruß: *Приемам к заседанию. Willkommen zur Konferenz STEFKO.*

Es war die fünfte Konferenz der Männer aus Russland, China und Indien. Ihre Treffen hatten bislang kaum großes Aufsehen erregt. Die Medien hielten sich bedeckt. Der Schattenmann ließ die Presse in dem Glauben, dass seine Gäste meist über gemeinsame Projekte in den Bereichen Energie, Landwirtschaft, Verkehr, Kooperation bei Naturkatastrophen, Epidemien oder Hilfeleistung bei Notständen sprachen. Niemand außer den geladenen Gästen wusste, dass in diesem Jahr das geheime Treffen von anderer Bedeutung war. Der Grund lag auf der Hand: Die Versuche Washingtons, Russlands Wirtschaft zu schaden und es international zu isolieren, musste unterbunden werden.

Dimitri begrüßte mit einem Kopfnicken die Chefs der Geheimdienste der befreundeten Staaten, die bereits am Konferenztisch Platz genommen hatten. Die Atmosphäre war angespannt, jeder war neugierig auf die neue STEFKO-Version.

„Meine Herren“, begann Dimitri, „herzlich willkommen im Kreml. Wir haben dieses geheime Meeting anberaumt, weil wir uns auf eine einheitliche Sprache verständigen müssen, wenn wir zukünftig auf Predictive Policing in Russland angesprochen werden.“ Dimitri atmete tief durch. „Sie alle wissen, dass Polizisten im Westen vor dem Computer sitzen und genau voraussagen können, wo im Laufe des Tages Verbrechen geschehen werden, wie Meteorologen prognostizieren, an welchen Orten es regnen wird."

Ein Raunen ging durch den Raum.

Janus schaute in die Runde und fragte sich, ob es sinnvoll wäre, diese Männer schon jetzt über STEFKO aufzuklären, als plötzlich die Tür des Konferenzraumes geöffnet wurde. Der Schattenmann betrat mit einem Gefolge finsterer Gestalten das Zimmer.

„Bitte, meine Herren, bleiben Sie doch sitzen", sagte er und nahm auf dem Stuhl neben Dimitri Platz. „Dimitri, fahren Sie fort."

„Das Landeskriminalamt München testet seine Predictive-Policing-Software derzeit in einem Pilotprojekt", fuhr Dimitri fort. „Die bayerischen Ordnungshüter nutzen seit Juni dieses Jahres offiziell die Verbrechensprognosen, die vom Computer berechnet werden. Vorher fand ein achtmonatiger Testbetrieb statt."

„Das wissen wir", meldete sich China zu Wort. „Wir haben dort eine Anfrage gestartet. Aus polizeitaktischen Gründen verzichte man bewusst, uns nähere Details bekannt zu geben, ließ die Behörde uns wissen." Der sonst so selbstbewusste Chinese Lining neben Janus wirkte fassungslos, nicht stark und erhaben wie sein Vorname andeutete.

Einen Augenblick lang hätte man eine Stecknadel fallen hören können.

Janus schmunzelte innerlich. *So sind die Deutschen nun mal.*

„Immerhin stellen sich in Zusammenhang mit der neuen Technik viele Fragen", unterbrach erneut Lining das Schweigen. „Welche Informationen werden wo verarbeitet? So etwas müssen wir wissen!"

Der Schattenmann stand auf. Seine kleinen, kalten Augen huschten durch den Raum. „Eines aber dürfte unbestritten sein“, sagte er. „Menschheitserfahrungen, die über das Menschliche hinausgehen, wurden bei uns schon immer zu Gold gesponnen. Es ist paradox. Gerade darin, dass einem hier so wenig erspart bleibt, liegt Russlands wahrer Reichtum. Wir haben das Recht, umfassend durch den Westen informiert zu werden. Immerhin geht es um neue Technologien, die unseren Alltag betreffen. Der Haupteffekt, die Senkung der Kriminalität, ist sicher positiv zu sehen. Aber was ist mit den Nebenwirkungen? Und wer kontrolliert die Kontrollierenden? Es ist eine Frechheit, sich in unsere politischen Belange einmischen zu wollen. Und …“

„Weswegen sind wir eigentlich hier?“, fiel der Chinese dem Schattenmann ins Wort. „Russland befindet sich derzeit in einer schwierigen Lage, ihr seid fast isoliert.“

Dimitri wischte sich mit einem Taschentuch den Schweiß von der Stirn. Er war in der Runde nicht besonders beliebt, aber sie respektierten ihn. Er hob zaghaft die Hand, worauf Lining ihn mit einem zynischen Blick musterte.

„Richtig. Deswegen ist die Teilnahme an internationalen Foren für uns so wichtig. Wir sind aber nicht komplett isoliert, und mit STEFKO werden wir es nie wieder sein. Uns steht ab sofort CHIMÄRE, das Programm der Deutschen zur Verfügung, das wir mit unserem Update STEFKO auf den neuesten Stand gebracht haben. Ich werde Ihnen die Version später in allen Einzelheiten vorstellen. Damit werden wir uns aus der Isolation manövrieren und niemand wird Russland je wieder schwächen!“

Schweigen trat ein.

Der Schattenmann setzte sich wieder und trommelte mit den Fingern auf der Tischplatte.

„Ich bin gespannt. Der Alte Kontinent darf nicht nur Brutstätte und Paradiesgarten künstlerischer Ideen bleiben, auch wenn manche meinen, er durchlebe seine Wechseljahre“, resümierte der Chinese.

Der Schattenmann grinste zynisch. „Dimitri! Öffnen Sie die Büchse der Pandora!“, forderte er seinen Geheimdienstchef auf.

„Die allgemein zugänglichen Informationen haben wir für Sie in der vor Ihnen liegenden Mappe zusammengestellt.“

Dimitri warf die erste Folie an die Wand.

„Nun … Auf welchen wissenschaftlichen Erkenntnissen basierte das alte Programm? STEFKO analysierte in seiner vorherigen Version mithilfe von soziologischen, psychologischen und kriminologischen Theorien bislang menschliches Verhalten. Menschen, insbesondere Kriminelle, hinterlassen immer Spuren. Menschen funktionieren musterhaft. Diese Muster sucht STEFKO in großen Datenmengen. Daraus berechnet das Programm die Wahrscheinlichkeit neuer Straftaten. STEFKO sagt voraus, wo es wieder passiert. Konkret ging es um die Muster bei Einbrüchen, bei denen die Aufklärungsquote ja nicht besonders gut ist. STEFKO kann diese Quote senken. Das haben unsere bisherigen Erfahrungen gezeigt.“

„Moment mal“, unterbrach der Inder Ajeet. „Es geht doch hier wohl nicht um Einbrüche, Autodiebstahl, Raub, Bankomat-Betrüger oder Brandstiftung?“

Dimitris Stirn glänzte schweißnass. „Nein! STEFKO funktionierte in seiner alten Version bislang nur bei musterhaftem Vorgehen der Täter, aber nicht bei impulsiven Verbrechen, wie zum Beispiel der Tötung des

Partners. Aber die Software und die Technik wurden verfeinert und sind nun auch auf andere Deliktsfelder anwendbar. Nach dem Update kann STEFKO viel mehr …" Dimitri lehnte sich in seinem Sessel zurück.

„Spannen Sie uns nicht so auf die Folter, Dimitri!", nörgelte der Chinese.

Der Schattenmann nickte kurz in Janus' Richtung.

Er glaubte fast, seinen Atem hören zu können. Er erhob sich und wandte sich an das kleine Auditorium. „Meine Herren, gestatten Sie mir, es Ihnen kurz zu erklären." Kalt blickte er in die Runde. „Welches ist der widerstandsfähigste Parasit? Ein Gedanke! Resistent und hoch ansteckend!" Er tippte sich mit dem Finger an die Stirn. „Wenn ein Gedanke den Verstand erst einmal infiziert hat, ist es fast unmöglich, ihn zu entfernen. Ein Gedanke, der voll ausgeformt ist, der vollkommen verstanden ist, der bleibt haften." Noch einmal berührte Janus seine Stirn. „Irgendwo da oben drin."

„Was wollen Sie uns da weismachen, Janus?", mischte sich Ajeet ein.

Der Inder machte seinem Namen alle Ehre. Kein Wunder, dass Ajeet an dieser Tagung teilnahm, dachte Janus. Ajeet bedeutete *der Unbesiegbare, der immer Gewinnende*. Auch er verachtete die Sanktionen gegen Russland.

„Besonders im Schlaf sind die bewussten Abwehrmechanismen der Menschen geschwächt", fuhr er fort. „Und damit sind sie anfällig für eine Infiltration. STEFKO ist in der Lage, in ihr Unterbewusstsein einzudringen und es zu manipulieren oder für bestimmte Zwecke zu trainieren."

Die gebannte Aufmerksamkeit aller Anwesenden war nun auf ihn gerichtet. Der Chinese Lining sah ihn verblüfft an. „Wie gelingt Ihnen das?"

„Mit Elektroden und audiovisuellen Impulsen. Mit STEFKO funktioniert es aber auch über ferngesteuerte Impulse. STEFKO kann den Verstand aller Menschen durchforsten und wird sich in den Gedanken anderer besser auskennen als die Betroffenen selbst, besser als der Ehepartner, besser als sonst jemand. An dieser Stelle greift die Manipulation."

Janus strich sich mit der Hand durchs Haar. „Natürlich funktioniert die Manipulation nur durch eine bestimmte audiovisuelle Stimulation. Das Prinzip ist einfach. Ein Beispiel: Über einen Impuls wird tagsüber Ihr Appetit auf einen Joghurt geweckt. In der Nacht gehen Sie in die Küche und verputzen Ihren Vorrat an Joghurts. Am nächsten Tag wundern Sie sich, dass der Kühlschrank leer ist. Sie erinnern sich an nichts. So ähnlich funktioniert es."

Chorgesang. „Das ist unglaublich, Janus!"

Er grinste. *Wie dumm ihr doch alle seid!* Dimitri zog eine gelbe Mappe aus einem Stapel Unterlagen hervor, klappte sein Notebook auf und schloss es an den Beamer an, der prompt das STEFKO-Logo als stehendes Bild an die Projektionswand warf. „Unser Geheimdienst und unsere Freunde konzentrieren sich jetzt auf den eigentlichen Hotspot! Unsere Minikopter werden künftig zu Observierungs- und für Vermessungszwecke eingesetzt."

Der Japaner hob die Hand. „Gibt es schon erste Erfahrungen? Haben Sie schon eine Person infiltriert?"

Ein Raunen ging durch den Konferenzraum. „Ja!", antwortete Dimitri. „Wir haben im Westen eine Drohne mit STEFKO ausgestattet."

Mit einem Mal kicherte der Inder. „Sehr gut. Ich bin begeistert. Das wird ein großer Durchbruch für die Verbündeten."

„Aber mal unter uns", grübelte der Chinese. Doch plötzlich glättete sich seine nachdenkliche Stirn. Er lachte laut auf. „Wer ist die Zielperson?"

Schweigen.

„Schon gut. War ein Scherz. Ich habe verstanden und werde schweigen wie ein Grab", fügte Lining rasch hinzu.

„Niemand hat es gern, wenn ihm jemand anderer im Kopf rumpfuscht, Dimitri", sagte der Inder leise.

Janus merkte, wie sein Mund trocken wurde. Wie aus der Ferne hörte er Ajeets Worte. Dimitri hakte die Daumen in seinen Armeegürtel, hörte kalt lächelnd zu und begann dann zu nicken, als seien sie alte Freunde.

# Kapitel 10

*Dienstag, Berlin-Möwensee*

Wer den Stadtteil Berlin-Wedding an warmen Herbsttagen nur für eine aufgeheizte Steinwüste hält, kennt sich nicht gut genug aus, da in seinem Volkspark Rehberge der Möwensee, der Entenpfuhl und der Sperlingssee mit seinen atemberaubenden Panoramen herbstlicher Farbenpracht liegen. Die ehemalige Dünenlandschaft war Teil des Berliner Urstromtals und nach den Kriegswirren aufgeholzt worden. Baumbestände und Wasser gibt es im Volkspark reichlich.

Lion Breckendorf fragte sich, warum der Täter die junge Frau, statt sie nach ihrer Ermordung einfach in den See zu werfen, durch die Zurschaustellung ihres toten Körpers ein weiteres Mal gedemütigt hatte. Eine Wasserleiche wäre seiner Meinung nach die bessere Alternative gewesen als das, was sich ihm vermutlich gleich bieten würde.

Einige Hinweise am Tatort Möwensee deuteten auf einen ähnlichen Fall, den das LKA und BKA bearbeiteten: ein Kapitalverbrechen, das auf einen Serientäter schließen ließ, weshalb Tom Diavelli und Lion Breckendorf hinzugezogen worden waren, obwohl der Fall offiziell der Zuständigkeit der Kripo Berlin-Wedding unterlag.

Diavelli war unmittelbar nach der Tatortsichtung nach Wiesbaden gefahren, Lion Breckendorf gegen acht Uhr im Volkspark Rehberge eingetroffen, um den Tatort am Möwensee zu sichten und sich die Tote anzusehen.

Dr. Jo Käfer, die kürzlich ernannte leitende Gerichtsmedizinerin und übergewichtige Kettenraucherin, die mehr Prosecco und Wein trank, als gut für sie war, wartete in ihrem Fahrzeug auf ihn. Sie hatte in den frühen Morgenstunden alles stehen und liegen gelassen, um zum Tatort zu fahren und die erste Leichenschau durchzuführen. Die Fundstelle war bereits fotografiert, Skizzen angefertigt und die Spuren gesichert.

Breckendorf ging auf die Rechtsmedizinerin zu. Sie hatte das Wagenfenster einen Spaltbreit geöffnet.

Er legte den Ellbogen aufs Dach und beugte sich zum offenen Fenster hinab.

„Jo. Bist ein bisschen blass um die Nase."

„Ich hab, wie du, den Tod schon in vielen Gestalten gesehen, doch niemals in einer derart gefräßigen Gestalt. Du solltest dich auf die Jagd nach dem Abschaum des Abschaums begeben, statt dumme Sprüche zu klopfen", erwiderte sie gereizt.

Er mochte Jo, deren Sektionen immer von Kinder-CDs untermalt wurden; ob Pippi Langstrumpf oder Benjamin Blümchen, Hauptsache laut und schrill.

Lion, ich habe fünf Enkelkinder. Ich muss *auf dem Laufenden bleiben,* hatte sie ihm nach einer abendlichen Obduktion in der Kneipe gestanden. Danach hatten sie einen über den Durst getrunken und duzten sich seitdem.

Jo war eine äußerst humorvolle Frau und er war angetan von ihrer exzellenten Arbeit. Er wusste, dass sie ihn ebenfalls schätzte.

„Wurde Zeit, dass du endlich kommst, Lion. Das Mädchen sieht ziemlich übel aus. Das hier ist nicht der übliche Mist, das hier ist ziemlich übel."

Er trat zurück, als Jo aus dem Wagen stieg. „Erzähl es mir, damit ich vorbereitet bin. Du kennst meine Abneigung, wenn es um übel zugerichtete Opfer geht."

„Darauf kann ich dich nicht vorbereiten. Das hat selbst mich umgehauen. Es ist eine junge Frau, die das Leben noch vor sich hatte. Ich habe so etwas noch nie gesehen. Schaff sie mir sofort in die Rechtsmedizin. Ich möchte das schnell hinter mich bringen, damit ich heute Nacht schlafen kann."

„So schlimm?"

„Schlimmer! Könntest du mich mal kurz an dich drücken?"

Er breitete seine Arme aus. Jo kuschelte sich hinein. Er hielt sie fest, aber nicht zu fest. Dabei nahm er den Duft ihrer Haare wahr und das Flüstern des Windes.

Sie löste sich aus seiner Umarmung. „Danke. Hast du mal eine Zigarette?"

„Klar. Hattest du nicht aufgehört zu rauchen?"

„Ach was. Nur in Gegenwart meiner Enkel." Jo zündete sich mit zitternden Händen die Zigarette an. „Wir haben den Schaulustigen die Sicht auf das Opfer mittels Abdeckplanen genommen. Wir sehen uns dann in der Rechtsmedizin. Bis später."

*Na bravo!* Breckendorf ging zu einem der Polizeibeamten, der wie Jo mitgenommen aussah. Er konnte seine Aufregung förmlich spüren.

„Guten Morgen, Herr Breckendorf. Es ..." Er suchte nach Worten. „Es ist schlimm."

Ein einzelner Satz. Angefüllt mit all der Bedeutung und dem Wissen, geflüstert nach dem Sehen einer grauenvollen Tat.

Breckendorf sah sich um. Überall standen Neugierige herum. Der Streifenpolizist deutete auf die Menge, um sich dann mit dem Zeigefinger an die Stirn zu tippen.

Breckendorf schüttelte verständnislos den Kopf. In der Stadt standen sie in ihren Vorgärten oder versteckten sich hinter den Gardinen ihrer Fenster, um nach draußen zu spähen. Doch hier gab es keine Häuser, nur Wasser und Bäume. Der Polizist reichte ihm einen Schutzanzug, den er rasch überzog.

Am Tatort warf er einen Blick auf das Opfer.

Der Anblick raubte ihm den Atem. Das Angesicht des Todes war ein Gesicht, das sich ständig veränderte und das irgendwann jeder tragen würde, viele aber zur falschen Zeit, wie diese junge Frau.

Er schwitzte und sein Herz hämmerte. Er hatte mit Körperflüssigkeiten zu tun, mit Verwesung, und immer wieder mit der schlimmsten Sorte menschlichen Abschaums. Das Erste, was er heute roch, war der süßlich schwere, klebrige Geruch von Eisen, der an allem haften blieb, der Geruch von Blut. Hier war viel Blut geflossen, der Boden rot durchtränkt. Dann weitere vertraute Gerüche: Kot und Urin und Eingeweide. Sie hatten ihren ganz eigenen Geruch. Der Gestank war überwältigend. Sein Mund füllte sich mit noch mehr Eisen. Er schluckte seinen Speichel. Beim Anblick der Leiche, auf der große, metallisch blaue Schmeißfliegen ihre Eier ablegten, wurde ihm speiübel. Jemand hatte die Frau mit einem Stahlrohr aufgespießt, durch die untere Leibesöffnung bis zum Kopf, aus dem ihn dunkle Höhlen anstarrten.

Während sein Herz noch immer hämmerte, machte sich sein Verstand an die Arbeit. „Wissen Sie schon, wer sie ist?“, fragte er einen Kollegen von der Spurensicherung.

Der Mann drehte sich ganz langsam um. Es war eine Montage aus trägen Bewegungen, wie eine alte Tür, die in rostigen Angeln geöffnet wurde. Er konnte die Wut wie ein Unwetter in den Augen des Mannes erkennen.

„Nein, Herr Breckendorf. Sie hatte keine Papiere bei sich."

Er nickte. „Schafft sie sofort in die Rechtsmedizin", rief er barsch und wandte sich ab. „Sofort!" Der Gestank raubte ihm den Atem.

In der Regel konnte er sich oft leidenschaftslos die schlimmsten Dinge ansehen, doch das hier war selbst ihm zu viel.

Plötzlich hörte er ein dumpfes Dröhnen. Ein riesiges silberglänzendes Fahrzeug fuhr heran, um die Leiche in die Rechtsmedizin zu bringen. Er wandte sich noch einmal an den Kollegen von der Spurensicherung. „Warnen Sie bitte die Männer, die die Leiche abtransportieren sollen. Nicht dass mir einer den Fundort mit Erbrochenem versaut. Und dann machen Sie mal eine Pause."

Ein Schauder durchlief seinen Körper. Eine verspätete Reaktion auf seine Nerven. Erschöpfung drang an die Oberfläche. Jo hatte recht gehabt. Er musste sich schleunigst ablenken, vielleicht etwas trinken, damit er den Anblick vergessen konnte. Sein Kopf pochte wie ein fauler Zahn. Von dem Gestank drehte sich ihm der Magen um. Er blickte hinauf, sah die Kondensstreifen von zwei Flugzeugen am Himmel, der immer dunkler wurde, blickte auf die Tote, auf den Sonnenschirm am Ende der Stange über ihrem Kopf. Sollte er den toten Körper gegen Sonne und Regen schützen? Seine Knie zitterten. Rasch lief er zu seinem Wagen, stieg ein und weinte mit einem Schrei hinter den Lippen.

Die Drohne flog heute zum zweiten Mal über den Möwensee. Eine darauf installierte Spezialkamera fotografierte jedes Detail am Fundort der Leiche: die Mitarbeiter der Kriminaltechnik, die Polizisten und ihre

Fahrzeuge, die neugierigen Zuschauer, den ermittelnden Beamten Breckendorf, die Sicherung der Spuren, das Eintreffen des Leichenwagens, einfach alles. Nur das Gesicht der Rechtsmedizinerin Käfer wurde mehrmals herangezoomt, so wie eine Stunde zuvor das Eintreffen von Tom Diavelli. Die Daten erreichten in wenigen Sekunden einen Computer in Berlin-Mitte und wurden eine Minute später über eine IP-Adresse in Kuala Lumpur per Mail nach Moskau weitergeleitet.

Seine Aufmerksamkeit richtete sich auf das Gesicht der Frau in einem weißen Schutzanzug. Er scannte das Gesicht ein und einige Minuten später bekam er die Information: Dr. Jo Käfer, 58 Jahre, Rechtsmedizin Berlin, verheiratet, drei Kinder. Mit ihr würde er spielen. Aber Tom Diavelli würde er umkreisen wie eine Motte das Licht.

# Kapitel 11

*Dienstag, Berlin-Grunewald*

Wäre Tom am Montag in den frühen Morgenstunden nicht nach Wiesbaden geflogen, hätte er sie gewiss zum Beerdigungsinstitut Walther begleitet. Dann hätten sie anschließend gemeinsam die Unterlagen in dem Aktenschrank ihres Vaters gesichtet und dann wäre es vielleicht Tom gewesen, der das Dokument als Erster entdeckt hätte.

Jetzt war sie es, die die Urkunde fand und Tom nicht mal telefonisch erreichen konnte, weil er sein Smartphone ausgeschaltet hatte. Wäre es eingeschaltet gewesen, wäre ihr Ehemann vermutlich sofort nach Hause gekommen und hätte einen kurzen Blick auf die Urkunde geworfen, sie in den Arm genommen und sie getröstet. Aber jetzt war Alexa allein im Haus und grübelte über den Inhalt des Dokumentes.

Sie hatte es in der untersten Schublade des Schreibtisches ihres Vaters entdeckt, in einem Plastikbehälter, nicht in einer Holzkiste oder in einem Umschlag oder in einer Aktenmappe, nein, in einer Tupperdose. Sie öffnete den Behälter, musste den Deckel nur leicht anheben, und verharrte, nachdem sie das Papier herausgenommen, auseinandergefaltet und ihren Namen darauf entdeckt hatte.

Als Kind hatte sie sich nicht beherrschen können, sich die Dinge ihres Vaters manchmal anzusehen, insbesondere die, die sie nicht hatte sehen dürfen - zum Beispiel den Aktenschrank neben dem Schreibtisch ihres Vaters. Doch manchmal war sie dennoch zum

Schrank geschlichen und hatte sich das eine oder andere Papier, dessen Inhalt sie nicht verstand, angesehen. Den Plastikbehälter hatte Alexa dort noch nie entdeckt. Als sie ihren Namen auf dem Dokument gelesen hatte, war ihr übel und schwindlig geworden.

Jetzt lag sie auf ihrem Bett. Während die Trauer ihr Herz zu überfluten drohte, stieg ein Gedanke in ihr auf. Ein schrecklicher Gedanke. Niederschmetternd. Durchbohrend. Unkontrollierbar, erbarmungslos: Lüge, Betrug, Täuschung.

Sie spürte, wie eine Ohnmacht nahte. Die Welt um sie herum rückte in weite Ferne. Alles verschwamm vor ihren Augen, und in ihren Ohren summte es schrill.

Ihr Blick wanderte ziellos umher, sah den Spiegelschrank, die floral gemusterte Tapete. Dann erfasste sie ein tiefer Schlaf.

*Eiligen Schrittes lief das Mädchen einen Straßenzug vom Krankenhaus entfernt die King-Abdulaziz-Straße entlang und zitterte im warmen Aprilwind. Es hörte das ohrenbetäubende Heulen der Luftschutzsirenen und dann den Bomber hoch über sich, bereit, seine tödliche Fracht über Chafdschi abzuladen. Das Mädchen blieb stehen, wie erstarrt vor Entsetzen, umgeben von Panik und Schrecken. Wo war die schützende Hand, die sie bis vor Kurzem gehalten hatte? Das Mädchen vernahm das schrille Pfeifen der fallenden Bomben. Es kniff die Augen zusammen, doch das Geschehen rundum konnte es nicht ausblenden. Der Himmel stand in Flammen, und es war taub vom Lärm der Schnellfeuergewehre, dem Donnern der Flugzeuge und dem Krachen der tödlichen Mörsergranaten. Die Gebäude in der Nähe zerbarsten, es hagelte Zement, Ziegelsteine und Staub.*

*Entsetzte Menschen stoben nach allen Seiten davon, um dem Tod zu entrinnen.*

Von weit, weit weg hörte Alexa eine Kinderstimme. Und ein Surren. Vorsichtig schlug sie die Augen auf. Sie war wieder in ihrem Schlafzimmer, lag in ihrem Bett. Das fahle Licht der Herbstsonne fiel durch die Vorhänge. *Fallende Bomben, ein Mädchen.* Sie hörte das leiser werdende Geräusch einer Ambulanz, das von der Straße in ihr Schlafzimmer drang und glaubte, dass sie die Traumsequenz ausgelöst hatte.

*Warum träume ich von fallenden Bomben über Chafdschi, von Granatsplittern?* Sie war noch nie in Saudi-Arabien gewesen. Was hatte das zu bedeuten?

Ihr Hals war trocken. *Aufregend,* dachte sie, *wenn ich träume, wie Menschen zerfetzt, Babys in Brunnen geworfen werden, zerrissene Körperteile wie Unrat auf einem rot verfärbten Pflaster verteilt liegen.* Sie glaubte, in der Ferne erneut ein Sirenengeheul zu hören.

Nur mühsam fand sie in die Gegenwart zurück.

Josh stand vor ihrem Bett und starrte sie neugierig an. „Du hast geschrien, Mama!"

Langsam wurde ihr bewusst, dass sie tatsächlich lauthals um Hilfe geschrien haben musste, als ihre Träume sie in die Tiefe gerissen hatten.

„Nein, mein Liebling. Ich hatte nur einen bösen Traum."

Er schüttelte seine dunklen Locken. „Nein! Ich hab's gehört, Mama. Du hast von Bomben geredet und dass ein Mann deine Hand losgelassen hat."

Ihr wurde warm ums Herz. „Komm mal her, mein Schatz. Es war nur ein Traum. Und manchmal sprechen Menschen im Traum. Das machen Kinder übrigens auch."

Josh kletterte aufs Bett. „Echt? Krass. Papa hat vorhin angerufen und ich habe ihm gesagt, dass du gerade schreist und keine Zeit hättest."

Alexa schmunzelte. „Und was hat Papa gesagt?"

„Er ruft später noch einmal an und dass du dich beruhigen sollst. Hast du dich jetzt beruhigt, Mama?"

*Armer Tom.* Sie nickte. „Komm mal her."

Josh kuschelte sich in ihre Arme. „Ich glaube, wenn ich groß bin, will ich Polizist werden. Wie Papa. Und dann hau ich den Bösen mit meinem Knüppel auf den Kopf."

„Das sind ja tolle Aussichten. Noch ein Polizist in der Familie."

„Ich könnte natürlich auch intelligent werden und faul. Ach, es ist egal, was man wird. Früher oder später wird man erwachsen und am Ende stirbt man dann doch."

Alexa kicherte. „Aber bis dahin lassen wir uns noch ein bisschen Zeit! Lust auf Pizza?"

„Oh ja. Ich deck den Tisch", grölte Josh, befreite sich aus ihren Armen und stürmte aus dem Schlafzimmer.

Sie kämpfte eine Weile mit sich, bis sie schließlich das Laken zur Seite warf und die Beine aus dem Bett schwang. Sie dehnte und streckte Arme und Beine, um die Muskeln zu lockern. Dann griff sie zum Telefon, wählte den Lieferservice der ortsansässigen Pizzeria und bestellte eine große Pizza Margherita. Nachdem sie aufgelegt hatte, klingelte ihr Smartphone. Das Display zeigte Toms Namen.

„Alles in Ordnung, Liebling? Hast du dich wieder beruhigt? Was hat Josh denn angestellt?"

„Ach was, ich hatte nur einen Albtraum. Aber es gibt etwas, worüber ich unbedingt mit dir sprechen muss. Wann kommst du nach Hause?"

„Ich wollte heute Abend zurückfliegen, aber mir ist etwas dazwischengekommen. Ich muss hier dringend etwas Wichtiges klären. Aber morgen Abend bin ich wieder bei euch."

Plötzlich spürte sie, wie ihr Tränen in die Augen schossen. „Versprochen?" Ihr Herz schlug so laut und kräftig, dass es zu zerbersten schien. Trauer wich Wut. Sie weinte.

„Alexa, du sagst mir sofort, was los ist!"

Sie war wütend auf alles, sogar auf das Baby in ihrem Bauch. *Oh mein Gott, das ist mir alles zu viel.* Tränen liefen ihr über die Wangen. „Er hat mich all die Jahre belogen, Tom", schluchzte sie.

„Alexa, du sprichst in Rätseln. Wer hat dich belogen?"

„Er ist nicht mein Vater. Ich habe in seinen Unterlagen eine Adoptionsurkunde gefunden. Bardo war nicht mein leiblicher Vater. Er hat mich all die Jahre belogen."

## Kapitel 12

*Berlin – Mitte*

Lion Breckendorf, der gelegentlich mit Dr. Jo Käfer im Sektionssaal stand und bei den Obduktionen zusah, war nicht so unerschütterlich wie die Rechtsmedizinerin. Er trocknete sich das Gesicht mit einem Papierhandtuch ab, verließ den Waschraum und eilte durch den Vorraum zur Tür mit der Aufschrift *Sektionssaal A* – das berufliche Zentrum der Rechtsmedizinerin Jo Käfer.

Er betrat den Saal, wo winterliche Temperaturen herrschten und die Hygiene im Vordergrund stand. Der Saalboden war stets trocken, musste frei von Blut sein, Tropfen wurden sofort aufgenommen, um keine Krankheitserreger zu verschleppen. Am Ende der Sektion wurde reichlich gespült, gereinigt und desinfiziert. Kaltes, ruhig laufendes – nicht spritzendes – Wasser lief am Tisch ins große Darmbecken, wo die Organe ab- oder ausgewaschen wurden. Kalt, damit kein Dampf und wenig Aerosol entstand, um den Infektionsschutz zu gewährleisten.

Die Leiche der jungen Frau lag unter einer weißen Plastikplane auf einem langen Tisch in der Mitte des gekachelten Raumes. Auf einem kleinen Tisch daneben lagen die Instrumente für die bevorstehende Obduktion.

Jo blickte auf, als er in der Tür erschien.

*Oh Gott, das wird eine verdammt harte Veranstaltung werden.*

Jo begrüßte ihn mit einem kurzen Nicken. Sekunden später stand er ein wenig abseits vom Seziertisch und beobachtete die Partitur des Skalpells, wie Jo ihre Obduktionen nannte.

Jo würde liebend gern einen Prosecco trinken, doch seit *Virchows* grundlegenden Anweisungen zur Sektion waren aus hygienischen Gründen Lebensmittel im Saal verboten. Abgesehen davon, hatte Jo ein kleines Alkoholproblem und arbeitsrechtliche Konsequenzen zu fürchten, wenn sie im Dienst Alkohol trinken würde. Schließlich gehörte der Saal der Toten zum öffentlichen Dienst.

Jo zwinkerte ihm zu. „Seit acht Uhr früh atme ich die Ausdünstungen des Todes ein, Lion, und würde gerne einen Schluck trinken, aber du kennst ja diese verdammten Vorschriften."

Jo sprach von jenen Gerüchen, die auch ihm so vertraut waren, dass er längst nicht mehr zurückzuckte, wenn das Skalpell die kalte Haut durchschnitt und der üble Gestank von freigelegten Organen aufstieg. Lion nahm die Mentholsalbe.

„Lion, ich empfehle dir, keine Salbe unter die Nase zu reiben", sagte Jo.

Er rümpfte die Nase.

„Wir können anhand der Gerüche Hinweise finden", fuhr Jo fort. „Mit Menthol wird das nichts! Du gewöhnst dich schon dran. Dein Geruchssinn adaptiert innerhalb von wenigen Minuten."

Jo brachte sich vor dem Tisch in Position und zog die Plastikabdeckung von der Leiche. Er zuckte zusammen und wandte sich zum Luftholen ab.

Der Körper der jungen Frau verströmte einen widerlichen Geruch, verweste Fäulnis, die verbrannt worden war.

Jo räusperte sich und fragte ihn, ob es sich bei der Frau um dieselbe handelte, die man am Möwensee aufgefunden hatte.

Er nickte finster.

Damit waren die Formalitäten erledigt. Ein schöner, durchtrainierter Körper, dachte Lion. All die Stunden, die diese junge Frau vielleicht in einem Fitnessstudio verbracht hatte, und jetzt das. Ausgeprägte Bräunungsstreifen markierten die Ränder ihres Bikinis und ließen den Rückschluss zu, dass der Körper vor Kurzem einer Sonnenbestrahlung ausgesetzt gewesen war. *Urlaub oder Solarium?* Er nahm einen Zettel aus der Jackentasche und machte sich eine Notiz.

„Vor mir liegt der Körper einer schlanken, durchtrainierten jungen Frau“, diktierte Jo in ihr Aufzeichnungsgerät, wobei ihre Stimme von den kahlen Wänden frostig widerhallte. „An Armen, Knien und Fußgelenken sind tiefe Schürfwunden mit geschwollenen Rändern zu erkennen, die auf eine Fesselung hinweisen. Im Gesicht ist noch deutlich ein textiles Abdruckmuster zu erkennen, um die Augenhöhlen sind sichtbar Ödeme vorhanden, der linke Augapfel ist zerfetzt, der rechte wurde ausgebrannt. In den Wangen sind tiefe Wunden vorhanden, die von Zähnen stammen. Daraus lässt sich schließen, dass es sich um Bissverletzungen handelt. Ich werde später einen Abdruck nehmen.“ Jo setzte das Skalpell am Halsansatz der toten Frau an und legte behutsam einen geraden Schnitt links an den Bauchnabel – ein in sich verschlungenes Knäuel, wie der Knoten eines Luftballons – vorbei und fuhr mit dem Skalpell bis zum Schamhügel. Dann erfolgte die schichtweise Präparation der Brustwand und Bauchwand, um Verletzungen im Unterhautfettgewebe und der Muskulatur zu finden. Das ganze Ausmaß der Brutalität offenbarte sich ihnen.

Über den Tisch hinweg warf Jo ihm einen Blick zu. Er sah, wie ihre dunkle Augenbraue dezent nach oben rutschte.

„Okay“, sagte Jo. „Dann wollen wir sie mal von dem *Ding* befreien!“

In all den Jahren seiner Tätigkeit als Hauptkommissar der Kripo hatte Lion so etwas noch nie gesehen. Die Stange eines großen Gartenschirms hatte die junge Frau vollständig aufgespießt: Von der Scheide durch die Gebärmutter durchbohrte der Stab die Bauchhöhle, zerquetschte Dick- und Dünndarm, den Magen, die Lungen, die Kehle und drang dort in den Kopf und das Hirn der Toten ein. Vorsichtig zogen zwei Assistenten die Stange aus dem Körper.

„Verdammt“, rief Jo, „was ist das für ein krankes, perverses Schwein, das so etwas macht? Einen jungen Körper aufzuspießen und ihn am Möwensee als Skulptur aufzustellen?“

Lion schluckte.

„Der Täter muss sehr stark sein“, stellte Jo fest, „denn diese äh … Vorgehensweise kostet verdammt viel Kraft.“

Er blickte auf seine Schuhe. „Ich werde den Mistkerl finden, Jo.“

Sie schaute ihn über ihre Schutzbrille an. „Lass das bloß nicht zu sehr an dich heran. Das bekommt dir nicht.“

Jo weidete die Brust- und Bauchhöhle aus, hob die Organe heraus und legte sie auf die Schneidunterlage, um sie zu sezieren. Nach und nach gab die Tote ihre Geheimnisse preis: ein makelloser Körper, auf bestialische Weise zerschunden, aus dem das Leben zu früh erloschen war, gesunde Organe, die noch nie von einer Krankheit befallen gewesen waren.

Lion schluckte, die Augen starr auf den jungen Körper gerichtet, auf die schlaffen Hautlappen, die einmal die Kopfhaut der Toten gewesen und nach vorne über ihr Gesicht gezogen waren. Das war normalerweise der Punkt, an dem andere Polizisten das kalte Grausen überkam, der Moment, an dem sie zusammenzuckten oder sich entsetzt abwandten, wenn das Gesicht der Leiche wie eine ausgeleierte Gummimaske in sich zusammenfiel.

Jo hatte inzwischen Proben der Fingernägel, soweit sie noch vorhanden waren, entnommen und die Schere zusammen mit den letzten Proben in die Tüte mit den Beweisstücken gesteckt.

Lion lehnte sich an die Wand und schaute schweigend zu.

„Du tust mir leid, Lion“, sagte sie und beugte sich über den Tisch, um das Herz zu inspizieren. „Unterhalb des rechten Ventrikels …“, sie stockte. Erneut sah sie ihn an. „Siehst du das?“

„Was?“

Sie zog mit einer Pinzette einen winzigen goldfarbenen Gegenstand, fürs bloße Auge kaum erkennbar, aus der linken Herzkammer und legte ihn unter das Mikroskop.

„Sieht aus wie ein Teil eines Chips für ein Smartphone.“

Seine Finger zuckten nervös. „Chip? Zeig mal.“

Sie ging zur Seite.

„Wie kann er denn dorthin gelangen?“ Er sah sich das Teil unter dem Mikroskop an.

Jo hob das Laken hoch und zeigte ihm die linke Leiste der Toten. „Hier ist eine Einstichstelle. Die ist mir vorhin schon aufgefallen. Er hat ihn ihr injiziert.“ Jo steckte den Chip in eine Tüte. „Wie bei einer Herzkatheteruntersuchung. Der Katheter wird normalerweise von der Leiste aus durch die große Bauchschlagader bis in die linke Herzkammer und zu den Abgängen der Herzkranzgefäße vorgeschoben. Jedenfalls ist das etwas für die Jungs von der Kriminaltechnik!"

„Der Täter injiziert ihr einen winzigen Teil eines Chips", grübelte Lion. „Dann will er mit uns spielen."

„Ja, das könnte schon sein. Er hat sein Opfer auf eine Art und Weise zur Schau gestellt, die diesen Rückschluss durchaus zulässt."

„Er hätte dabei erwischt werden können. Fazit: Er hat keine Angst, und das macht ihn so gefährlich. Ich beneide dich nicht. Sie war übrigens schon tot, als der Täter sie aufgespießt hat." Jo legte das Skalpell beiseite. „Das geschah post mortal. Diese Frau erlag nicht ihren Verletzungen, sie starb an der Folge einer Luftembolie, allerdings nicht verursacht durch das Eindringen von Luft in das Gefäßsystem."

Breckendorf wurde hellhörig. „Sondern?"

„Die letale Gefährdung entstand durch ein großes Gasvolumen in der rechten Herzkammer, das wiederum zu einer Verschlechterung der Pumpfunktion des Herzens führte und zu einer Verlegung der Lungenarterien. Eine Gaszufuhr von mehr als 100 ml pro Sekunde oder mehr verläuft in der Regel tödlich. Ihr wurden nicht nur unerträgliche Schmerzen zugefügt, sie wurde auf bestialische Weise getötet, langsam und besonders qualvoll."

„Wie kam das Gas in die Herzkammer?"

„Wie der Chip. Durch eine Injektion in die Vene. Schau mal." Sie zeigte auf die Einstichstelle.

Jo strich über das Laken, mit dem ihr Assistent die Leiche zugedeckt hatte. „Das war's! Lust auf einen Kaffee?"

„Keine Zeit", erwiderte Lion mürrisch, verabschiedete sich und verließ den Obduktionsraum. Er musste von hier weg. Wenn er tagtäglich eine Obduktion durchführen sollte, würde er entweder in der Psychiatrie landen oder depressiv werden.

*

Wenig später griff Jo Käfer nach dem Diktiergerät und begann, ihren Bericht aufzuzeichnen.

„Achtzehn- bis zweiundzwanzigjährige Weiße, am Möwensee im Volkspark Rehberge am 28.10.2014 um 5.30 Uhr leblos aufgefunden. Es handelt sich um eine schlanke, durchtrainierte Frau mit schweren sichtbaren äußeren und inneren Verletzungen. Bei der äußeren Besichtigung wurde …

Ihr Smartphone klingelte. Das Display zeigte *Nummer* unbekannt an.

Sie drückte die Rufannahmetaste. „Käfer."

„Hat sie dir gefallen?", flüsterte eine Stimme.

Ihr Herz raste. „Wer ist denn da?" *Was für eine blöde Frage.* Sie wusste, wer am anderen Ende der Leitung war. „Woher haben Sie diese Telefonnummer?"

„Ich habe etwas für euch in ihrem Herz zurückgelassen. Hast du es gefunden?" Sie hörte sein Kichern. „Ja, was ist es denn? Jetzt streng dich mal an!", zischte er und legte auf.

Im selben Moment klingelte das Telefon auf ihrem Schreibtisch. Sie zuckte zurück, als hätte sie sich verbrannt. Es klingelte dreimal, viermal. Sie nahm den Hörer auf. „Wer's hat, hat, was er hatte, nicht mehr. Wer's aber ist, den äfft des Teufels Brut; man sperrt ihn ein und fürchtet seine Wut."

Jo sagte kein Wort. Hörte zu. Schloss die Augen.

# Kapitel 13

*Moskau, Mittwoch*

Er setzte sich auf die Liege und streichelte ihr Gesicht.

*Sie lebt noch, ihr Herz pumpt.*

Unmittelbar nach der gestrigen Operation waren die ersten Lähmungserscheinungen aufgetreten. Er hatte es in ihren Augen gesehen, ihre Schmerzen mussten unerträglich gewesen sein.

„Es war eine komplizierte Operation", sagte er, „ich habe mir Zeit genommen, um alles richtig zu machen, um ein optimales Ergebnis zu erzielen."

In ihrer Panik, in ihrer Todesangst hatte Olga vor der Operation ihre Blase entleert, der Urin hatte ihr Höschen getränkt und sich mit Blut vermischt.

Janus zog das Skalpell aus der Hosentasche. „Sie erlauben mir keine Spielchen mehr, Olga. Für heute ist Schluss!"

Olgas Mund öffnete sich in stummem Entsetzen, sie blickte zur Seite.

Die Nägel bohrten sich in den Wirbelkanal und verursachten bei der kleinsten Bewegung höllische Schmerzen.

*Wir sind uns nicht so sicher, wir haben unsere Zweifel,* tuschelten plötzlich die Stimmen in seinem Kopf. *Wir neigen zu der Annahme, dass du nicht ganzen Herzens bei der Sache bist, dass es dir an Begeisterung fehlt. Sie hatte wie die anderen Frauen in deinem verschissenen Leben Zeit genug zu überlegen, als du sie gefragt hast, ob sie wüsste, was Predictive Policing sei. Erinnere dich. Sie wusste es nicht. Ihr Pech! Also, zeige es ihr! Übe, übe. Übe!*

„Ja", flüsterte er. Nichts hatte er in der Jugend so gut gelernt wie zu gehorchen. Er spürte seine Erektion, zog seine Hose aus, faltete sie sorgfältig zusammen und legte sie auf den Boden – zwei Meter von ihr entfernt. Er stand dort und beobachtete sie. Tränen sammelten sich in ihren Augen. Er seufzte, diesmal fast mitfühlend, und legte den Kopf auf ihre Brust. Er wurde in einer Weise erregt, die er niemals vorher erlebt hatte. Sein Atem ging keuchend. Er hatte den glühenden Wunsch, sich selbst zu berühren, und seine Erregung steigerte sich noch, indem er es sich versagte.

Er nahm das Skalpell und stach mit voller Wucht in die Arteria carotis.

An der Wand links von der Liege bildeten sich dichte Flecken kleiner, kreisförmiger Tropfen, die nach unten flossen, charakteristisch für das Blut, das aus einer Arterie spritzte. *Wunderbar*. Die Stimmen entfernten sich. *Wunderbar ... wunder...* Stille.

*

Der Schneeball klatschte Janus gegen den Hinterkopf. Der Schnee flog ihm nur so um die Ohren. Irgendwo hinter sich konnte er ein kleines Mädchen lachen hören. Lauthals. Stolz auf sich, stolz auf ihren Wurf, auch wenn sie nur Glück gehabt hatte. Er wischte sich den Schnee aus dem Kragen seiner Jacke, aber das eiskalte Wasser lief ihm schon den Rücken hinunter. Er schob die Hand so weit er konnte nach oben und versuchte nach dem Eis zu angeln.

Die Gasse war schmal und verlassen. Er bewegte sich schnell. In seinen Augen leuchtete Erwartung.

Als er sich seinem Hotel näherte, drangen Dimitris Worte in sein Bewusstsein: *Bis morgen solltest du dein*

*Spiel mit Olga zu Ende bringen. Mittwochabend werden wir sämtliche Spuren beseitigen. Danach gibt es nichts mehr, was dich und uns mit dem vergangenen Wochenende in Verbindung bringt.*

Er war die ganze Nacht auf den Beinen gewesen, dachte aber nicht an Schlaf. Schlaf war für die Schwachen. Ihm war die Ehre zuteilgeworden, die Welt zu verändern und sich mit russischem Blut zu amüsieren. Olga hatte noch lange genug gelebt, um ihr eigenes Blut aus ihrem Hals spritzen und wie eine rote Maschinengewehrsalve an die Wand klatschen zu sehen. Sie hatte lange genug gelebt, um ihrem Peiniger in die Augen zu sehen. Sie hatte lange genug gelebt, um zu wissen, dass sie sterben würde. Dies war die wahre, andere Form der Intimität.

Jetzt blieben ihm nur wenige Stunden, um seinen Sieg zu feiern, bevor es nach Hause ging.

*Schlaf?* Es gab bessere Wege sich zu entspannen. Sein Appetit auf Sinnesfreuden war noch nicht erloschen. Dennoch musste er jetzt vorsichtig sein. Die *FSB*, der Inlandsgeheimdienst der Russischen Föderation, ließ ihn wieder überwachen. Doch er hatte sie abschütteln können und war ihnen entwischt. Er war stolz auf seinen Geist – eine gut entwickelte, intelligente und tödliche Maschine, die er trotz eines Tötungsrausches unter keinen Umständen mit Wodka vergiften wollte. Er hatte eine andere, wahrhafte Ruhe als Droge entwickelt – einhergehend mit einer weit gesünderen und befriedigenderen Belohnung obendrein.

Janus beschleunigte seine Schritte durch die Gasse in Richtung Arbat und dem Golden-Ring-Hotel. Er spürte, wie ein vertrautes Gefühl in ihm aufstieg, als er an die vergangenen Stunden dachte, in denen er Verzicht geübt hatte, damit es, wenn er sich Online-

Tanja hingab, noch leidenschaftlicher werden würde. Dieses russische Luder wollte er vor dem Bildschirm mit seiner Hemmungslosigkeit überraschen und ihr geben, was sie brauchte - ohne Blutvergießen.

Im Hotelzimmer packte er seine Koffer und starrte wenig später auf den leeren Bildschirm seines Laptops. Tanja war nicht online. Er schloss die Augen und begann, sich zu streicheln, umarmte sich selbst in seiner Erregung. In Gedanken berührte Tanja seine Hoden und übte einen starken Druck aus. Er stöhnte, bis die Energie seinen Körper verließ.

Danach zog er seinen Bademantel an. Zu den Wellnesseinrichtungen im Golden-Ring-Hotel gehörte ein Aromadampfbad.

Dort, im Nebel, nahm langsam ein anderer Plan in seinem Kopf Gestalt an.

# Kapitel 14

*Wiesbaden*

Das Gelände des Bundeskriminalamtes lag an der höchsten Stelle Wiesbadens, umgeben von einem hohen Zaun und überwacht von unzähligen Kameras.

Tom Diavelli bog in die Thaerstraße ein, fuhr am Ende der Sackgasse auf das Hauptgebäude zu und parkte seinen Wagen auf dem Besucherparkplatz des BKA.

Er hatte in der Nacht kaum ein Auge zugetan, hatte Akten gewälzt und Berichte diktiert, damit er heute pünktlich Feierabend machen konnte. Schließlich wollten sie morgen Bardo Erbach zu Grabe tragen. Eine Viertelstunde später saß er hinter seinem Schreibtisch und sah die Post durch. Nichts Auffälliges, Akten, Berichte, die üblichen Rundschreiben, eine Einladung. Doch dann fiel ihm ein kleiner A6-Umschlag in die Hände, der mit dem Vermerk *Persönlich* und ohne Absender versehen war. Er schob den Aktenstapel beiseite und öffnete den Umschlag vorsichtig mit dem Brieföffner. Auf Anhieb schien er leer zu sein. Er drehte ihn um, schüttelte ihn. Ein kleiner Chip fiel auf seine Schreibunterlage.

Tom betrachtete ihn eine Weile nachdenklich. Dann nahm er den Umschlag, steckte den Chip wieder hinein und zog seine silbergraue Lederjacke über. Mit geschmeidigen Schritten lief er den langen Glaskorridor entlang und blieb vor dem Labor der Kriminaltechnik stehen, einige Sekunden lang, dann klopfte er und öffnete die Tür.

„Hallo Henry, hast du mal eine Minute?"

Dr. Henry Sacher, den alle mit Vornamen ansprachen, tippte gerade einen fünfstelligen Code ein und legte seinen rechten Daumen auf den an der Wand angebrachten Fingerprintscanner. Er schaute Tom kurz über die Schulter an. „Tom! Das ist aber eine Überraschung. Ich dachte, du bist in Berlin. Immer hereinspaziert in die heiligen Hallen der Kriminaltechnik." Er stellte einige kriminaltechnische Proben in den gesicherten Glasschrank. Dann drehte er sich um. „Was führt dich zu mir?"

Er bot ihm mit einer jovialen Geste einen Stuhl an und setzte sich ebenfalls.

Tom zeigte Henry den Umschlag mit dem Chip, lehnte sich vor. „Das kam heute mit der Post."

„Was ist das?" Henry nahm den Chip in die Hand. „Sieht aus wie eine SIM-Karte."

Tom nickte. „Sieht so aus."

„Wie immer in Eile?" Henry stand auf und legte das Plättchen unter ein Mikroskop. „Na dann wollen wir mal."

Tom schmunzelte, erhob sich und klopfte Henry auf die Schulter. „Na, geht doch!"

Henry war einer der fähigsten Kriminaltechniker beim Bundeskriminalamt und bei seinen Kollegen sehr beliebt. Er sah konzentriert in das Mikroskop, dann drehte er sich um, hob die Augenbrauen und blickte Tom fragend an. „Das ist keine SIM-Karte, sondern die Hälfte eines Kamerachips. Wo ist die andere Hälfte?"

„Keine Ahnung."

Henry nahm seine Brille ab. „Hm, vielleicht lässt sich da was machen. Du möchtest doch sicher wissen, was da drauf sein könnte."

„Richtig!"

„Gib mir eine Stunde, dann kann ich dir mehr sagen."

Er säuberte mit einem Papiertaschentuch seine Brille. „Ich kann aber nichts versprechen. Es ist nur ein halber Chip, aber ein Versuch ist es wert. Hast du dich vielleicht beim Sex filmen lassen? Das möchte ich nicht unbedingt sehen. Ich stehe nämlich auf knackige Männerpopos."

„Henry, bitte. Mir ist nicht nach deinen derben Scherzen zumute. Ich habe ein verdammt komisches Gefühl."

Henry strich eine blonde Haarsträhne aus seinem Gesicht und kratzte sich seinen Dreitagebart. „Schon gut. Ich ruf dich an, wenn ich was finde."

Auf dem Weg ins Büro vibrierte Toms Smartphone. Das Display meldete eine WhatsApp-Nachricht von Alexa.

Er blieb stehen und öffnete sie: Ibiza, die Bucht von Cala Vadella, Pepes Strandbude, ein azurblauer Himmel, das unendlich weite Meer, der Strand und Alexa, die in die Kamera lächelte. Ein Aufblitzen, nur kurz. Tom blinzelte. Dann Dunkelheit. Oder? Noch einmal versuchte er die Nachricht zu öffnen. Nichts. Gelöscht, als wäre sie nie dagewesen.

Er lief unruhig hin und her und tobte innerlich. Das war die dritte WhatsApp-Nachricht innerhalb einer Woche. Er beugte sich vor, glaubte, dass er ohnmächtig wurde, ohnmächtig war. Er brach zusammen, fiel auf den Boden. Schloss die Augen.

Jemand schüttelte ihn.

Henry.

Er saß in seinem Bürostuhl und war eingenickt. Verdammt! Von wegen ohnmächtig geworden. Eine Sinnestäuschung hatte ihn heimgesucht.

Tom setzte sich ruckartig auf und starrte Henry an, der mit dem Umschlag vor seinen Augen wedelte.

„Es tut mir leid, alter Knabe", sagte Henry, „ich konnte auf dem Chip nichts ablesen. Da war gar nichts drauf. Dabei hätte ich gerne mal deinen Arsch gesehen." Seine Stimme war weder weich noch wohlklingend. Sie klang sachlich und nüchtern wie die eines Wissenschaftlers, der auf etwas Ungewöhnliches gestoßen war.

Tom nahm den Umschlag entgegen, betrachtete ihn versonnen und steckte ihn dann in seine Jackentasche. „Ich danke dir, Henry."

„Schon gut. Übrigens solltest du mal zum Arzt gehen. Du siehst beschissen aus."

Tom lächelte gequält. „Es gab eine Menge Stress."

„Wem sagst du das?"

Er gab Henry sein Smartphone. „Könntest du auf die Schnelle mal prüfen, ob mein Handy sauber ist? Ich habe vorhin eine seltsame Nachricht erhalten. Angeblich von Alexa."

„Okay. Mach ich sofort." Henry nahm das Handy und verabschiedete sich.

Wenige Minuten später klingelte das Telefon. Tom nahm den Hörer ab. „Diavelli."

„Henry. Dein Smartphone ist sauber. Die Nachricht mit den schönen Urlaubsfotos stammte tatsächlich von Alexa. Nichts Auffälliges. Du hast sie versehentlich gelöscht. Ich hinterlege das Handy an der Pforte, weil ich jetzt mein wohlverdientes Wochenende antreten werde."

*Gott sei Dank.*

„Ach ja, da ist noch etwas. Ich hab den Umschlag auf Fingerabdrücke überprüft."

Tom wurde hellhörig. „Ja, und?"

„Es waren nur deine Abdrücke drauf. Seltsam, nicht wahr? Du solltest der Sache mal nachgehen."

„Weshalb?"

„Auf dem Umschlag klebt keine Briefmarke!" Henry seufzte laut. „Fazit, alter Knabe? Irgendjemand aus dem Haus hat ihn dir zukommen lassen!"

Mit einem Gefühl von schleichendem Unbehagen legte Tom auf, schob den Stuhl beiseite und ging zum Fenster. Er starrte wie betäubt über das Gelände des Bundeskriminalamtes hinweg auf die Freitagswolken, die über den Freitagshimmel zogen. Er tobte innerlich. Nach einigen Minuten riss er die Schreibtischschublade auf. Das Bier schäumte über die Öffnung, als er die Dose an seine Lippen setzte und den ersten Schluck nahm. Herb und kalt, der Geschmack seines ersten Urlaubes mit Alexa auf Ibiza. Nachmittags hatten sie in der Bucht von Cala Vadella in einer Bar gesessen und ein kühles, bitteres Cerveza getrunken. *Warum schickst du mir immer wieder diese Fotos, Alexa?*

Heute würde er sie darauf ansprechen. Er nahm noch einen Schluck, dann noch einen, die Dose war schon halb leer, aber es war in Ordnung. In der Schublade seines Schreibtisches lagen drei weitere Dosen. Da Freitag war, musste er kein schlechtes Gewissen haben, wenn er sich im Dienst mal einen genehmigte. Freitag bedeutete Zeit für seine Familie, Zeit für Alexa, Zeit für Josh. Das Wochenende sollte herrlich werden und die grauenhaften Bilder der Toten aus seinem Gedächtnis entfernen. Ein Wochenende voller Herbstleuchten. Am Wochenende würde er nicht trinken. Joshs Kinderlachen unter einem wolkenlosen Oktoberhimmel würde ihn daran hindern und Alexa, die er abgöttisch liebte. Er würde glücklich sein. Ein kurzes Wochenende, das er mit seiner Familie ausfüllte. Achtundvierzig Stunden ohne Grauen, ohne die Frau vom Möwensee. *Ich weiß nicht, ob ich jemand kenne, der so sensibel ist wie du, Tom,* hatte Alexa einmal gesagt.

Er setzte die Dose wieder an und trank den letzten Tropfen. Zu Hause würde er die Füße auf den Tisch legen, während Alexa hinter ihm stehen, die Hände auf seine Schultern legen und ihn sanft massieren würde. Er meinte, sie fast zu spüren, schützend und zuversichtlich. *Alexa, Josh, meine kleine Familie ...* Sein Herz krampfte sich zusammen.

Er hatte den Anblick der jungen Frau vom Möwensee noch immer nicht verdaut. Er hatte es nicht unter Kontrolle, vielleicht trank er deshalb einen über den Durst.

Alexa war allein zu Hause. Morgen war die Beerdigung. Er musste zu ihr, ihr beistehen, sie trösten.

Er stieß den Bürostuhl nach hinten, stürmte aus dem Büro und vergaß den Umschlag in seiner Schublade.

Er raste über die Autobahn Richtung Berlin.

*Alexa ist allein im Haus. Joshi ist bei Philipa.*

Bei einem großen Verkehrsstau in Berlin blieb er im Stadttunnel stecken. Dunkelheit. Das Lärmen von Autos. Schlechte Luft. Er saß hoffnungslos fest. Sein Handy vibrierte. Er schaute auf das Display. *Alexa!*

Er öffnete ihre Nachricht. *Bist du schon auf dem Heimweg, Tom?*

Hinter ihm ertönte ein ungeduldiges Hupkonzert. Die Autos vor ihm hatten sich wieder in Bewegung gesetzt. Er ließ die beiden vorderen Seitenscheiben herunter, schaltete die Klimaanlage ein und fächelte plötzlich hilflos durch die Luft, wie ein Kind.

*Alexa ist allein zu Hause.*

Unsicher fädelte er sich in den wieder fließenden Verkehr ein.

# Kapitel 15

*Berlin-Grunewald, Samstag*

Sie begruben Bardo Erbach am späten Vormittag. Die Trauergäste folgten Erbachs Sarg über den Platz hinter der Kirche zu seiner letzten Ruhestätte.

Die weißen Kieselsteine rutschten Alexa in die Schuhe und schmerzten. Aber sie achtete nicht darauf, sondern ging weiter, die Trauergäste im Schlepptau. Die kamen sich wichtig vor, hier, im Zentrum des Todes.

Bardos Beerdigung: ein Tanz in drei Akten. Die Leichenhalle, der Friedhof, das Haus. Es waren viele gekommen, sehr viele, und alle flüsterten dasselbe. Gesichter, die aus dem Nichts auftauchten, vorbeiwirbelten und irgendwo in der Dunkelheit wieder verschwanden, und sie, die ihre tränennassen Augen hinter einem schwarzen Schleier verborgen hielt.

Nach der Beisetzung versammelten sich alle um die Grabstätte, unter ihnen Frank Ponti, Torsten Winter und einige Männer des Kuratoriums der Klinik. Wenn der Herbstwind sich zwischendurch beruhigte, hörte sie ihr Flüstern.

Sie spürte, wie alle Augen auf sie gerichtet waren, als sie eine Sonnenblume auf den Sarg legte und sich hinunterbeugte, um das Holz dort zu küssen, wo sein Kopf sein musste.

Dann stellte sie sich wieder vor den Sarg. Rechts neben ihr hielt Tom ihre Hand, links von ihr stand Lion Breckendorf. Seine Frau Philipa war der Beerdigung ferngeblieben, weil sie sich um Josh und die Kinder kümmern musste.

Es war schnell vorbei. Nach dem Segen defilierten die Trauergäste an der Grabstätte vorbei; einige legten Blumen auf den Sarg.

Sie stellten sich vor und schüttelten ihr die Hand. Sie nickte, ohne sich die Namen zu merken. Kein Traum. Realität.

Alexa blieb mit Tom am Grab stehen, bis der Letzte gegangen war. Durch das Friedhofstor beobachtete sie die scheidenden Besucher.

Plötzlich hielt Frank Ponti inne und drehte sich zu ihr um.

Es waren freundliche Augen, die sie da anblickten. Erneut überkam Alexa ein Gefühl der Vertrautheit, für das sie endlich eine Erklärung hatte. Wollte Ponti ihr sagen, dass sie sich jederzeit auf ihn verlassen konnte? Wusste er, dass sie seine leibliche Tochter war? Sie nickte kurz und wandte sich dann ab.

„Komm, Alexa, lass uns gehen", sagte Tom zärtlich.

„Nein, warte noch einen Moment. Ich muss dir etwas sagen."

„Hier?"

Sie nickte ernst. „Ja genau hier. Ich glaube, Bardo hätte es gefallen. Marc Aurel hat mal gesagt, *der Tod lächelt uns alle an, das Einzige, was man machen kann, ist zurücklächeln*! *Tod bedeutet Leben und Neuanfang.*"

Tom runzelte die Stirn. „Alexa, du sprichst in Rätseln."

„Ich bin schwanger."

Schweigen.

Aus Toms Gesicht wich alle Farbe, dann stieg die Röte hoch und es bildeten sich die kleinen Grübchen, die sie so sehr liebte und auf die das erlösende breite Grinsen folgte.

„Nein!", rief er.

Sie lachte und schubste ihn an. „Doch. In sechs Monaten ist es so weit.“ Sie blickte auf das Grab. „Bardo hat sich von uns verabschiedet, aber in mir entsteht ein neues Leben. Ja, das hätte Bardo gefallen.“

Sie war jetzt achtunddreißig und hatte unbedingt noch ein zweites Kind gewollt. Aber ihr Gynäkologe hatte ihr keine großen Hoffnungen gemacht. Deshalb konnte sie ihr Glück kaum fassen. Seit zwei Jahren hatten sie und Tom fast alles unternommen, damit sie wieder schwanger wurde. Die psychische Belastung war enorm gewesen.

Tom hob sie hoch, der Himmel drehte sich.

„Ich freu mich so, Alexa. So sehr. Mir ist zwar aufgefallen, dass der Humor in den vergangenen Wochen nur so aus dir herausgesprudelt ist, aber ich hätte die Veränderung niemals einer Schwangerschaft zugeschrieben.“

„Ich weiß.“ Manchmal hatte sie kurz vor einem Zusammenbruch gestanden, und zwei Jahre Geschlechtsverkehr nach dem Fruchtbarkeitskalender hatten auch an Toms Nerven gezerrt.

„In zwei Stunden werden die Gäste in der Erbach-Villa eintreffen.“ Er strich über ihren Bauch. „Ihr zwei solltet euch vorher ein wenig ausruhen.“

Alexa schubste ihn an. „Tom Diavelli, ich bin weder müde noch krank noch behindert. Ich bin schwanger!“

Sein Gesicht erhellte sich. Er beugte sich zu ihr, legte ihr die Hand in den Nacken und zog sie zärtlich an sich. „Ich liebe dich so sehr, weißt du das eigentlich?“

„Ja, Tom“, seufzte sie nach einem langen Kuss. „Hm … Wenn Küsse gesundheitsschädlich wären, wie diese Gesundheitsapostel immer wieder behaupten, wären wir beide schon längst tot.“

Tom schmunzelte. „Stimmt. Es ist so schön, dass wir vor Jahren einen zweiten Anlauf genommen haben, obwohl ich ja gemäß meinem Äußeren für eine ganze Reihe von Frauen attraktiv bin."

„Aber du hast dich für mich entschieden." Sie überlegte kurz. „Hm ... du hättest dich auch im Reich der Amazonen erfolgreich vermehren können."

Er lachte auf und küsste sie. „Wohl kaum. Amazonen ziehen ‚männergleich' in den Kampf und interessieren sich nicht für BKA-Beamte. Außerdem unterbinden diese Damen meine romantische Ader. Natürlich. Es ist schwer, ein Gespräch zu führen, während deine Lippen diese unwiderstehliche Anziehungskraft auf mich ausüben. Komm, lass uns gehen und ein bisschen kuscheln."

„Kuscheln?"

„Oder mehr", erwiderte er und gab ihr einen Klaps auf den Po.

*

In der Ferne säuberte ein Mann mit seinem Jackenärmel die Linse seiner Fotokamera, betätigte den Zoom, drückte den Auslöser und dachte, dass eine Liebe nicht schöner hätte sein können. Ein zweiter Mann packte sein Richtmikrofon ein. Dann verschwanden sie so unauffällig, wie sie gekommen waren.

*

Die Villa der Familie Erbach in Berlin-Grunewald war umgeben von einer parkähnlichen Landschaft und orientierte sich in ihrer klassischen Formensprache an dem venezianischen Villenbauer Andrea Palladio. Das weit ausladende Landhaus barg eine Wohnwelt mit über tausend Quadratmetern Fläche, die jetzt hell erleuchtet war. Auch die Toreinfahrt zum Erbach-Anwesen erleuchteten mehrere Laternen und das Blitzlichtgewitter zahlreicher Kameras. Berichterstatter der Fernsehsender sowie Journalisten diverser Zeitungen hielten den Ankommenden ihre Mikrofone hin. Die Fotografen versuchten, so gut wie möglich ihre wertvolle Ausrüstung vor dem Regen zu schützen.

„Ein großer Verlust für die forensische Forschung. Es gibt Gerüchte über die Todesursache und …"

Die Gäste ignorierten die Fragen der Journalisten.

Drinnen war es warm, trocken und behaglich, doch vor dem Eingang musste eine kurze Strecke nassen Asphalts überwunden werden. Leute vom Wachdienst standen mit Regenschirmen bereit, während unentwegt Limousinen vorfuhren. Sobald ein Wagen vor dem überdachten Eingang hielt, eilte ein Wachmann herbei und hielt seinen Regenschirm über die Männer und Frauen, die ausstiegen und mit gesenktem Kopf zum Eingang liefen. Erst im Eingangsbereich richteten sie sich auf, drehten sich um und lächelten freundlich in die am Eingangstor aufgestellten Kameras.

Im Schlafzimmer unterdrückte Alexa einen Fluch und verfolgte mit zusammengekniffenen Augen die Bilder der Überwachungskameras.

„Schau dir diese Journalistenmeute an, Tom. Das ist widerlich!"

Er kam aus dem Bad durch das Schlafzimmer auf sie zu. Ihre Stimmung erhellte sich sofort, als er sie in den Arm nahm.

Tom hatte das Talent, ihr das Gefühl zu geben, die schönste Frau der Welt zu sein. Wie in diesem Moment, als er sich neben sie auf den Rand des hohen, breiten Bettes sinken ließ, sanft ihr Kinn umfasste und sie zwang, ihm ins Gesicht zu sehen. „Da müssen wir heute durch, Alexa. Wirst du Frank Ponti mit der Wahrheit konfrontieren?"

„Vielleicht, aber gewiss nicht heute. Für mich bleibt Bardo mein Vater. Ich werde allerdings - wenn ein wenig Zeit vergangen ist - versuchen, meinen leiblichen Vater ein bisschen besser kennenzulernen." Sie seufzte und sah sich um. „Komm, lass uns hinuntergehen und die Gäste begrüßen, bevor sie den Journalisten noch irgendeinen Blödsinn erzählen."

Alexa und Tom empfingen die Gäste in der weiträumigen, in Marmor gehaltenen Eingangshalle und führten sie in den großen, holzvertäfelten Essbereich. Dieser lag in einer Achse zum Wohnbereich. Durch das Öffnen der breiten Schiebetüren waren beide Räume zu einer großen Einheit zusammengefügt und gaben den Blick bis zu dem angrenzenden Pool frei.

Alexa merkte, wie ihre Hände und Beine zitterten und sie verspürte den Wunsch, zum Kuchenbuffet zu gehen und den Kuchen gegen die Wand zu schleudern. Nach einer Stunde verabschiedeten sich die Gäste und es kam ihr vor, als sehe sie sich in einem selbst gedrehten Kinofilm, wie sie Hände schüttelte, nickte und sich immer wieder bedankte. Danke ... Ja, das werde ich ... Vielen Dank ... Das ist bestimmt ... Danke ...

Als alle fort waren, gehörte das Haus wieder ihnen allein.

„Ich hasse dieses Haus, Tom, ich habe es schon immer gehasst." Sie nippte an ihrem Tonic-Wasser, während Tom eine Bierflasche öffnete. „Es ist trist und öde hier. Kein Wunder, dass die Freunde meines Vaters ... eh Adoptivvaters so gelangweilt und eh ... unterernährt aussehen."

Sie hatten nach ihrer Hochzeit vor mehreren Jahren eine Villa im benachbarten Stadtteil Charlottenburg gekauft. Der nahe gelegene Savinyplatz sprudelte nur so vor Leben.

Tom hob die Augenbrauen. „Ich stimme dir zu, Liebling. Es muss wohl an der Entfernung zum Stadtzentrum und der fehlenden Nahversorgung liegen, dass sie uns vorkommen wie unterernährte Don Quichottes."

Alexa lächelte. „Womöglich liegt es daran, dass der einzige Händler in diesem Wohngebiet der Zigarettenautomat ist?"

„Was ich dich gestern schon fragen wollte. Warum hast du mir gestern die WhatsApp mit den Ibiza-Bildern geschickt?"

„Ich würde dort gern mal wieder einige Tage verbringen. Warum fragst du?"

„Ich hab mich nur gewundert", antwortete er scheinbar erleichtert.

Alexa sah ihn verwundert an und ging zum Kaminsims, auf dem einige Fotos standen: eines ihrer Eltern, eines der ganzen Familie, mehrere von Josh und in der Mitte ihr Hochzeitsfoto und eine Aufnahme ihres Vaters, die sie in die Hand nahm. *Bardo, mein Adoptivvater.*

Plötzlich wurde sie ernst. „Ich muss etwas mit dir besprechen", wandte sie sich an Tom.

„Der Nachlass?"

Sie nickte. „Mein Leben in diesem Haus ist auf einer einzigen Lüge aufgebaut, Tom."

„So schlimm? Komm setz dich zu mir und erzähl mir bitte, was los ist."

Sie stellte Bardos Foto auf dem Kaminsims, setzte sich zu Tom auf die Couch und starrte in das Kaminfeuer „Du weißt ja, dass ich gestern angefangen habe, Bardos Nachlass zu sichten. Neben besagter Adoptionsurkunde entdeckte ich einen Safe-Schlüssel zum Schließfach einer Salzburger Bank und eine Generalvollmacht – auf meinen Namen ausgestellt."

Tom sah sie fragend an. „Dann fahren wir demnächst nach Salzburg?"

Sie griff in ihre Tasche. „Das ist noch nicht alles", erwiderte sie und reichte ihm ein Papierbündel.

Tom faltete ein Blatt auseinander, überflog die Zeilen und sah sie erstaunt an. „Dein Vater hat dir nichts von den Briefen erzählt?"

Sie schüttelte den Kopf. „Nein."

„Das hier, Alexa, sind ernst zu nehmende Morddrohungen. Wie viele hat Bardo davon erhalten?"

„Siebzehn. Ich habe siebzehn Briefe mit einem ähnlichen Wortlaut gefunden. Und das hier." Sie seufzte. „Es ist ein Schreiben dieser österreichischen Bank. In dem Schreiben geht es um eine Transaktion in Höhe von dreißig Millionen Euro!"

„Wie bitte?"

„Papa hat kurz vor seinem Tod dreißig Millionen auf das Konto einer Aktiengesellschaft auf den Niederländischen Antillen überwiesen."

Tom stutzte. „Und wer sind die Aktionäre?"

„Eine Naamloze Vennootschap in den Niederlanden", erwiderte sie.

Tom runzelte die Stirn. „Eine niederländische GmbH?"

Alexa nickte. „Gesellschafter der GmbH ist ein Mann namens Marek Sakic. Ich habe den Namen noch nie gehört. Wahrscheinlich hat Papa das Geld an der

Steuer vorbeigemogelt. Wir müssen das melden, Tom."

Er nahm sie in den Arm, aber es gelang ihm nicht, in einem lockeren Ton zu sprechen. „Ja, das müssen wir. Das riecht nach Steuerhinterziehung. Ich werde der Sache erst einmal nachgehen und mich diskret erkundigen, Alexa. Das verspreche ich dir." Er nahm ihre Hand. „Was hat er sich bloß dabei gedacht? Dir ein Erbe zu hinterlassen, das zum Himmel stinkt."

Sie zuckte die Schultern. „Vielleicht konnte er seine Angelegenheiten nicht mehr erledigen. Ich habe ihn vor einigen Wochen untersucht, sein Herz war kerngesund. Vielleicht wurde er ermordet?"

„Das glaube ich nicht. Das wäre dem Amtsarzt aufgefallen, und er hätte der Polizei einen Hinweis gegeben. Du meine Güte, dreißig Millionen. Ich kann es kaum glauben."

Dreißig Millionen bedeuteten ein sorgenfreies Leben. Dennoch kam ihr diese Vorstellung eher abstoßend als verlockend vor.

Später öffnete sie im Schlafzimmer das Fenster und blickte in den Garten. Am Himmel glitzerten unzählige Sterne. Sie sah zum Tor. *Da! Da bewegt sich etwas.* Ein Schatten huschte über den Rasen Richtung Stahltor.

„Jemand ist im Garten und beobachtet das Haus, Tom", flüsterte sie.

Sie schloss rasch das Fenster, unterdrückte einen Fluch und setzte sich aufs Bett. Tom stand auf, ging zum Fenster und sah hinaus. „Da ist nichts, Alexa. Wahrscheinlich hat ein Reporter seine Kamera vergessen."

# Kapitel 16

*Côte d'Azur, eine Woche später*

Die Côte d'Azur war einer der schönsten und abwechslungsreichsten Landstriche Europas. Das unvergleichlich blaue Meer, die Schönheit der Strände und Dörfer im Einfluss der Provence hatten Janus schon immer fasziniert. Superlativen, wohin man blickte. Er kam seit einigen Jahren immer wieder hierher. In Nizza flanierte er über die berühmteste Promenade der Welt, in Cannes besuchte er die berauschenden Filmfestspiele, in Monaco hatte er schon häufiger etliche Zehntausende Euros in der Spielbank verzockt. Heute lag er mit seiner Yacht im alten Hafen von Saint Tropez vor Anker.

„Wir sollten uns mal um Tom Diavelli kümmern", meinte Torsten Winter und nippte an seinem Gin. „Er ahnt, dass mit Erbachs Tod etwas nicht stimmt. Wie ich erfahren habe, hält er sich momentan in Wiesbaden auf und loggt sich ständig bei PrePol ein. Dieser Mann ist klug und ein brillanter Analytiker." Winter reichte Janus Tom Diavellis Personalakte. „Wir haben den *Staatstrojaner* zum Ausspionieren seines Privatcomputers installiert und können seine Mail- und Chatprogramme über das Internet überwachen. Daher überlasse ich Ihnen die Genugtuung."

„Sind Sie von allen Geistern verlassen? Die Firma CSC, Computer Sciences Corporation, war an der Programmierung des *Staatstrojaners* beteiligt." Er legte den Kopf schräg, vielleicht nur um eine Winzigkeit, doch Winter wurde blass. „Haben Sie denn nicht gehört", fuhr Janus fort, „dass CSC in die Kritik geraten ist, da die amerikanische Mutter von CSC als einer der engsten IT-Dienstleister des US-Geheimdienstes NSA gilt? CSC ist dafür bekannt, dass sie vertrauliche Informationen an US-Nachrichtendienste weitergeben. Wenn Diavelli seinen Laptop überprüfen lässt, könnte er auf uns aufmerksam werden. Also machen Sie das sofort rückgängig!"

„Das wusste ich nicht. Aber das ist auch nicht von Bedeutung. Wir müssen Diavelli im Auge behalten!"

„Herrgott noch mal, aber doch nicht mit einem *Staatstrojaner*. Da können Sie den *zahnlosen Tiger* auch direkt anzapfen."

„Zahnloser Tiger? Äh … Diavellis Vorgesetzten?"

„Vergessen Sie es. Also, ich hab andere Möglichkeiten, mit ihm klarzukommen. Überlassen Sie mir die Wahl."

Winter blickte zur Seite. „Dann haben Sie die Wahl."

„Idiot! Ich hab da eine andere Vorgehensweise", gab Janus zynisch zurück.

Winter nippte an seinem Whisky. „Okay, beruhigen Sie sich. Was werden Sie mit ihm anstellen? Irgendwelche Spielchen?"

„Nein, aber ich kann nicht für die Russen sprechen." Er schloss einen Moment die Augen. „Ich spiele übrigens nur mit Frauen, falls Sie das beruhigt!", sagte Janus kalt, was Winter scheinbar frösteln ließ.

„Wollen Sie ihn umbringen? Das BKA wird nicht erfreut sein, einen ihrer fähigsten Mitarbeiter zu verlieren." Winter grinste. „Sein Tod könnte Fragen aufwerfen."

„Wenn ich mich darum kümmere, dann wohl kaum. Die Art und Weise vielleicht", erwiderte Janus. *Umbringen. Was für ein Idiot.*

„Sehr gut. Wie gefällt Dimitri STEFKO?", fragte Winter, ohne zu überlegen.

Janus sah den Mann nachdenklich an. Dieser Dummkopf, der meinte, er müsse einen lahmen Scherz über STEFKO flöten. „Ist es möglich, dass Sie auch indiskret sein können, Torsten?"

Winter zuckte zusammen, die Farbe wich nun endgültig aus seinem Gesicht. „Natürlich nicht. Entschuldigung."

„Gut für Sie. Wenn Sie möchten, dass Ihre Tochter am Leben bleibt, sollten Sie diskret bleiben."

„Was soll das?"

„Die Russen sind unberechenbar. Ein Wort von mir …"

Winter rang um Fassung. „Sie verdammter Mistkerl. Ich könnte Sie hochgehen lassen."

Janus lachte laut auf. „Und ich könnte Sie manipulieren. Sie würden es nicht einmal merken!"

„Das können Sie nicht. Das kann nur STEFKO."

„Das glauben Sie?"

Winter errötete. „Sorry, Janus. Wir benehmen uns wie Kinder. Wir sollten das besser lassen. Wie komplex ist Ihr Vorhaben?"

„Ziemlich simpel."

„Keine Manipulation ist simpel, wenn der Kopf eines anderen das Objekt der Begierde werden soll."

Janus winkte ab. „Hören Sie mal, Sie Klugscheißer. Der Innenminister stellt für uns ein Problem dar. Er ist ein sehr gefährlicher Mann. Mit STEFKO können wir ihn ausschalten. Außerdem haben wir bereits eine andere Person für die Nachfolge vorgesehen."

„Wen?", fragte Winter.

„Sie!"

„Sehr gut. Aber ich bräuchte eine Garantie. Woher weiß ich, dass es so kommen wird?"

„Gar nicht", rief Janus wütend. „Aber ich habe die Macht, es zu bewerkstelligen! Also, können Sie sich vorstellen, mir blind zu vertrauen? Oder wird aus Ihnen ein alter Mann, voll Bedauern, verbittert, weil er es in seinem Leben nur zum Berater gebracht hat?" Janus lehnte sich in seinem Sessel zurück.

„Schon gut. Ich werde Ihnen vertrauen." Winter seufzte. „Hat Alexa Erbach schon mit der Studie begonnen?"

„Ja. Sie pflanzt Martin Simon, ein übler Psychopath und Serienkiller, eine Vision ins Gehirn. Sie glaubt, mit STEFKO Martin Simons Zorn eindämmen zu können und zeigt dem Irren unsere blühenden Wiesen. Er wird dabei an die Mindmachine Neurotec II angeschlossen und empfängt mit einer Spezialbrille Bilder und Töne, die wir in den Film eingefügt haben. Die Töne in Zusammenwirkung mit den Lichteffekten stimulieren die Reizverarbeitung und nehmen auf diese Weise Einfluss auf seinen mentalen Zustand. Diese Stimulation wiederum erzeugt bei Simon Hass und einen Zerstörungswunsch gegen einen Kandidaten, den wir ihm über Kopfhörer ins Ohr flüstern – mit üblen Folgen."

„Für wen?"

„Wir haben dem Film einige Sequenzen von einem für uns unbequemen Zeitgenossen eingefügt. Das sollte Ihnen als Antwort genügen, Torsten." Janus seufzte. „Haben Sie das vereinbarte Honorar dabei?"

Winter griff nach dem Aktenkoffer und öffnete ihn. „Wie vereinbart. Zehn Millionen Euro."

Ein Lächeln umspielte Janus' Lippen, als Winter die Banknoten auf dem Kabinentisch stapelte. „Was glauben Sie, Torsten, woran wird unser Psychopath demnächst nur noch denken?"

„An den Innenminister?"

„Warten wir es ab. Aber Martin Simon ist intelligent. Er wird wissen wollen, woher er den Mann kennt und warum er ihm nicht wohlgesonnen ist. Der Verstand kann den Ursprung des Gedankens zurückverfolgen, aber wahre Inspiration kann man unmöglich fälschen. Deshalb bekommt Martin Simons Unterbewusstsein einen zusätzlichen Impuls, der ihn nicht mehr zweifeln lässt. Er wird seinem Instinkt folgen." Er überlegte kurz. „Und Torsten, Tom Diavelli ist nur ein kleines Licht. Wenn wir ihn loswerden müssen, werden wir das tun. Auf uns warten andere Aufgaben. So, ich denke, damit sind alle Unklarheiten beseitigt. Sie können gehen. Mein Wagen steht im Yachthafen für Sie bereit. Sagen Sie meinem Chauffeur, wohin er Sie bringen soll."

Nachdem Winter die Yacht verlassen hatte, ging Janus an Deck, legte sich auf eine Sonnenliege und grübelte.

Die Atmosphäre in Moskau war beim Gipfeltreffen ziemlich aufgeheizt und, wie die russische Kälte, erbarmungslos gewesen.

Das Thermometer hatte auf minus fünfzehn Grad Celsius gestanden, als sich die Männer verabschiedet hatten. Er hatte mit Dimitri noch einen Spaziergang entlang dem rechten Ufer der Moskwa gemacht, sie hatten über ihre Pläne diskutiert. Dimitri hatte einen Neuanfang ihrer Beziehung signalisiert, weil er registriert hatte, wozu sein Programm fähig, wozu *er* fähig war. Auch hatte er ihm eine Kopie von STEFKO überreicht, sodass auch er jetzt über die aktuelle Datei verfügte. Adieu CHIMÄRE. Willkommen STEFKO. Sie hatten über Cybersicherheit und den Diebstahl geistigen Eigentums gesprochen. Janus überraschte es nicht, dass Dimitri äußerst zufrieden war über die Möglichkeit, mit STEFKO auch Computereinbrüche in weltweite Unternehmen und Regierungseinrichtungen durchführen zu können. Der Geheimdienstler plante, Informationen zu sammeln, um russischen Firmen einen Wettbewerbsvorteil zu verschaffen. Dennoch mussten die Russen vorsichtig sein. In vielen Ländern wurde dem Datendiebstahl Einhalt geboten, die Täter entlarvt.

Die Russische Föderation war in den vergangenen Monaten aggressiven Attacken ausgesetzt gewesen. Hacker hatten rund tausend Computer in Russland infiziert und ein Viertel aller gespeicherten Daten mehrerer Unternehmen gelöscht. Das durfte nicht noch einmal geschehen. Ein Land wie Russland konnte es sich nicht leisten, sich in einigen Jahren rückblickend zu fragen, warum sie nichts dagegen unternommen hatten. Er wollte Russland unterstützen, in jeder Hinsicht, da er das Land liebte, in dem er geboren wurde. Russland konnte es nicht riskieren, dass sie eines Tages Institutionen vom Netz nehmen mussten. Cyberangriffe entwickeln sich mittlerweile zur schlimmsten Gefahr für einen Staat. Schlimmer noch als der Terrorismus. Jeder beobachtet jeden. Die gesamte Menschheit wird überwacht.

Was für ein Idiot dieser Winter doch war, wenn er glaubte, er könne einen *Staatstrojaner* in den Laptop eines BKA-Beamten einschleusen, ohne dass er jemandem auffallen würde. Er sollte diesen Spinner überwachen, obwohl er sich lieber in Tanjas Computer umsah. Sie bereitete ihm mit ihrer Schamlosigkeit das wahre Vergnügen.

Jedes kleine Vergehen, jede noch so kleine Exzentrität, jede Änderung ihrer Gewohnheiten, jede Zuckung ihres nackten Körpers wurde von ihm am Bildschirm unweigerlich registriert. Er lag auf der Lauer.

Er schloss die Augen. Eine sanfte Meeresbrise streichelte seinen Körper und flüsterte geheimnisvoll ihren Namen. *Tanja.*

## Kapitel 17

*Die Klinik*

Die Auxillium-Reos-Klinik war eine bauliche Kuriosität mit viel Efeu, Backstein und weiß gerahmten Fenstern an den rechtwinkligen drei- und vierstöckigen Gebäuden, die je einen quadratischen Platz mit Bänken und kleinen Ulmengruppen einschlossen. Aus der Vogelperspektive hätte man annehmen können, dass es sich um eine Wohnsiedlung und nicht um einen forensischen Sicherheitstrakt handelte.

Der heutige Tag war sonnig, die Luft erfüllt von der Frische eines strahlenden Herbsttages. Alexa ging auf das Eisentor zu und betrat den Innenhof hinter der hohen Backsteinmauer. Sie betrachtete die Metallgitter vor den Fenstern, die Rost angesetzt hatten: Das Eisen hatte mit den Jahren eine schmutzig braune Farbe angenommen und an der zu einem erdfarbenen Ton gewordenen Backsteinfassade krallte sich der Efeu empor.

Sie ging durch die große Flügeltür ins Gebäude. Während sie durch die langen Korridore in Richtung Station C lief, dachte sie an ihren Adoptivvater. Die Vorstellung, Bardo für immer verloren zu haben, war eines von vielen Dingen, die ihr besonders in der Klinik schwer zu schaffen machten. Ebenso die Tatsache, dass Bardo in irgendwelche seltsamen Machenschaften verstrickt gewesen zu sein schien. Vielleicht würde der Inhalt des Schließfachs in Salzburg Aufschluss über die Transaktionen geben. Sie hatte für morgen einen Flug gebucht und war gespannt, was sie in der

Bank finden würde. Bardo fehlte ihr. Es hatte ihr immer Freude gemacht, sich mit ihm nach einem arbeitsreichen Tag auszutauschen, Gespräche, die die Routine des Alltags hinter diesen Mauern oft erträglicher gemacht hatten.

Die Patienten fortan täglich für die Neurotec-Studie vorzubereiten, war eine willkommene Abwechslung. Ihre erste Testperson war Martin Simon, ein mehrfacher Vergewaltiger und Mörder mit ausgeprägten pathologisch-narzisstischen Symptomen. Simon demnächst täglich begegnen zu müssen, fand Alexa allerdings nicht besonders erquicklich. Dabei war es ihr Job, sich um das Wohl ihrer Patienten zu kümmern und sie zu behandeln.

Martin Simon bezeichnete seine Zelle als Ein-Zimmer-Apartment, das der Staat bezahlte, sich selbst als inhaftierter Gast, immer auf der Schwelle zur Welt der Normalität. Im Hinblick auf seine Taten versprach diese Erkenntnis eine Besserung seines hochgradig pathologischen Geistes, der den Versuch unternahm, den Grund seiner Erkrankung zu ergründen.

Zu den positiven Begleiterscheinungen von Simons Geisteszustand gehörte es, dass er sich auch der Bewältigung seiner Vergangenheit widmete. Er wollte die Zeit nicht zurückdrehen, aber die Stimmen in seinem Kopf hinderten ihn daran, hatte Simon ihr während einer Therapiesitzung gestanden.

Das Hören von Stimmen deutete immer auf eine schwere Persönlichkeitsspaltung hin. Simons Stimmen besaßen eigene Persönlichkeitsmerkmale: wütende, nörgelnde, angsteinflößende, warnende, zweifelnde und auffordernde Identitäten. Letztere war die Schlimmste, denn sie hatte Simon zu seinen Taten animiert. Doch seit er vor vier Jahren an der Neurotec-

Studie I teilgenommen hatte, quälten sie ihn nicht mehr täglich, sondern traten nur noch während stressbedingter Situationen, wie bei einem Streit mit einem Mitinhaftierten, auf.

Alexa hatte mithilfe der Informatiker von Neurotec beschlossen, Martin Simons Stimmen der Psychose Gesichter zu geben. Neurotec hatte eine Software programmiert, mit der die Patienten Computerfiguren konstruieren konnten, die zu ihren Stimmen passten. In Martins Fall war es der *Avatar* einer Frau mit dunkelbraunen, fransigen Haaren, kleinen Augen und grober Nase. Sie wies mal eine Ähnlichkeit mit seiner Mutter, dann wieder mit seiner Schwester oder seiner Lehrerin auf. Aber es gab auch den Teufel, der Simon von Kindheit an quälte. Durch diese Avatare sprach Alexa mit Martin Simon, ihre Stimme wurde vom Computer verzerrt. Sie befand sich dabei in einem anderen Raum, die Patienten konnten sie nicht sehen.

Sie ließ die Avatare genau die Dinge sagen, mit denen die halluzinierten Stimmen ihren Patienten quälten. Es waren in der Avatar-Stimme meist immer wieder dieselben Sätze wie *Schlag sie ins Gesicht oder Jemand ist hinter dir her. Töte ihn! Lassen Sie sich das nicht gefallen, Martin. Sagen Sie dem Avatar, dass das Unsinn ist*, fügte sie unmittelbar danach mit ihrer eigenen Stimme an.

Im Laufe der Therapie waren drei seiner Stimmen komplett verstummt. Drei Monate nach der Therapie waren sie immer noch verschwunden. Für Alexa war es ein erster Durchbruch, zumal Martin Simon sechzehn Jahre lang die Stimme des Teufels vernommen hatte, der ihm schreckliche Dinge abverlangt hatte.

In der vergangenen Woche hatte sie ihn noch einmal zu den Stimmen befragt.

„Was war das Schlimmste daran, die Stimmen zu hören, Martin?"

„Die Hilflosigkeit, nichts dagegen unternehmen zu können. Ich kann mich mit ihnen unterhalten. Ich habe sie heute unter Kontrolle", hatte er geantwortet und „ich danke Ihnen dafür, dass Sie mir mein Leben zurückgegeben haben."

Aber dessen war sich Alexa nicht sicher.

Sie näherte sich in Trakt C der imposanten Stahltür des Behandlungsraumes. Martin Simons Teufel lag immer noch irgendwo auf der Lauer.

## Kapitel 18

*Die Klinik*

Die Stahltür ging auf und sie trat ein. „Schön, Sie wieder in unserer Mitte zu haben, Dr. Erbach", begrüßte Bernhard Kramer sie und reichte ihr die Hand. Kramer war Oberarzt der Station C mit einem unerschütterlich heiteren Gemüt, dessen nichtssagendes, bartloses Gesicht ihn wesentlich jünger wirken ließ als seine vierzig Jahre. Er achtete immer sorgfältig darauf, niemals respektlos in Gegenwart seiner Kollegen und Patienten zu klingen. Neben dem Medizinstudium hatte er Informatik studiert und als Psychoanalytiker die Studie Neurotec I betreut. Kramer war im Bilde. Nachdem er fünf Verschwiegenheitserklärungen unterschrieben hatte, hatte Alexa ihm gestern das Dossier der Neurotec-Studie II zukommen lassen.

Sie nickte knapp. „Haben Sie das Sicherheitspersonal benachrichtigt, dass sie uns Martin Simon bringen sollen, Dr. Kramer?"

„Simon ist auf den Weg hierher, Dr. Erbach."

„Sehr gut. Es wurde Zeit, sich wieder der Arbeit zu widmen. Das Leben geht schließlich weiter." Sie reichte Kramer eine Akte mit den Protokollbögen. „Carsten Rossmann, der Informatiker von Neurotec wird Ihnen zur Seite stehen, wenn Sie Fragen haben. Er arbeitet das Datenmaterial auf, das Sie ihm liefern werden."

Im Behandlungsraum herrschte eine strenge Ordnung, wie auch in allen anderen Bereichen der Station. Für Nachlässigkeit hatte Alexa nur wenig Verständnis.

Martin Simons Akten waren fein säuberlich in zwei Stapeln auf dem Schreibtisch aufgeschichtet. Der Computer summte leise vor sich hin, während der Bildschirmschoner die Synapsen einer Nervenbahn auf dem Monitor tanzen ließ.

„Was glauben Sie, Frau Kollegin, wie wird Martin Simon auf die Versuchsreihe reagieren?"

„Das können wir im Voraus nie wissen. Aber es ist einen Versuch wert." Sie zog einen weißen Arztkittel über ihre Kleidung, der ihr wie ein Schutzschild vorkam, eine Barriere, die sie gegen die Wirren und gefährlichen Launen der Patienten abschirmte. „Wie sind seine Blutwerte?"

„Alles im Rahmen. Wenn man bedenkt, dass er unter starken Psychopharmaka steht, sind seine Leberwerte absolut im Normbereich. Bekommt er während des Versuchs noch eine zusätzliche Medikation?"

„Das hängt davon ab, wie er reagiert", antwortete sie. „Eventuell müssen wir ihn sedieren."

„Wieso?"

„Nun, genau genommen konfrontieren wir ihn auch mit seiner Vergangenheit", erklärte sie. „Wir zeigen Simon Bilder der Mutter und der älteren Schwester. Diese Dämonen werden wir mit Neurotec II bekämpfen."

Kramer zögerte einen Augenblick. „Er benutzt nur einen Bruchteil des tatsächlichen Potenzials seines Gehirns. Er ist hochintelligent."

Sie lächelte. „Stimmt. Martin Simon kann alles, ob er nun wach ist oder schläft. Sein Hirn kann fast alles."

Kramer schenkte ihr einen erstaunten Blick. „Und das wäre?"

„Simon erschafft jedes Detail einer Identität bewusst. Aber manchmal hat er das Gefühl, dass er sich mehrmals fast von selbst neu erschafft, als würde er sich gerade entdecken. Dann kommt wieder eine neue Identität zum Vorschein."

„Ja, ein Psychopath mit einer wahren Inspiration, insbesondere wenn er schläft. Richtig?"

Kramers Bemerkung überraschte Alexa nicht. Sie schmunzelte. „Richtig. Sein Verstand macht das sehr gut. Aber er wird nicht merken, dass wir ihn manipulieren werden. Das erlaubt uns, mit Neurotec mitten in seinen Prozess einzusteigen."

„Wie denn?"

„Indem wir den Schaffensprozess seiner Identitäten übernehmen. Und dazu brauche ich Sie. Sie entwerfen anhand Simons Angaben die Welt seiner Traumvorstellung. Er soll die Bilder zeichnen. Wir fügen unser Subjekt ein und füllen sein Unterbewusstsein damit an."

„Wie könnte ich denn so viele Details schaffen, damit er sie für die Realität hält?", erkundigte sich Kramer.

„Das macht der Computer. Das ist das Besondere an der neuen Software." Sie deutete auf den Aktenstapel. „Der Informatiker von Neurotec hat die Mindmachine bereits mit unserem Datenmaterial über Martin Simon gefüttert."

„Es wäre ein großer Erfolg, wenn wir auch seinen Filter im Kopf vorsichtig ausleeren können. Von dem Zeug darin könnte einiges noch nicht ganz tot sein."

Sie warf Kramer, mit dem sie immer wieder gern fachsimpelte, einen Blick zu. Es war, als hätte sie jeden Muskel in ihrem Körper dazu gebracht, die Situation hinzunehmen. Das Feuer und der persönliche Schmerz waren unter einer Oberfläche aus Gelassenheit verschwunden. „Simon behauptet, dass seine Träume sich real anfühlen", sagte sie mit nüchterner Stimme. „Wenn er aufwacht, fällt ihm auf, dass etwas seltsam war. Dann kommen seine Identitäten und erzählen von abartigen Fantasien, die er ausleben soll. Er tut es jedoch nicht. Noch nicht. Er ist meines Erachtens kein bisschen geheilt und immer noch sehr, sehr gefährlich."

Die Veränderung in Kramers Gesicht bestätigte ihr, dass er ihr beipflichtete und dass er sich wie sie ein wenig vor Martin Simon fürchtete.

*

Einige Minuten später öffnete sich die Stahltür und zwei Wachen führten Martin Simon in Handschellen in den Behandlungsraum.

Er begrüßte sie wie immer überschwänglich. „Hallo, Doc. Hab Sie vermisst!"

Sie lächelte. „Hallo Martin. Wie geht es Ihnen?"

„Na, wenn ich Sie sehe ... Tut mir leid wegen Ihrem Daddy. Hab ihn gemocht."

Er schaute Bernhard Kramer an und seine Miene verfinsterte sich. „Hallo!"

„Hallo, Martin."

Martin Simon war ein attraktiver Mann mit hellblauen Augen, ein Meer, in das man versinken konnte, immer hell, wenn er sich freute, und dunkel, wenn die Dämonen ihn heimsuchten. Sein blondes, lockiges Haar hing bis auf seine breiten Schultern und war so seidig, dass man es berühren wollte. Seine hohe Stirn zeugte von Intelligenz.

Alexa wandte sich an die Wachen. „Nehmen Sie Herrn Simon bitte die Handschellen ab und warten Sie draußen."

Simon streckte den Wachen seine Arme entgegen und grinste breit. „Ich werde Frau Doktor schon nicht an die Kehle springen."

„Na, Martin, das will ich doch hoffen." Alexa schmunzelte und deutete mit einer ausholenden Handbewegung auf die Liege neben der Neurotec II. „Legen Sie sich bitte auf die Liege."

Die Wachleute zögerten, doch als sie ihnen ein Zeichen gab, verließen sie den Raum.

„Ich habe Sie ja bereits gestern aufgeklärt, Martin, und Sie haben die Einverständniserklärung unterschrieben. Der …"

„Muss der Schweigsame auch dabei sein, Doc?", unterbrach er sie.

„Ja, Martin. Dr. Kramer sichert die Daten. Gibt's noch Fragen?"

„Hm …"

Alexa schloss Simon an das Neurotec II-Modell an und entschied sich, beim ersten Versuch das hypnagogische Bewusstsein, die Einschlafphase, einzuleiten, damit Simon in der Lage war, Wachträume als Realität wahrzunehmen und dabei eine tiefe Entspannung zu empfinden.

Der Frequenzumfang deckte den Bereich der menschlichen Gehirnwellenfrequenzen ab und war einstellbar.

„Ich möchte Ihnen eine Frage stellen", sagte Simon, als sie ihm die Manschette anlegte. „Ich erinnere mich eigentlich nie genau an den Anfang eines Traumes. Seltsam, nicht wahr? Man ist immer plötzlich drin in dem, was passiert."

Alexa blickte auf. „Kann sein, ja … warum?"

„Weil ich keine Lust habe, durch einen dunklen Tunnel zu marschieren. Bin lieber mittendrin."

Sie lächelte schwach. „Die erste Session dauert üblicherweise zwanzig bis vierzig Minuten, Martin. Ich werde Ihre Reaktionen genau beobachten. Können wir?"

„Okay."

Wenig später schlummerte er friedlich auf der Liege ein. Bei einer Frequenz von 25 Hz konnten Hektik, Stress, Angst oder Überaktivierung gedämpft werden. Alexa hoffte außerdem, seine sprunghafte Gedankenführung lenken zu können.

Nach dreißig Minuten war der erste Versuch beendet. Simon wachte auf.

„Willkommen zurück, Martin. Wie geht's?"

„Super, Doc, als hätte ich eine Woche am Strand gelegen."

„Sehr schön. Ich muss Ihnen einige Fragen stellen. Also erzählen Sie uns mal, wo Sie vorhin waren?"

Simon verzog sein Gesicht. „Hä?"

„Ja. Denken Sie nach!", sagte Kramer. „Wo waren Sie vorhin? Was haben Sie gemacht?"

„Dämliche Frage. Mir an der Copacabana einen runtergeholt!"

Sie lächelte. „Martin, bitte. Wir müssen diese Fragen stellen. Im Moment liegen Sie auf der Couch. Ich habe Ihnen die Kopfhörer aufgesetzt und Sie sind eingeschlafen. Und dann?"

„Es fühlte sich so echt an, Doc. Der Strand, das blaue Meer, sogar die Brise konnte ich riechen. Und da waren fremde Personen. Wie lange war ich denn weggetreten?"

„Zehn Minuten", antwortete Kramer.

„Zehn Minuten? Ich dachte, ich würde schon zwei Stunden mit nackten Füßen durch das Wasser am Strand gehen."

„Im Wachtraum funktioniert der Verstand wesentlich schneller, Martin. Deshalb fühlt sich die Zeit wesentlich langsamer an. Zehn Minuten in der Realität ergeben zwei Stunden im Traum."

Sie nahm ihm die Manschetten ab, überprüfte seine Pupillen und den Blutdruck.

Plötzlich runzelte Martin die Stirn und eine Träne stahl sich aus seinem Auge. „Wer waren die Leute?"

„Projektionen Ihres Unterbewusstseins. Sie sind der Träumer und bauen diese Welt auf. Ich begleite Sie nur. Die Neurotec II-Maschine schafft das Umfeld wie hier den Strand. Sie bevölkern Ihre Welt. Sie können sozusagen mit Ihrem Unterbewusstsein reden. Was würden Sie denn gern das nächste Mal sehen, Martin?"

„Ich mag die Berge. Ja, das wäre cool. Ich klettere auf einen Berg. Da gibt es keine Menschen, die ich nicht kenne. Schaffen Sie mir aber etwas Sicheres."

Alexa hob erstaunt die Brauen. Er hatte Angst. Weshalb? „Wenn Sie sich fürchten, Martin, dann können Sie diese Menschen im Traum entfernen."

„Das wäre gut. Sie sind wie die Stimmen in meinem Kopf. Sie sind böse."

„Okay, dann werden wir sie gemeinsam bekämpfen."

Er sah sie misstrauisch an. „Wie? Kommen Sie und manipulieren mein Dachgeschoss?"

„Wir füttern Ihr Unterbewusstsein damit, dass das Bedrohliche sich im Nichts auflöst, sobald es sich Ihnen nähert. Nicht ich, Martin, Sie empfangen Impulse über Elektroden und einen Kopfhörer."

„Und da kommen Sie und entfernen das Böse aus mir, schneiden es heraus und vergraben es?"

„So ähnlich."

„Ich hab gedacht, dass es in der Traumwelt nur um etwas Visuelles geht, aber hier geht es doch wohl mehr um das Gefühl, dass man dabei hat. Sie dringen in mein Hirn ein. Sie wollen in mein Hirn eindringen, das Böse entfernen, mich manipulieren, und ich wache auf und bin danach ein guter Mensch?"

„Das ist unsere Absicht, Martin."

„Und wie sind Ihre Erfahrungen?"

„Nun, Neurotec ist eine Neuentwicklung, und wenn das Experiment gut verläuft, besteht die Möglichkeit, dass Sie nicht Ihr ganzes Leben in dieser Klinik oder einem Gefängnis verbringen müssen."

Sein Gesichtsausdruck nahm wieder entspannte Konturen an. „Okay, einen Versuch ist es wert. Die Maschine wird ja wohl nicht mein Hirn amputieren." Simon richtete sich wieder auf. „Doc, ich vertraue Ihnen. Entfernen Sie den bösen Buben in mir. Aber machen Sie bloß keinen Scheiß."

## Kapitel 19

*Berlin-Charlottenburg*

Tom Diavelli parkte seinen Volvo in der Kamminerstraße, unweit des Schlossparks Charlottenburg. Er stieg aus und ging auf das Haus Nummer 16 zu. In dem aus dem 19. Jahrhundert stammenden Altbau befand sich zwischen zwei begrünten Innenhöfen die Dachgeschosswohnung der Breckendorfs. Wenig später brachte der Aufzug ihn ins oberste Stockwerk.

Lion öffnete die Tür.

„Dein Büro hast du noch nie gemocht, Tom, nicht wahr?" Er grinste und klopfte Tom zur Begrüßung auf die Schulter. „Komm herein."

„In der Besenkammer ist kein Platz zum Denken. Außerdem ist sie absolut nicht der richtige Ort für ein vertrauliches Gespräch."

Lion lächelte. „Stimmt. Deutschland ist ein geschwätziger bürokratischer Albtraum. Ich könnte mir vorstellen, dass in deinem Büro die Wände Ohren haben."

„Deswegen bin ich hier. Wir müssen reden." Tom erwiderte das Lächeln seines Freundes.

„Okay. Wir haben das Reich für uns. Die Mädchen schlafen schon. Ich habe ihnen eine Geschichte vorgelesen. Hab manchmal ein richtig schlechtes Gewissen, weil ich oft erst spät nach Hause komme. Die Kinder brauchen schon mehr als ab und zu ein Stofftier oder eine Geschichte, um sie davon zu überzeugen, dass sie einen Vater haben", stöhnte er.

„Wem sagst du das."

„Pippa ist mit einer Freundin ins Kino gegangen. Wir sind also völlig ungestört. Möchtest du einen Whisky?"

„Später vielleicht, sonst stolpern wir bereits nach einer Stunde wie betrunkene Narren in deinem Arbeitszimmer umher. Lieber ein Bier."

„Komm, gehen wir in die Küche. Meine Frau hat eine Lasagne im Ofen warm gestellt."

„Das trifft sich gut. Alexa ist mit Josh nach Salzburg geflogen. Ich habe einen Mordshunger." Tom folgte Lion in die Küche.

„Ihr Italiener aber auch. Sitzt den ganzen Tag in der Sonne, lasst euer Gemüse im Garten vertrocknen, um es dann wieder in Öl aufzuweichen", gab Lion zum Besten. „Und das nennt ihr dann Antipasti."

Tom grinste. „Anti ... Wir sind eben gegen Gott und die Welt." Er sah sich um. „Eure Altbauwohnung ist eine Wucht. Lichtdurchflutet, ruhig und entspannend. Das fällt mir immer wieder auf, wenn ich dich besuche."

Lion holte eine Flasche Bier aus dem Kühlschrank, öffnete sie, reichte ihm ein Glas und schenkte sich einen Whisky ein. „Wie geht es Alexa? Auf der Beerdigung sah sie ziemlich mitgenommen aus. Kein Wunder."

„Es geht ihr besser. Sie arbeitet wieder."

„Was macht sie denn in Salzburg, wenn ich fragen darf?"

„Es geht um den Nachlass ihres Vaters. Bardo hat dort ein Bankkonto, das sie auflösen muss. Wir sichten gerade seine Unterlagen." Tom starrte auf sein Bier. „Erinnerst du dich an unser letztes Telefonat?"

Lion nickte. „Unser Gespräch mussten wir ja aufgrund des Todes von Alexas Vater verschieben. Ich war übrigens eine Stunde später am Tatort. Eine grauenvolle Sache."

„Ich habe das Opfer immer noch vor Augen. Ihr Gesicht war von Todesqualen verzerrt."

Tom holte tief Luft. „Der Grund, warum ich dich sprechen wollte, ist heute ein etwas anderer als vor einigen Tagen. In Wiesbaden lag ein an mich adressierter Umschlag auf meinem Schreibtisch. Er enthielt einen halben Kamerachip."

„Einen halben Kamerachip? Was soll das denn?" Lion sah ihn verdutzt an.

„Keine Ahnung. Unser Kriminaltechniker konnte auf dem Chip nichts erkennen. Aber da gab es noch etwas. Auf dem Umschlag waren nur meine Fingerabdrücke, und er war unfrankiert."

„Das ist allerdings merkwürdig. Kann es sich um einen Scherz handeln?"

„Das glaube ich nicht", erwiderte Tom entschiedener als beabsichtigt. „Ich erhielt außerdem eine merkwürdige Nachricht von Alexa." Er hielt einen Moment inne. „Merkwürdig, weil sie nicht von Alexa stammte. Ich bekomme neuerdings Fotos auf mein Smartphone. Fotos von unserem ersten gemeinsamen Ibiza-Urlaub, die angeblich von Alexas Smartphone kommen. Das erste Mal war es tatsächlich so. Aber beim zweiten und dritten Mal wusste Alexa nichts davon."

Lion runzelte die Stirn. „Hast du dein Smartphone checken lasen?"

Er nickte. „Allerdings erst beim dritten Mal, also vergangenen Freitag. Nichts. Es sieht so aus, als hätte Alexa die Nachrichten geschickt, aber dem ist nicht so. Ich habe sie gestern darauf angesprochen. Von ihr stammte lediglich die erste. Aber da ist noch etwas. Ich hatte das Gefühl, dass ich …", er nahm rasch einen

Schluck Bier, „noch etwas anderes sehe außer Urlaubsfotos."

„Was denn?"

„Fotos von der Frau vom Möwensee. Freitag kam eins vom Tatort, von der Toten, aufgespießt zur Schau gestellt, und ich stand daneben. Dann noch andere Sequenzen. Grauenvolle Bilder, die mir neuerdings den Schlaf rauben. Ich bin ziemlich irritiert, wenn ich ehrlich bin."

Lion starrte ihn entsetzt an und stieß die Luft aus. „Was läuft denn da für eine Scheiße? Wusstest du, dass wir in der Herzkammer der Toten ebenfalls den Teil eines Chips gefunden haben? Allerdings ist es ein Fragment einer SIM-Karte! Ansonsten gibt es keine Spuren. Rein gar nichts. Wir konnten die Tote bislang noch nicht einmal identifizieren und der Chip war leer."

„Da spielt jemand ein übles Spiel mit mir, Lion", schnaubte Diavelli. „Nein, mit uns, sollte ich wohl besser sagen. Das muss ich melden."

„Bevor wir den Behörden irgendetwas melden, sollte ich vielleicht wissen, woran du gerade arbeitest."

„Lion, du weißt, dass ich darüber nicht sprechen darf. Nur wenige Personen wissen davon."

„Irgendjemand, dem wir nicht trauen können, scheint aber etwas darüber zu wissen."

Tom räusperte sich. „Das weiß ich, aber ich möchte dich dem nicht auch noch aussetzen."

„Tust du nicht, aber SIM-Karte und Kamerachip ..." Lion hielt inne. „Das riecht nach Überwachung. Ich frage mich allerdings, was die Tote vom Möwensee damit zu tun hat."

„Ich glaube, der Täter will uns wissen lassen, dass er uns beobachtet. Okay. Also, ich bearbeite derzeit unsere alten Fälle mit dem neuen Testprogramm PrePol, das derzeit in Bayern erprobt wird und das sich mit der Verbrechungsbekämpfung auseinandersetzt. Du weißt ja, dass sich vorige Woche der Bundesjustizminister und der Innenminister auf die Rückkehr der Vorratsdatenspeicherung geeinigt haben."

Lion nickte. „Es ist ein Riesenschritt nach vorn, wenn wir bei der Bekämpfung von Kriminalität nicht länger auf ein modernes Instrument verzichten müssen. Aber ich denke, es geht da um Delikte wie Einbruch-Diebstahl. Verdammt, was ist los?"

Tom winkte ab. „Lass mich vorher kurz was erklären. Mit an erster Stelle steht bei dem Programm sicherlich der Wohnungseinbruch. Wir registrieren seit Jahren einen kontinuierlichen Anstieg solcher Delikte."

Lion hob die Augenbrauen. „Diese Form der organisierten Kriminalität unterliegt aber per se nicht der Zuständigkeit des BKA. Wenn in Berlin oder Aachen ein Einbruch von der örtlichen Polizei aufgenommen wird, wie kommt das BKA dann ins Spiel?"

Diavelli seufzte. „Indem wir die Daten aus mehreren Verfahren sammeln und auswerten und nach länderübergreifenden oder internationalen Strukturen suchen. Ist es nicht absurd, dass die Täter immer internationaler werden, die EU mit Europol versucht dagegenzuhalten, während in Deutschland immer noch in föderalen Strukturen gedacht wird? Das gemeinsame Terrorabwehrzentrum in Berlin ist aber ein gutes Beispiel für funktionierende Zusammenarbeit. Wir sind mit dem Programm in der Lage, gegen länderübergreifende organisierte Banden auch ohne die Hilfe der Mitgliedstaaten erfolgreich zu sein."

„Warum bist du wirklich hier, Tom? Wann hat das genau angefangen, ich meine, seit wann bekommst du diese Nachrichten, die nicht von Alexa stammen?"

Tom starrte auf das Bierglas. „Im Grunde genommen begann es mit den Propagandavideos des sogenannten Islamischen Staats, die durch Deutsche weiterverbreitet werden. Ich hatte durch das neue Programm Zugriff auf IP-Adressen, konnte sie aber niemandem zuordnen. Dasselbe galt für schwere Fälle von Kinderpornografie, in denen die Behörden auch nicht jeden Täter ermitteln konnten. Plötzlich hatte ich aber Leute auf dem Schirm, die der Polizei bislang nicht bekannt waren. Das Programm speichert Kommunikationsdaten, um festzustellen, wer mit wem Kontakt hat, wo die Waffen herkommen, welche Rolle die Frauen spielen, und, und, und. Aufgrund der Datenauswertung wusste ich sehr schnell sehr viel. Wir speichern schon sehr lange ohne juristische Absicherung Daten und löschen sie auch wieder. Aber dieses Programm speichert nicht nur Verbindungsdaten und Informationen, wo das Handy eingeloggt war oder E-Mail-Adressen …", er hielt einen Moment inne, „sondern Gesichter, Mimik und Gestik von Personen, ihre Gewohnheiten, Freunde, Bekannte, einfach alles."

Lion nahm einen Schluck Whisky. „Ist deine derzeitige Aufgabe eine von der Regierung genehmigte Aktion? Ist das eine legale Aktion, diese … äh … besondere Art der Schnüffelei?", fragte er.

Tom zuckte zusammen, als hätte er einen Schlag ins Gesicht bekommen. „Der Auftrag kam vom Innenministerium des Landes Berlin."

„Das beantwortet nicht meine Frage", sagte Lion düster.

„Das ist genau der springende Punkt. Ich glaube, dass mit PrePol die digitale Überwachung ausufert. Das Programm kann mehr als das, was der Experte mir bislang offenbart hat. Seit ich kritische Fragen zu

PrePol stelle, geschehen um mich herum seltsame Dinge. Ich brauche deine Hilfe, Lion. Etwas läuft gewaltig schief. Ich habe albtraumhafte Visionen, schnauze Alexa und Josh an und glaube, in Ohnmacht zu fallen, obwohl ich hellwach bin."

„Du brauchst einen Spezialisten, der eure Smartphones und deinen Laptop checkt. Nach allem, was ich von dir vernommen habe, gibt es keine andere Möglichkeit, als so einen Spezialisten zu finden und auf illegalem Weg seine Fähigkeit zu nutzen. Die Entscheidung muss die Person allerdings selbst treffen."

Tom schmunzelte. „So jemanden kennst du? Wie viel?"

„Nicht das Geld ist das Ausschlaggebende, es muss sich für die Person lohnen. Für Mister X ist es die Möglichkeit, etwas wirklich Gutes zu tun."

Tom runzelte die Stirn. „Du erwartest also, dass ich zulasse, dass dein selbstloses Genie meinen BKA-Laptop hackt?"

„Könnten die Programmierer von PrePol auch virtuell vielleicht ein wenig zu weit gegangen sein? Vielleicht hat die Tote vom Möwensee etwas gewusst. Eines ist sicher. Die Chipteile deuten darauf hin. Der Täter hat einen ausgeprägten Spieltrieb, würde ich mal sagen. Willkommen in der Realität."

Tom starrte ihn an. „Realität … hm, ich stimme dir zu. Jemand hat mich im Visier. Eines Tages ist es womöglich Alexa oder Josh. Ich kann nicht weit genug gehen, um meine Frau und meinen Sohn zu schützen. Das ist meine Realität."

Tom biss die Zähne zusammen und kämpfte gegen die aufsteigende Panik.

„Ich würde dir diesen Rat nicht geben, Tom, wenn ich einen anderen Weg wüsste."

„Du bist ein wahrer Freund, Lion. Ich brauche einen Spezialisten, der so gut ist wie unser Kriminaltechniker."

Lion zwinkerte ihm zu. „Ich habe jemand noch Besseren!"

*

Tom wollte nur schlafen, nachdem er zu Hause angekommen war und sich noch ein Bier genehmigt hatte; unter die Dusche und ins Bett. Vom Alkohol angenehm benebelt, schleppte er sich in das obere Stockwerk, ging ins Bad und zog sich langsam aus. Unter der Dusche überfielen ihn Zweifel. Der Auftrag war vom Innenminister höchstpersönlich abgezeichnet worden. Die Programmierer hatten die Software überprüft. Alles schien bestens zu sein. Schien…

Nach einer langen Dusche ging er, begleitet vom unaufhörlichen Rauschen des Regens, in sein Büro und schaltete den PC ein.

*Sie haben Post.* Die Mail stammte von Alexa. Als er den Anhang öffnete, kam das Foto einer Kinderzeichnung von Josh mit einem Gutenacht-Gruß aus Salzburg zum Vorschein. Plötzlich öffnete sich eine zweite Mail. Die Bilder seiner Albträume holten ihn ein. Er schloss die Augen. Hörte Stimmen, ein leises Flüstern. Er spürte, wie sein Körper erstarrte, als er das Pfeifen und Quietschen von Hunderten Ratten vernahm. Mittendrin bäumte sich der kleine Körper von Josh auf, während Alexa danebenstand und grinste.

Später wachte er schweißgebadet unter frischen Laken im Schlafzimmer auf und starrte an die Decke. *Überall diese pelzigen Leiber.*

## Kapitel 20

*Salzburg*

Es war eine verspielte Leichtigkeit, die Salzburg, die bezaubernde Barockstadt am Nordrand der Alpen, so unverkennbar machte. Alexa hatte die kleine Stadt mit Weltniveau schon häufiger mit Tom besucht, kannte ihre schönsten Plätze. Aber heute bereitete ihr der Anblick keine Freude, als sie mit dem Taxi durch die Stadt fuhr.

Die Austrian Anadi Bank AG lag in der Hellbrunner Straße. Sie konnte sich auf dem Weg vom Hotel zur Bank noch ein wenig sammeln. Sie hatte keine Ahnung, was sie in der Bank erwartete.

Nachdem sie dem Filialleiter den amtlich bestätigten Erbschein vorgelegt hatte, führte er sie in das Untergeschoss zu den Schließfächern. Seine ruhige Gelassenheit, die Art, mit der er ihr ein Glas Wasser hinstellte, ließen nicht den geringsten Zweifel an der Tatsache, dass er wusste, dass sie von all dem keine Ahnung hatte. Er blieb diskret im Hintergrund, während sie den Inhalt des Schließfaches siebzehn leerte und auf einem Stahltisch in der Mitte des Raumes sichtete.

All ihre Vermutungen, über die sie in der Ferne spekuliert hatte, lagen vor ihr ausgebreitet: Aktiendepots eines amerikanischen Ölkonzerns in Texas, Bankauszüge eines Instituts auf den Niederländischen Antillen, ein Computerstick, eine DVD, Notarverträge, Diamanten, Gold, gebündelte Euronoten und ein kleines Schmuckkästchen, das ihr Herz höher schlagen ließ.

Ohne es geöffnet zu haben, wusste sie, was es enthielt: eine Goldkette mit einem kleinen Medaillon in Form eines Herzens, in dem ein Foto ihrer Mutter steckte.

Sie ließ die Goldkette durch ihre Finger gleiten. Die Berührung löste Hunderte von Erinnerungen an ihre Mutter aus, die ihr die Kette an ihrem achten Geburtstag geschenkt hatte.

An ihrem neunten Geburtstag und ein Jahr nach dem Tod ihrer Mutter, war die Kette plötzlich verschwunden. Als Kind war sie über den Verlust oft traurig gewesen und wegen ihrer Unachtsamkeit wütend. Die Erinnerung an viele winzige, rasiermesserscharfe Schnitte auf einer neunjährigen Kinderseele, kam hoch. Alexa öffnete das Medaillon und erstarrte. Sie fühlte sich dabei an eine Statue erinnert. An kalten, gefühllosen, harten Stein. Nicht das lächelnde Gesicht ihrer Mutter blickte ihr entgegen, sondern eine Fratze, verzerrt durch umherirrende Kugelschreiberstriche.

Sie betrachtete das kleine Foto einen Moment, atmete tief ein und aus. Sie spürte einen Stich in der Brust. Bardo hatte die Kette an sich genommen, obwohl er wusste, wie viel ihr das Geschenk ihrer Mutter bedeutet hatte. *Was hat er sich bloß dabei gedacht?* Warum hatte er das Gesicht ihrer Mutter verunstaltet? Aus Eifersucht?

*Ich kauf dir eine neue Kette, eine viel schönere,* hatte er ihr immer wieder angeboten.

Alexa trank das Glas mit Wasser in einem Zug leer und nahm einen tiefen Atemzug. Dann packte sie den ausgebreiteten Inhalt in einen Stahlbehälter, den eine Sicherheitsfirma im Auftrag der Bank nach Deutschland bringen sollte. Die Schriftstücke verstaute sie in ihren Aktenkoffer. Schließlich gab sie dem Filialleiter ein Zeichen. Gemeinsam gingen sie wieder ins Obergeschoss.

In ihrem Kopf entstand ein gewaltiger Druck, zusammen mit einem Schwindelgefühl, als der Filialleiter sie über die gewaltige Summe auf Bardos Konto in Kenntnis setzte. Insgesamt belief sich das Barvermögen ihres Adoptivvaters auf achtundvierzig Millionen Euro. *Verdammt!* Woher kam das viele Geld? Womit hatte Bardo so viel Geld verdient? Wieso hatte er niemals mit ihr über das Konto, über sein Vermögen gesprochen? Warum hatte er es ihr verschwiegen? Fragen über Fragen. Vielleicht, weil er in illegale Geschäfte verwickelt gewesen war? Sie würde in Berlin der Sache nachgehen. Vielleicht gaben die DVD und der Stick eine Antwort auf ihre Fragen. Eines wusste sie jedoch: Als Kriminologe hatte ihr Vater über ein monatliches Einkommen von viereinhalbtausend Euro verfügt. Woher kam das ganze Geld? Etwas war hier faul.

Sie löste das Konto auf und veranlasste eine Transaktion auf ein Notaranderkonto in Berlin.

*Nur weg hier, ich brauche frische Luft.*

Sie war schweißgebadet und ihr Herz pochte wild, als sie mit den geheimnisvollen Dokumenten in der Aktentasche das Gebäude verließ und in ein Taxi stieg, das sie zum Sacher-Hotel bringen sollte, wo Josh auf sie wartete. Er hatte mit einer Betreuerin des Hotels das Spielzeugmuseum besucht. Bis zum Rückflug nach Berlin blieben ihr noch anderthalb Stunden.

Sie nahm ihr Smartphone aus der Handtasche und wählte Joshs Handynummer. Ihr Herzschlag beruhigte sich, als sie seine Stimme hörte.

„Hey, Mom!"

Ein Lächeln huschte über ihr Gesicht.

## Kapitel 21

*Côte d'Azur*

Janus konnte ihren inneren Dialog förmlich hören. Er beobachtete Alexa Erbach über den Satellitenmonitor, als sie die Bank verließ und einen Moment vor dem Eingang verharrte. Dann betrachtete sie den Himmel, atmete tief ein und aus. Er glaubte, es beinahe zu hören. Vor allem hörte er sein eigenes Herz so laut, dass er meinte, sein Trommelfell müsste platzen. Während er sie betrachtete, dachte er an den Tod von Bardo Erbach, an die Beerdigung und an seinen eigenen Vater, der ohne Skrupel gewesen war. Seine Devise lautete, zu tun, was richtig war, ohne Rücksicht auf die Toten und Unschuldigen. Sein Vater war Energie, Elektrizität, Macht gewesen und stark und überwältigend wie er. Er hatte ihn Dinge gelehrt. Etwa, wie man einen Nagel in den Arm eines Menschen rammte, einen Knochen zerschmetterte, ohne dabei ein Gefäß zu treffen, nur einen Nerv, damit der Schmerz unerträglich blieb. Er zoomte Alexa Erbachs Augen nah heran, las darin ein verzweifeltes Aufflackern, einen Hilferuf in der Ferne, als sie das Smartphone aus ihrer Handtasche nahm und Zahlen eintippte. Ihre Lippen bewegten sich. *Josh,* bestätigte die Spracherkennungssoftware. Ihr Gesicht entspannte sich, dennoch wirkte es fremd, weit entfernt und viel zu ruhig für das, was sich gerade in seinem Kopf abspielte. Er kicherte, lang anhaltend, leise.

*Vater*. Ein Schmerz wartete in diesem Wort, stark genug, um eine Seele für immer herunterzuziehen. Irgendwie wusste er, dass sein Vater der Anfang gewesen war. Dieser Mann war mehr gewesen als eine schwarze Woge, er war ein ganzer Ozean aus Schwärze. Ein riesiges, leeres Nichts in Menschengestalt. Es war der Instinkt jeder zivilisierten Gesellschaft, Kinder vor dem Bösen zu schützen, denn jedes Kind war zu jeder Zeit bereit, an die Existenz von Ungeheuern zu glauben. Er hatte schon immer gewusst, dass sein Vater ein Ungeheuer gewesen war. Er hatte diese Tatsache in dem Augenblick akzeptiert, nachdem auch er Gefallen an Gewalt empfunden hatte. Sein Vater hatte ihm diese Veranlagung vererbt und seinen Sohn während seiner Kindheit geschult, Gewalt anzuwenden, damit es ihm den größten Genuss bereitete. Damals war er sechs gewesen und täglich wurde sein linker Arm von Nägeln durchbohrt. „Du musst lernen, den Schmerz zu ertragen, du musst ihn spüren. Woher sollst du sonst wissen, was die anderen fühlen, wenn du ihnen das gleiche antust", hatte sein Vater gesagt. Heute war sein Hass verflogen, in weite, weite Ferne, wie der Abstand zu dieser Frau. Er liebte es, unerbittlich zu sein, zu siegen und ungeschoren davonzukommen.

## Kapitel 22

*Berlin-Grunewald, am darauffolgenden Abend*

Tom wollte schon vor einer Stunde zurück sein. Alexa wählte wieder seine Nummer und versuchte, ruhig zu bleiben.

*Alles ist in Ordnung.* Sie wusste, wie leicht er neuerdings die Zeit vergaß, wenn er mit Josh in den Volkspark Rehberge fuhr, und dass es ihm nicht im Traum einfallen würde, sie zu benachrichtigen, falls es später werden würde. Vermutlich war er mit Josh bei McDonalds und mästete das Kind mit Junkfood, obwohl er wusste, dass sie strikt dagegen war. Josh war viel zu jung für die Big Macs dieser Welt, und auch wenn er älter war, würde Alexa es ihm verbieten.

*Anderthalb Stunden.* Wo steckten die beiden? Ein Auto hielt in der Einfahrt und sie lief zum Fenster. *Der Paketbote.* Sie hatte nichts bestellt. *Es wird wohl ein Paket für die Nachbarn sein.* Sie öffnete die Haustür.

„Bestimmt für die Nachbarn, oder?“ Alexa streckte dem Mann ihre Hände entgegen. „Sie sind aber heute spät dran.“

Der Paketbote machte eine bedauernde Geste. „Hab eine Stunde im Stau gestanden. Die Baustellen können einen verzweifeln lassen. Aber das Paket ist nicht für die Nachbarn, es ist für Sie. Bitteschön, Frau Dr. Erbach.“

Alexa sah sich den Adressaufkleber an und quittierte den Empfang. Das Paket war tatsächlich für sie. Vielleicht eine Überraschung zum Geburtstag? Aber der war erst in vier Wochen. *Ob Tom ...?* Nein, er hatte sich nichts anmerken lassen. Aber ungewöhnlich wäre das auch nicht. Tom überraschte sie öfter.

*Tom.* Sie sah auf die Uhr. Bereits nach 20 Uhr. Noch einmal wählte sie Toms Handynummer. Wieder meldete sich die Mailbox.

*Herrgott noch mal!* Sie musste einen Bissen zu sich nehmen, um das grauenvolle Zittern in ihren Armen und Beinen einzudämmen, bedingt durch einen leeren Magen und die Tatsache, dass sie den ganzen Tag nichts getrunken hatte. Kein Wunder, dass ihr die Knie schlotterten. Sie ging in die Küche, stützte sich an einem Stuhl ab. Ihre Kehle war ausgetrocknet und ihr Herz hämmerte. Die typischen Zeichen einer beginnenden Dehydrierung, diagnostizierte die Ärztin in ihr.

Auf dem Tisch vibrierte das Smartphone. Eine WhatsApp von Tom.

Alexa öffnete die Nachricht: *Wir sind bei meiner Mutter und werden hier übernachten. Sie ist so glücklich, dass du schwanger bist und dass Josh bei ihr ist. Diese Liebe beruht wohl auf Gegenseitigkeit. Rufe dich an, wenn Josh schläft. Keine Sorge. T. PS: Ist das Paket angekommen?*

Alexa las die Nachricht dreimal, bis die Bedeutung zu ihr durchdrang. Panik stieg in ihr auf.

*Ich möchte, dass ihr sofort nach Hause kommt. Wir müssen reden,* tippte sie ein, drückte auf Senden und wartete.

Nach einer halben Stunde begriff Alexa, dass sie keine Antwort erhalten würde. Sie wartete eine weitere halbe Stunde und rief Lion an. Vielleicht wusste er Rat.

„Philipa Breckendorf."

„Alexa hier. Ich muss unbedingt mit Lion sprechen. Es ist wichtig, Pippa."

„Lion arbeitet am PC. Warte bitte einen Moment. Ich hole ihn ans Telefon."

Der Klang ihrer Stimme verriet eine Mischung aus Neugier und Irritation.

„Es dauert nicht lange, Pippa."

Sie hörte, wie Philipa das Wohnzimmer verließ. Dann ein tiefer Seufzer. Jemand nahm den Hörer in die Hand.

„Hey Alexa, was gibt es denn so Dringendes?", fragte Lion.

Alexa brachte kaum ein Wort heraus. Sie stammelte unzusammenhängende Wörter. Eine schreckliche Angst, die nicht nur ihren Körper, sondern auch ihr Gehirn lähmte, hatte sie erfasst.

„Easy", sagte Lion. „Was ist passiert, Alexa?" Sie versuchte, ihre Stimme möglichst ruhig zu halten. „Tom ist ..."

„Ist er krank? Hatte er einen Unfall? Was ist los, Alexa?"

„Nein, nein. Aber ich habe gerade eine SMS von ihm erhalten. Er schreibt, dass er mit Josh zu seiner Mutter gefahren ist und dort übernachtet."

„Aber warum regst du dich denn darüber so auf?"

„Lion, darum geht es nicht. Tom verhält sich in letzter Zeit sehr seltsam. Und jetzt das."

„Beruhige dich, Alexa. Was meinst du denn mit *und jetzt das?*"

„Tom hat keine Mutter. Sie starb vor fünfzehn Jahren."

Sie hörte, wie Lion am anderen Ende der Leitung tief Luft holte. „Okay, Alexa. Wohin geht er denn in der Regel mit Josh?"

„Neuerdings zum Möwensee in den Volkspark Rehberge."

„Ach du Scheiße", hörte sie Lion am anderen Ende der Leitung fluchen.

In der Nacht fuhr Alexa mit einem Ruck hoch und setzte sich im Bett auf. Jemand war im Haus!

Sie hatte keine Ahnung, wie sie ins Obergeschoss gekommen war. Sie wusste nur, dass Lion Breckendorf versprochen hatte, eine Streife zum Möwensee zu schicken. Später hatte er sie angerufen: „Von Josh und Tom keine Spur, aber der Streifenwagen wird nach den beiden Ausschau halten. Mach dir keine Gedanken."

Lion hatte versucht, sie zu beruhigen, doch er hatte dabei alles andere als zuversichtlich geklungen.

Verdammt! Und nun das. Sie war eingeschlafen und konnte sich nicht erinnern, dass sie sich ausgezogen und hingelegt hatte, aber das spielte jetzt keine Rolle. Jemand war im Haus. Sie hatte unten in der Küche Geräusche gehört. *Tom? Flaschen?* Tom trank neuerdings zu viel.

Sie erhob sich lautlos, zog Jeans und T-Shirt an und griff in die Schublade nach dem Pfefferspray. Sie schlich barfuß durch das Schlafzimmer, öffnete das Fenster im Gang und spürte den kalten Wind an ihren nackten Armen. Schlagartig wurde ihr klar, dass sie wach war. Sie war wieder weit weg gewesen. Hatte wieder von Bomben geträumt. Von einem einzigen Schlachtfeld. Sie war mit einem Mann durch die Straßen von Chafdschi gelaufen. Ein Kind mit wehenden Haaren. Die Bilder zogen in Zeitlupe durch ihr Bewusstsein.

Alexa schüttelte den letzten Restschlaf ab, steckte das Pfefferspray in den Hosenbund und lief die Treppe hinunter. Nichts! Im Haus war alles still. Sie öffnete die

Terrassentür und ging in den Garten. Wer zum Teufel konnte das sein? Hier draußen? Wie war das überhaupt möglich, dass jemand über das Stahltor klettern konnte? Sie schlich um die Ecke zur Hintertür und spähte durch das kleine Fenster. Niemand. Sie schob vorsichtig die Tür auf und blieb ein paar Sekunden in der Türöffnung stehen. Dann ging sie auf Zehenspitzen den Gang entlang, stellte sich mit dem Rücken zur Wand vor die Wohnzimmertür und holte tief Luft, ehe sie hineinging. Der Fernseher lief ohne Ton.

Josh saß mit Kopfhörer auf dem Sofa und starrte auf den Bildschirm. Sie tippte ihm auf die Schulter. Josh nahm den Kopfhörer ab und lächelte sie an. „Ich konnte nicht schlafen, Mami“.

„Joshi, warum hast du denn nicht geantwortet?“, sie seufzte erleichtert, „als ich gerufen habe.“

„Ich habe dich nicht gehört. Ich wollte dich aber auch nicht erschrecken“, antwortete Josh und grinste.

Er kam auf sie zu und streichelte lachend ihren Bauch. Alexa umarmte ihren kleinen Sohn. *Gott sei Dank bist du wieder bei mir.* Erst jetzt bemerkte sie, dass sie fror, keine Schuhe trug, fast unbekleidet war und dass der Schrecken ihren Körper noch nicht verlassen hatte. Ihr Instinkt hatte die Führung übernommen. Hatte ihr Kräfte gegeben, die sie im Traum nicht mehr gehabt hatte.

„Mami, ist alles in Ordnung mit dir?“

Alexa nickte. *Mit mir schon, was ist mit dir, mein Kleiner?*

„Papa hat mich ins Bett gebracht und ist dann wieder gegangen. Wir haben einen Big Mac gegessen. Wir haben versucht, dich zu erreichen, Mama. Du bist aber nicht an dein Handy gegangen. Wann kommt Papa denn wieder nach Hause?“

*Verdammt.* „Morgen", log sie. „Er musste nach Wiesbaden, aber morgen ist er bestimmt wieder bei uns."

Josh schüttelte die dunklen Locken und grinste. „Ich wollte dich nicht erschrecken, Mami. Habe ich dich erschreckt?" Sein Grinsen raubte ihr einmal mehr das Herz.

„Ein bisschen, Joshi. Wo warst du denn mit Papa?"

Josh überlegte kurz. „Am Möwensee. Wir haben dort Fußball gespielt und danach sind wir zu McDonalds gefahren. Aber das darf ich dir nicht sagen. Also verrate mich nicht."

*Gott sei Dank, alles normal, oder?* „Möchtest du eine heiße Milch?"

Er schüttelte den Kopf und verzog das Gesicht zu einer Grimasse. „Nein! Igittigitt."

„Okay, dann ab ins Bett!"

In seinem Zimmer plapperte Josh munter drauflos. Aber was war bloß in Tom gefahren, sie so im Unklaren zu lassen? Und wieso hatten die beiden sie nicht erreicht? Fragen über Fragen. *Verdammt, Tom, wo steckst du?*

Sie streichelte Josh über die dunklen Locken. „Ich bleib noch ein bisschen auf und koch mir einen Tee. Mit der neuen Kaffeemaschine kann nur Papa umgehen. Ich habe keine Ahnung, wie dieses Raumschiff funktioniert", sagte sie lächelnd.

Josh nickte und sah sie mit seltsam dunklen Augen an – ein Blick, den Alexa von ihrem Sohn nicht kannte.

## Kapitel 23

*Berlin-Grunewald*

„Wir müssen reden."

Alexa setzte sich zu Tom an den Küchentisch. Ihr fiel auf, wie er zusammenzuckte, sah, wie Panik für Sekunden über sein Gesicht huschte. Seine Hände zitterten leicht, obwohl er versuchte, es vor ihr zu verbergen, indem er rasch zum Weinglas griff und es in einem Zug leerte. Sie nippte nur an ihrem Glas, wollte einen klaren Kopf behalten.

Jetzt war der richtige Zeitpunkt, den gestrigen Vorfall noch einmal zu erwähnen. Josh schlief endlich. Im Haus war alles still.

„Warum hast du mich gestern nicht angerufen, Tom?"

„Alexa, ich weiß, dass du verärgert bist, aber ich hab dich angerufen, sogar mehrmals, aber ich konnte dich nicht erreichen. Wenn jemand hier verärgert sein darf, dann bin ich es ja wohl. Du rufst Lion an und schickst mir eine Streife hinterher, als wär ich ein Schwerverbrecher. Ich hab dir erklärt, dass es sich bei der WhatsApp um einen üblen Scherz handeln muss."

In den vergangenen vierundzwanzig Stunden war sie bei den seltsamsten Dingen in Gelächter ausgebrochen. Absurd war es. Lächerlich. Sie war verwirrt, verzweifelt, schwanger, hatte Angst gehabt, Tom und Josh zu verlieren. Die Angst war von ihr gewichen, dennoch hatte der Vorfall einen bitteren Beigeschmack hinterlassen. Sie musste sich zusammenreißen. Tom hatte recht.

„Aber wer wusste, dass du mit Josh unterwegs warst? Und wer wusste, dass deine Mutter tot ist, dass ich schwanger bin und dass mich eine derartige Nachricht in Panik versetzen würde? Ich kann mir kaum vorstellen, dass einer deiner Kollegen zu so einem makabren Scherz fähig ist."

Tom lachte laut auf. „Da sei dir mal nicht so sicher. Von einigen weiß ich, dass sie sich hin und wieder zu üblen Scherzen hinreißen lassen."

„Ich habe das Gefühl, dass etwas Schlimmes geschehen wird. Ich weiß, es klingt seltsam, aber ich werde den Eindruck nicht los, dass uns jemand beobachtet. Wie neulich nach der Beerdigung in unserem Garten."

„Das waren gewiss nur neugierige Paparazzi, Alexa. Ich werde dein Handy in Wiesbaden von der Kriminaltechnik überprüfen lassen", Tom schenkte sich ein neues Glas Wein ein, „und zur Sicherheit unsere Computer von einem Spezialisten checken lassen."

„Wem hast du von meiner Schwangerschaft erzählt?"

Einen Augenblick sah Tom verwirrt aus, einsam, gehetzt, doch in der nächsten Sekunde wirkte er konzentriert. „Lion, der es wahrscheinlich Philipa erzählt hat. Und wie ich Philipa kenne, hat sie es ..."

Alexa lächelte. „Schon gut, wenn es Philipa weiß, dann weiß es das ganze Präsidium, nein, die ganze Welt."

„Hätte ich es ihm nicht sagen sollen?"

„Nein, nein. Schon okay. Ich habe noch eine Bitte. Könntest du dir die Unterlagen meines Adoptivvaters ansehen? Ich habe momentan keine Nerven dazu."

„Sicher. Hast du schon einen Blick draufgeworfen?"

„Ja, einen kurzen, in der Bank, aber ich verstehe das alles nicht. Es gibt auch eine DVD und einen Computerstick. Ich möchte mir das nicht alleine ansehen. Dazu diese Notarverträge ..., wir sollten einen Anwalt und einen Wirtschaftsprüfer hinzuziehen. Aber vorher möchte ich, dass du einen Blick draufwirfst und wir es anschließend besprechen. Wäre das für dich okay?"

„Ja, natürlich. Wir dürfen das alles nicht anfassen, bis wir wissen, wie Bardo ein solches Vermögen anhäufen konnte."

Plötzlich erschauderte Alexa, Angst vor dem Ungewissen stieg in ihr auf. Sie hatte in der forensischen Strafanstalt schlimme Dinge gesehen, über schlimme Dinge gesprochen und ihre Gegner waren der Abschaum gewesen, aber sie waren immer mit einem Gesicht versehen. Sie hatte auch heute in der Klinik das Böse vor Augen gehabt; obszöne, dunkle Kreaturen, deren Seelen verpestetes Wasser tranken. Die WhatsApp war gesichtslos. „Könnte es ein Hacker sein?"

Tom nickte und kippte den Wein hinunter, als wäre es Wasser. „Das vermute ich. Ich habe mit Lion darüber gesprochen. Er ist der gleichen Meinung. Komm, lass uns schlafen gehen. Ich bin müde und morgen ist ein harter Tag."

Tom fuhr mit der Hand über sein Gesicht, als wäre er schläfrig. Sie dachte, dass es anstrengend sein musste, den ganzen Tag zu lügen. Doch dann, für einen Moment, entzog sich ihr diese Einsicht, weil sie zumindest spürte, dass in seinen Worten das Unbehagen lag, nach dem sie gesucht hatte. Sie spürte, dass Tom etwas beschäftigte, er ihr aber lieber eine Notlüge auftischte, als sie mit der Wahrheit zu konfrontieren. Wollte er sie schützen? Er hatte soeben bewusst gelogen. Dafür kannte sie ihren Ehemann nur zu gut. Lion und Philipa wussten nichts von ihrer Schwangerschaft.

Philipa war völlig überrascht gewesen, als sie es am Telefon erwähnt hatte.

Alexa ließ die Sache für heute auf sich beruhen. Morgen war auch noch ein Tag. Sie lächelte und lehnte sich über den Tisch, um ihr Gesicht ganz nah an das seine zu bringen. Sie sah die feinen Linien, die Zornesfalte zwischen seinen Augenbrauen, die dunklen Ränder unter seinen Augen, die ihr sagten, dass er unter Schlafmangel litt, seine Poren, die sich im Laufe der nächsten Jahre erweitern würden, seine Lippen, fast schwarz vom Rotwein, aber auch die Schweißperlen auf seiner Stirn, ein klares Indiz für eine Lüge.

„Ach Tom, mein Tommy. Könntest du gleich mal meine Ohrläppchen vermessen?"

„Das haben wir vor einigen Tagen gemacht. Sie sind klein und niedlich: ein Zentimeter, 10 Millimeter."

Sie nahm seine Hand und führte sie an ihre Lippen. „Ich glaube, du hast dich um einige Millimeter vertan."

„Du bringst mich immer wieder an die Grenze meiner intellektuellen Leistungskraft", sagte er zärtlich.

„Meine Diagnose lautet: Gehirnüberlastung. Ich werde für dich demnächst mehr mit Eiweiß und Gemüse kochen. Damit bringen wir dich wieder auf Trab. Und Finger weg von Big Macs. Die machen impotent."

„Oh!"

Tom schob den Stuhl beiseite, stand auf und setzte sich wieder, erhob sich erneut, ging um den Tisch, hob sie hoch und schloss sie in seine Arme. „Ich liebe dich Alexa, und ich werde den Mistkerl finden, der uns das angetan hat. Ich werde uns beschützen, notfalls mit meinem Leben."

Sie hob irritiert die Augenbrauen. „Tom, was sagst du denn da?"

„Das war eine Liebeserklärung, Alexa."

*Nein. Du hast Angst. Wovor? Vor wem oder was?*

Sie schloss die Augen, genoss die Wärme seines Körpers. „Dann zeig mir mal, wie ernst du es meinst", sagte sie zärtlich und löste sich aus seiner Umarmung.

Er schenkte ihr ein Lächeln, so voller Zärtlichkeit, dass sie die Bedeutung seiner Worte verdrängte.

## Kapitel 24

*Klinik*

Mittlerweile wirkte der Behandlungsraum wie ein futuristisches Labor. Weiße Wände, weißer Boden, weiße Decke, Computer und spezielle Apparaturen, wohin das Auge sah.

Heute würde sie eine sogenannte TMS an Martin Simon vornehmen.

Die transkranielle Magnetstimulation war eine Technologie, die Alexa sehr gern an Patienten durchführte, bei denen eine Schizophrenie vorlag, wie im Fall Simon. Mithilfe starker Magnetfelder konnten Bereiche des Gehirns stimuliert oder gehemmt werden. Auch das Neurotec II-Modell war mit einem Impulsgeber ausgestattet. Die Magnetstimulation führte im Gehirn zu einer Herabsetzung der sogenannten Erregungsschwelle der Inhaftierten. Die Reizschwelle war bei Psychopathen wie Martin Simon in der Regel erhöht. Die antidepressive Wirkung der TMS-Behandlung hielt darüber hinaus einige Tage an.

Alexa wandte sich Simon zu, als er den Raum betrat.

Er wirkte nervös, sein Blick irrte umher, als suchte er einen Ruhepol. Als er den ihren traf, lächelte er, legte sich auf die Liege und ließ alles über sich ergehen.

„Wie geht es Ihnen, Martin?“, fragte Bernhard Kramer, als er die Elektroden an Simons Kopf entfernte.

Simon warf Kramer einen vernichtenden Blick zu. Er sah sich um. Sein Blick blieb in der Mitte des Labors hängen, wo Alexa stand. „I… I… Ich ha… hab leichte

Kopfschmerzen. W… w… warum s… stotter ich? W… w… war beim letzten Mal nicht so." Simon zeigte auf Kramer. „Der da, der hat was falsch gemacht, D… doc!"

„Nein, Martin, Kopfschmerzen treten vor allem bei der Mitstimulation der Muskulatur auf", entgegnete Alexa ruhig. „Das mit der Stimme ist gleich wieder in Ordnung."

Für einige Minuten führte die TMS zur Verschlechterung der sprachlichen Ausdrucksfähigkeit, aber das würde sich wieder legen.

Kramer sicherte Simons Daten am PC und schaltete die Mindmachine ab.

„Hm …, dann muss ich heute das Fitnessstudio wohl nicht mehr aufsuchen", meinte Simon. „Sagen Sie mal, Doc, es waren wieder Menschen da. Die bösen?"

Sie nickte. *Jetzt wird es interessant.*

„Warum haben die mich denn alle angesehen, Doc?"

„Weil Ihr Unterbewusstsein spürt, dass jemand anderer – hier der Computer – diese Personen erschafft. Sie symbolisieren die Stimmen in Ihrem Kopf. Sie hingegen wollen sie entfernen, und je mehr Ihr Unterbewusstsein das in Angriff nimmt, desto schneller reagiert das Programm und entfernt eine Person nach der anderen."

„Wie? Der PC entfernt das Böse?"

„Ja! Sie haben die Fremdheit in Ihrem Wachtraum gespürt. Sie müssen sich das so vorstellen: Der PC wirkt wie die weißen Blutkörperchen, die eine Infektion bekämpfen."

Simon sah sie ungläubig an. „Was? Ha! Wir bekämpfen also die Invasion des Bösen mit einem Computer?"

Sie schmunzelte. „Nein. Nur Sie tun das, Martin, indem Ihr Unterbewusstsein dem Computer Befehle erteilt."

Simon zeigte wieder auf Kramer, der ihnen aufmerksam zugehört hatte. „Können Sie den da nicht auch mal an die Maschine anschließen? Vielleicht wird aus dem dann noch mal was!"

Simon redete inzwischen wieder normal, sogar etwas schneller. Alexa fiel auf, dass ihr Kollege Simon verärgert anschaute. Sie musste mit ihm reden. Als Arzt durfte er im Beisein der Gefangenen keine Emotionen zeigen.

Simons hellblaue Augen verdunkelten sich. Er starrte Kramer an. „Können Sie seinem Unterbewusstsein sagen, es soll sich mal abregen", sagte er kalt. Dann wandte er sich wieder an sie. „Es ist mein Unterbewusstsein, wissen Sie. Ich kann die Stimmen nicht kontrollieren. Deshalb habe ich zugestimmt. Aber den Typen da, den mag …"

„Dr. Kramer ist unser fähigster Analyst", unterbrach sie ihn. „Er wird Wesentliches dazu beitragen, dass Sie sich wieder besser fühlen. Alles klar?"

Simon nickte mürrisch.

„Wir haben Sie heute im Wachtraum an einen fiktiven Ort gebracht und Details aus Ihrem Leben verwendet. Zum Beispiel die Telefonzelle, an der Sie die Frau getroffen haben, die Sie später vergewaltigt und getötet haben. Sie haben sie auch unter den Menschen gesehen. Aber sie ist Ihnen nicht aufgefallen, und das ist ein kleiner Fortschritt. Wir nehmen aber nie die Gegend, in der es tatsächlich passiert ist."

Er sah sie finster an. „Wieso nicht?"

„Ein Vergehen aus der Erinnerung in einer realen Welt aufzubauen, bewirkt, dass Sie den Sinn für die

Realität verlieren. Sie können dann nicht mehr unterscheiden, was wahr ist und was eine Fiktion. Sie würden sich selbst bei der Tat zusehen, und das wollen wir nicht."

Bernhard Kramer stand auf. „Ich weiß nicht, ob Sie es nicht erkennen können, oder ob Sie es nicht erkennen wollen, Martin. Aber Sie haben ein paar ernsthafte Probleme, die Sie da oben zu begraben versuchen. Wir helfen Ihnen nur dabei."

„Nein", rief Simon wütend. „Hören Sie, Dr. Kramer, ich werde ganz sicher nicht meinen Verstand öffnen für jemanden, der so schräg drauf ist wie Sie. Das hier hat nichts mit mir zu tun. Das brauche ich nicht, um meine Dämonen zu vertreiben. Kapiert?"

Er sprang auf und hämmerte auf die Stahltür. Die Wachen stürmten herein, legten Simon Handschellen an und führten ihn ab.

Alexa hörte Simon auf dem Korridor toben. „Er wird es sich anders überlegen. Ich habe noch nie jemanden gesehen, der so schnell kapiert, Dr. Kramer."

Kramer packte seine Notizen in eine Aktentasche. „Wahrscheinlich haben Sie ins Schwarze getroffen. Er möchte das Böse in sich loswerden. Die Realität wird ihm nicht mehr genügen. Er möchte hier raus, und wir bieten ihm eine Möglichkeit. Ich sehe mir die Computeraufzeichnungen zu Hause durch. Mir reicht es für heute."

„Beim nächsten Mal schicken wir Simon virtuell in die Rechtsmedizin und zeigen ihm die Frau, die durch seine Hände zu Tode gekommen ist."

Kramer nickte. „Gute Idee. Ich glaube, er ist jetzt so weit."

# Kapitel 25

*Irgendwo in Berlin*

Ein Blitz zerriss den Himmel im Westen; weiße und violette Zickzackstreifen flammten auf. Der Wind hatte aufgefrischt, die dichten Büsche, die seinen reglosen Körper verbargen, raschelten und schwankten.

Janus kauerte sich ins Unterholz und knirschte mit den Zähnen, während sein Nacken sich beim Grollen des Donners versteifte. *Mist, ein Wolkenbruch, während ich hier draußen hocke und warte, dass die Schlampe endlich heimkommt.*

STEFKO hatte berechnet, dass die zwanzigjährige Baila um 23.45 Uhr nach Hause kommen würde. Er zwang sich, durch den Mund zu atmen. Etwas krabbelte an seinem Ohr vorbei zu seinem Mund. Er versuchte, sich das Ungeziefer nicht vorzustellen, das gerade über sein Gesicht kletterte, womöglich bis zum Gaumen. Nervös spielte er mit der kleinen Glasmurmel, die er zwischen den behandschuhten Fingern gleiten ließ.

Alles war ruhig, bis auf den Wind, der durch die Äste der gewaltigen Eichen am Straßenrand rauschte. Der Teppich aus Unkraut knisterte leise, als er sich aufrichtete und sich durch das Gestrüpp langsam zu ihrem Fenster vorarbeitete.

Seit STEFKO Baila ausgespuckt hatte, die nur selten die Jalousien schloss, hämmerte es wieder unablässig in seinem Kopf. Das Licht der Straßenlaterne fiel in ihr Schlafzimmer. Drinnen war alles still. *Wo war die Schlampe, verdammt noch mal?*

Ihr Bett war ungemacht, die Schranktür stand weit offen. Schuhe – Pumps, Sandalen, Turnschuhe – lagen in einem Haufen vor dem Schrank. Der weiße Schein des Digitalweckers zeigte bereits 00.40 Uhr.

Janus leckte sich die trockenen Lippen, als er den Spitzenslip auf dem Bett entdeckte. Er legte die Hand an die Cordhose und spürte, wie sein Schwanz hart wurde. Schnell glitt sein Blick wieder zum Bett. Er schloss die Augen und rieb sich schneller. Mit allen Einzelheiten tauchte die Szene vor ihm auf, die er letzte Nacht beobachtet hatte. Ihre großen, festen Brüste, die unter dem durchsichtigen rosafarbenen Stoff des Nachthemds auf und ab hüpften, während Baila auf einem Schnösel saß und ihn hemmungslos fickte. Den Kopf in Ekstase zurückgeworfen, die vollen geschwungenen Lippen vor Lust weit geöffnet.

Sein Magen hatte sich bei dem Anblick zusammengezogen. Sie war ein böses Mädchen, denn sie hatte die Jalousien offen gelassen, wie STEFKO es prophezeit hatte.

Mit dem Richtmikrofon hatte er ihr begleitendes Stöhnen belauscht.

„Nimm ihn in den Mund!", hatte der Schnösel gesagt.

Dann ein klatschendes Geräusch, gefolgt von einem Seufzen. Die darauffolgende Stille zog sich in die Länge. Dann nasse Geräusche.

„So ist es gut. Hm ..." Die Laute veränderten sich, wurden schneller und verstummten. Wieder eine lange Strecke der Stille. Dann Geräusche von Bewegung, von Bettlaken. Bailas Lust hatte in der gestrigen Nacht kein Ende nehmen wollen. Janus versuchte, nicht zu atmen, sich nicht zu rühren. Er konnte sie sogar jetzt riechen, ihren Saft schmecken, durchsetzt von Schweiß, was in ihm den Wunsch zu schreien weckte.

*Böses, böses Mädchen.* Seine Hand bewegte sich noch schneller. Jetzt stellte er sich vor, wie sie aussah, wenn sie nichts als halterlose Nylonstrümpfe trug und die hochhackigen Schuhe aus ihrem Schrank. Und wie er Baila an den dunkelroten Nuttenstöckeln packte, ihr die Beine hochriss und weit auseinanderspreizte, während sie schrie. Zuerst vor Angst, doch dann vor Lust. Ihre blauschwarz gefärbte Mähne breitete sich um ihren Kopf aus wie ein Fächer, die Hände waren ans Kopfende des Bettes gefesselt. Die spitzenbesetzte Mitte des hübschen blauen Slips zerrissen, ihr dichter dunkler Busch und ihr Schamlippenpiercing lagen genau vor seinem Mund.

Im Inneren stöhnte er auf und sein Atem zischte. *Stopp!*, protestierte seine innere Stimme. *Du musst erst üben! Üben, üben, üben. Danach kannst du sie ficken.*

Er bremste sich, bevor er kam, und öffnete die Augen. Das Haus war dunkel und leer. *Miststück!* Er kroch zurück in das Efeugestrüpp. Schweiß lief über sein Gesicht. Wieder rollte ein Donner. Er fühlte, wie sein Schwanz in der Hose zusammenschrumpfte. *Gottverdammte, beschissene Schlampe.*

Was für eine Enttäuschung! Wie aufgeregt er gewesen war, richtig ekstatisch, hatte die Minuten gezählt. STEFKO hatte berechnet, dass sie um 23.45 Uhr in ihrem engen Rock direkt an ihm vorbeigehen würde. Er hatte sich vor ihrem Fenster aufrichten wollen, zusehen, wie sie ihre Bluse aufknöpfte, wie sie den engen Rock über die nackten Schenkel auf den Teppich gleiten ließ. Zusehen, wie sie sich fürs Bett fertigmachte. *Für ihn fertigmachte!*

Das alles hatte STEFKO für 23.45 Uhr berechnet.

Doch die Minuten waren verstrichen, und eine Stunde später hockte er immer noch wie ein Penner in diesem Gebüsch, zwischen all dem Efeu und dem Ungeziefer, das ihm wahrscheinlich Eier in die Unterhose legte. Die Vorfreude, die ihn angetrieben und seine Fantasien gefüttert hatte, war verflogen. Langsam hatte seine Enttäuschung sich in Zorn verwandelt, eine Wut, die mit jeder verstrichenen Minute eisiger wurde. Seine Kiefer mahlten, sein Atem zischte.

In der Dunkelheit schienen die Minuten wie Stunden. Er beschloss, aufzubrechen. Dann eben beim nächsten Mal. Er sollte sich diesen Computerspezialisten mal vorknöpfen. STEFKO machte keine Fehler. Der Mann, der die Maschine programmierte, war anscheinend ein Idiot.

In diesem Moment glitt ein Scheinwerferpaar über die dunkle Straße.

Hastig duckte er sich wieder. Ein grauer Mercedes hielt vor dem Haus, keine fünf Meter von seinem Versteck entfernt.

Die Beifahrertür öffnete sich und zwei lange Beine, die schönen Füße in schwarzen lackledernen Pumps, schwangen heraus.

Er wusste sofort, dass sie es war. Eine unendliche Ruhe durchströmte ihn.

Er sah auf seine Armbanduhr. 00.45 Uhr. STEFKO hatte sich nur um eine Stunde vertan. Winterzeit? Oder vielleicht hatte er sich geirrt?

Ein genüssliches Grinsen zog sich über sein Gesicht. Er hatte das Gefühl, dass dieser Abend doch noch gut ausgehen würde. Die Dinge begannen, Gestalt anzunehmen.

Er wartete, bis in ihrem Schlafzimmer das Licht anging. Kurz darauf sah er ihren Schatten über die Büsche hüpfen, während sie im Schlafzimmer umherging. Dann löschte sie das Licht.

Er wartete zwanzig Minuten vollkommen reglos ab, bereitete sich in Gedanken vor. Dann schlich er sich an der Hauswand entlang bis zum Wohnzimmerfenster mit dem kaputten Riegel. Um genau 1.35 Uhr öffnete er lautlos das Fenster und glitt aus dem Regen in das dunkle Zimmer. Ein Gefühl der Losgelöstheit überkam ihn. Er musste nur noch leise wie ein Dieb durch die halb offene Schiebetür ins Schlafzimmer.

*Üben, üben, üben*, jubelten die Stimmen.

„Seid still!", flüsterte er, „sonst wacht Baila, die Tanzende, auf."

Sie spürte die Anwesenheit von etwas sehr, sehr Bösem in ihrem Zimmer. Sie fühlte sich schmutzig und schämte sich, ohne zu wissen warum. Sie hörte den Mann stöhnen – ein tiefes, grauenhaftes Stöhnen, das ihr unter dem Bettlaken Schauer über den Rücken jagte.

Die Dielen krachten. Schritte. Sie spürte, dass jemand neben ihrem Bett stand. Auf sie hinunterstarrte.

*

In seinem Büro herrschte eine beklemmende Stille. Tom blickte wie gelähmt auf seinen Bildschirm. Noch einmal spielte er die letzten Szenen der DVD aus Bardos Bankschließfach ab. Dann entfernte er sie aus dem PC und legte sie ins Geheimfach seiner Schreibtischschublade.

Etwas fiel klirrend zu Boden. Seine Lesebrille. Hilflos wanderte sein Blick von der DVD zu einer Dose Bier, die ihn aus der Schublade anlächelte. „Ich brauch jetzt einen Schluck", flüsterte er.

Wieder diese unerträgliche Stille.

Er hob die Brille auf, betrachtete das kaputte Glas und wusste, dass er Alexa niemals erzählen würde, was seine Augen soeben auf der DVD gesehen hatten.

Er nahm eine Akte, versuchte, sich auf seinen Inhalt zu konzentrieren, doch es gelang ihm nicht.

Sein Smartphone vibrierte. Er drückte die grüne Taste, hörte zu und legte wieder auf.

Dann erhob er sich und ging zu Bett.

## Kapitel 26

*Wiesbaden, Freitag*

Schmutzige Worte und Gedanken waren neuerdings seine Geheimnisse, egal, wie vulgär er dabei wurde. Und Schlangen, überall Schlangen, die aus den Körperteilen einer Frau krochen und ihn und Josh würgten.

Tom machte den Alkohol für die Visionen verantwortlich und dafür, dass er sich neuerdings immer wieder übergeben musste, weil sein Magen krampfte, bis ihm die Galle hochkam.

Er stand auf, ging zum Fenster und ließ seinen Blick über die BKA-Landschaft schweifen. Disziplin war der Schlüssel zu dem Leben, das er inzwischen führte. Jeden Tag zur gleichen Zeit aufstehen, kein Schlendrian, kein Verschlafen. Montags bis freitags einige Kilometer laufen. Samstag und Sonntag verbrachte er in Berlin bei seiner Familie. Samstags lief er nicht, stand aber zur gleichen Zeit auf wie an den anderen Tagen, duschte, trank seinen Kaffee und ging anschließend zwei Stunden in sein Büro, las E-Mails und sichtete Bardos Nachlass. All das und der Alkohol, sinnierte er, halfen ihm, das eigentliche Geheimnis zu bewahren, seine Gedankenwelt im Zaum zu halten, die ihn mit dem Grauen plagte. Das Klingeln seines Smartphones riss ihn aus seinen Gedanken. Er drückte die grüne Taste. „Diavelli."

„Lion. Wir müssen reden, Tom. *Kiss* hat etwas herausgefunden."

Er runzelte die Stirn. „Kiss?"

„Du weißt doch, worüber wir neulich gesprochen haben, oder?“

Tom seufzte. „Sorry, ich stehe gerade auf 'ner langen Leitung. Was hat er denn gesagt?“

„Nicht am Telefon. Wir treffen uns im Präsidium. Okay?“

Tom überlegte kurz. „In Ordnung. Mein Flieger geht in einer Stunde. Ich sag Alexa, dass es später wird und dass sie mich bei dir abholen soll.“

Er knöpfte sich beim Verlassen des Büros den Mantel zu. Zwar hatte er erst in einer halben Stunde Feierabend, aber es gab ein paar Dinge, die er außerhalb dieser Räume erledigen musste. Zum Beispiel ein Internetcafé aufsuchen, um in der Anonymität zu chatten.

„Setz dich, Tom.“ Sein Freund bot ihm einen Stuhl an, der ihm einen Blick auf eine Pinnwand gewährte. Er beäugte die Aufnahmen der Toten vom Möwensee: Fotos der gerichtsmedizinischen Untersuchung, vom Tatort – Detailaufnahmen einer Gräueltat.

Lion saß ordentlich an seinem Schreibtisch, auf dem nur eine kleine Lampe brannte. Er kam sofort zur Sache. „*Kiss* hat herausgefunden, dass dein Laptop und dein Smartphone mit einem *Staatstrojaner* infiziert wurden, Tom.“

„Das kann nicht sein. *Staatstrojaner* gibt es in Deutschland noch nicht.“

„Ich weiß dennoch, dass es so ist. Du wirst überwacht und du solltest dich fragen, wer oder was dahintersteckt. Vielleicht liegt es an diesem neuen Computerprogramm, von dem du mir erzählt hast?“

Er musterte Tom eindringlich und sah zum Fenster. Trübes Licht fiel herein auf den Staub, der in der Luft hing.

„Ich kann es zwar nicht glauben, aber wenn wir mal annehmen, dass ich aufgrund meiner Arbeit mit dem PrePol-Projekt überwacht werde, wäre es doch seltsam, da es dafür eine richterliche Genehmigung braucht.“

„Soll *Kiss* den Trojaner von deinem Laptop entfernen?“

Er räusperte sich. „Vorerst nicht. Nur von meinem Handy. Ich werde am Montag mit meinen Vorgesetzten sprechen. So geht das nicht. Hast du mal ein Bier für mich?“

Lion holte zwei Flaschen Bier aus einem kleinen Kühlschrank, auf dem eine Kaffeemaschine stand und stellte ihm eine hin.

„Ist das Smartphone von Alexa wenigstens sauber?“

Lion warf ihm einen irritierten Blick zu. „Ja! Mensch Tom, ist das deine einzige Sorge? Die digitale Welt bereitet LKA und BKA anscheinend zu viele Probleme“, sagte Lion nachdenklich. „Denk nur an die starke Zunahme von Massendaten. Wir können daraus nicht mal die richtigen, die wichtigen erkennen. Meist haben wir es mit Anonymisierungen zu tun. Oder Verschleierung von Identitäten, wie über die Tor-Netzwerke und die verschlüsselten Daten. Und jetzt wirst selbst du überwacht. Bravo!“

Tom nahm einen Schluck Bier. „Ich werde der Sache nachgehen, okay? Wir haben im BKA eine Studie zu Fällen, in denen wir Kommunikationen überwachen, um festzustellen, dass die Verdächtigen zu fünfundachtzig Prozent solche Techniken einsetzen. Das heißt, hier gingen uns wohl Teile der Kommunikation durch die Lappen.“

„Gingen? Du redest in der Vergangenheitsform.“ Lions Stimme klang gereizt.

„Im Moment ist das noch so. Aber wir entwickeln eben einen Bundestrojaner, mit dem wir nach richterlicher Genehmigung an den Computer der mutmaßlichen Täter gehen, bevor diese ihre Kommunikation verschlüsseln."

„Bedeutet das, dass der sogenannte Bundestrojaner kurz vor der Einführung steht, obwohl du schon einen ohne richterliche Genehmigung auf deinen Computer hast?"

„Ja, ja. Ich weiß, es ist eine Schweinerei und ich werde es auch nicht hinnehmen. Das ist in der Tat eine Straftat, die Konsequenzen für den Verantwortlichen haben wird. Das kann ich dir versichern."

„Da bin ich aber beruhigt. Habt ihr diese Spähsoftware selbst entwickelt?", fragte Lion.

„Richtig. Das BKA wollte sie nicht auf dem freien Markt kaufen."

„Du meinst in der Schweiz?"

Tom nickte.

„Die Polizei wird dem technischen Fortschritt immer hinterherlaufen müssen, mein Freund", erwiderte Lion und grinste. „Ganz Europa hat ihn schon, nur wir tüfteln immer noch dran herum."

„Wir erhalten heute eine Menge Spuren, die es früher gar nicht gab, etwa Handyvideos, wie sie nach dem Anschlag in Boston entstanden. Die Welt hat sich verändert und die digitale Informationsflut nimmt allmählich überhand. Um sie auffangen zu können, müssen wir zum Beispiel auch in sozialen Medien präsent sein."

Lion lachte laut auf „Das BKA will also als letzte Polizei Deutschlands bei Twitter und Facebook aktiv werden?"

„Wenn schon, dann richtig", antwortete Tom und verdrängte seine Erschöpfung mit Humor. „Wir sind bereits aktiv, aber zugegeben, es gibt da unter den Sesselfurzern tatsächlich einen Nachholbedarf. Ich …" Er stockte. Immer wieder fiel sein Blick auf die Fotos an der Pinnwand. Grauenvolle Fotos der Leiche vom Möwensee. Er versuchte sich auf die Diskussion mit seinem Freund zu konzentrieren, doch es fiel ihm schwer. Sein Herz hämmerte heftig. Die Luft im Büro war stickig. Er stand auf und öffnete das Fenster.

„Ich verstehe vieles nicht", fuhr er fort. „Nicht nur die Daten aus dem Bundeskanzleramt und dem BKA fließen neuerdings ins Ausland ab, Unterlagen über Geheimes gelangen in die Öffentlichkeit. Die Kanzlerin kann Protokolle ihrer eigenen Telefonate im Internet nachlesen. Der Geheimdienst, der im Inland Spionageabwehr leisten soll, ist offenbar machtlos." Er atmete tief ein und aus, schloss das Fenster wieder und drehte sich um.

Lion nickte. „Und der Generalbundesanwalt sieht sich außerstande, gegen die Täter zu ermitteln. Es fehlt ihm an Indizien."

Tom fuhr sich durchs Haar und setzte sich. „Der Verfassungsschutz hat in Sachen Spionageabwehr auch total versagt. Der Bundesnachrichtendienst kooperiert sogar mit den mutmaßlichen Tätern. Da ist etwas Übles im Gang, Lion."

„Merkwürdigerweise gehen Verfassungsschutz und Generalbundesanwalt bei der Einschüchterung von Journalisten deutlich agiler vor."

„Stimmt. Gegen zwei Journalisten wird wegen des Verdachts auf Landesverrat ermittelt. Die Strafanzeige stammt vom Verfassungsschutz." Er wischte sich den Schweiß von der Stirn.

„Wenn Journalisten auf Basis von vertraulichen Dokumenten über die Pläne des Geheimdienstes berichten, die Internetüberwachung in Deutschland auszuweiten, ist das nicht gerade eine Katastrophe", erwiderte Lion. „Sie suchen einen Sündenbock für ihre eigenen Fehler. Und der Generalbundesanwalt dreht durch."

Tom winkte ab. „Zunächst soll erst einmal geprüft werden, ob durch die Veröffentlichung tatsächlich Staatsgeheimnisse verraten wurden. Die Bundesanwaltschaft hat bereits einen Gutachter beauftragt."

Lion lachte. „Viel bedrohlicher ist doch die Tatsache, dass das BKA eine neue Software entwickelt hat, die so lückenhaft ist, dass sie von illustren Machthabern gehackt und missbraucht werden konnte. Ganz zu schweigen von der Precobs-Software. Haben sie die auch gehackt?"

„Das weiß ich nicht genau. Aber ich hege den Verdacht. Unsere Spezialisten konnten bislang nichts finden, aber es ist doch merkwürdig, dass mein Smartphone und mein Laptop infiziert wurden." Er seufzte. „Ich glaube, ich werde auch beobachtet. Jemand lässt mich überwachen und es geschieht gewiss nicht im Auftrag des BKA oder des Verfassungsschutzes. Das habe ich überprüft."

Lion bemühte sich ruhig zu bleiben. „Vielleicht ist aber alles auch ganz harmlos und es ist nur ein Test. Möchtest du noch ein Bier?"

„Ja, gerne. Übrigens habe ich heute erfahren, dass ich als neuer Leiter des BKA vorgeschlagen wurde. Du bist der Erste, der es erfährt."

Lion kam auf ihn zu und klopfte ihm auf die Schulter. „Mensch Tom, das sind großartige Neuigkeiten." Er lachte. „Vielleicht ist das die Erklärung für deine Überwachung. Der Staatsschutz will auf Nummer sicher gehen, dass du sauber bist, wenn der Staat dich ernennt."

„Witzbold." Er lächelte säuerlich.

Plötzlich wurde Lion ernst. „Was ist eigentlich zwischen dir und Alexa los?"

„Wir haben eine Krise. Ich trinke zu viel und neuerdings raste ich dabei aus", antwortete er emotionslos.

„Möchtest du drüber reden?"

„Nein!"

Lion hob eine Augenbraue und fragte nicht weiter nach.

Tom starrte wieder auf die Tatortfotos an der Wand und schluckte. „Seid ihr schon in dem Fall weitergekommen?"

„Nein. Wir haben viele Hinweise, aber nichts Konkretes. Wir kennen noch nicht mal ihre Identität. Es gibt keine vermissten Personen, auf die die Beschreibung passt." Lion ging zur Tafel und zeigte auf das verkohlte Auge.

„Die Rechtsmedizin hat in dem Auge kleine Partikel von einem Computerstick gefunden. Wir vermuten, dass der Täter den Stick erhitzt und ihr damit das Auge verkohlt hat."

Tom wich die Farbe aus dem Gesicht. „Ich ertrage den Anblick nicht. Können wir nicht irgendwo anders hingehen?"

Lion musterte seinen Freund. „Und warum treibst du dich dann mit deinem Jungen an einem Platz herum, wo diese Frau aufgefunden wurde? Warum gehst du zum Fußballspiel mit Josh zum Möwensee und nicht zum Sperlingsee oder zum Entenpfuhl?"

Tom starrte ihn an. „Woher … I … ich weiß es nicht, Lion."

„Du bist mein bester Freund, Tom, aber ich mache mir ernsthaft Sorgen. Du hast dich verändert, benimmst dich merkwürdig. Meinst du nicht, dass du mal einen Arzt aufsuchen solltest?“

„Ich habe das vor. I… ich weiß auch nicht, was mit mir los ist. Es wird mir alles zu viel. Ich habe Albträume.“

„Was träumst du denn so?“

Er stellte die Bierflasche auf den Schreibtisch. „Es ist grauenvoll. Ich stehe auf dem Rasen und sehe, wie die Frau vom Möwensee auf mich zukommt. Sie nimmt mich in den Arm. Am nächsten Morgen erwachen wir beide blutüberströmt in meinem Ehebett.“ Tom stockte und seine Hände zitterten.

Lion erhob sich, kam um den Schreibtisch und setzte sich ihm gegenüber auf einen Stuhl. Dann beugte er sich vor. „Erklärt der Traum, woher das Blut stammt?“ Lions Stimme klang einfühlsam.

Tom schlug die Hände vors Gesicht und zitterte.

„V … von Josh.“

„Wie bitte … Tom?“

Tom sah seinen Freund an, während er ein Schluchzen unterdrückte. „Mein Junge liegt tot neben mir und die zerfetzte Leiche vom Möwensee behauptet, dass ich ihn getötet hätte.“

Lion sah ihn entsetzt an. „Tom, du musst darüber mit Alexa sprechen. Das ist grausam.“ Lion sagte es, als wäre es für ihn die natürlichste Sache der Welt, aber seine Augen waren dunkel vor Sorge.

„Ich weiß“, flüsterte er. Dann kamen die Tränen.

# Kapitel 27

*Berlin-Grunewald*

Tom war betrunken. Dieses Mal war es mehr als nur eine Flasche Rotwein gewesen. Er konnte kaum noch auf den Beinen stehen. Die Küche war vom Alkoholdunst durchsetzt.

Wenn sie noch länger hierblieb, würde sie wieder anfangen zu toben. Es hatte einen heftigen Streit gegeben und sie war ausgerastet, weil Tom neuerdings immer wieder zu tief ins Glas schaute. Er schwafelte, schwitzte und zitterte.

Sie hatte sich gehenlassen, war unbeherrscht gewesen, hatte geschrien. Mit pochendem Herzen ging sie zur Tür, aber Tom hielt sie zurück, stellte sich ihr in den Weg.

„Verzeih mir, Alexa", lallte er.

Sie war stark, aber nicht so stark wie er. „Lass mich sofort los. Ich halte das nicht mehr aus. Wieso trinkst du so viel, verdammt noch mal? Wenn das so weitergeht, kannst du dir eine andere Bleibe suchen, bis du wieder einen klaren Kopf hast!"

Er lockerte seinen Griff.

In Windeseile schlüpfte sie durch die offene Küchentür, zog sie hinter sich zu und horchte, ob er ihr folgte. Sie vernahm aber nur ein Rascheln. Dann hörte sie das Auto in der Auffahrt. *Er fährt tatsächlich mit dem Auto. In seinem Zustand. Verdammt! So ein Kindskopf! Soll er doch. Verdammt!*

Sie lief durch den Flur, ging die Treppe hinauf ins Schlafzimmer und sah sich unschlüssig um. Dann warf sie einen Blick aus dem Fenster. In der Auffahrt war kein Auto zu sehen.

Sie hatte plötzlich das Bedürfnis, die Bettwäsche zu wechseln, um sich abzulenken. *Seltsam.* Das Beziehen von Betten beruhigte sie immer wieder wie ihr abendliches Ritual: Zähneputzen, Make-up entfernen, das Auftragen der Nachtcreme.

Sie schlief in der Regel nackt, doch heute war ihr nach einer schützenden Hülle. Sie zog sich aus, warf ein Nachthemd über und verschloss die Schlafzimmertür von innen. *Heute Nacht schläfst du nicht neben mir.* Die Vorhänge ließ sie geöffnet. *Verdammt!* Was war nur in Tom gefahren? Er hatte sich in den letzten Tagen so stark verändert. Das war nicht der Mann mit den sanften Augen, den sie geheiratet hatte.

*Alexa, man nennt das eine Ehekrise. Oder ist es womöglich mehr?* Sie legte sich ins Bett und knipste die Lampe aus. Das schwache Licht des Mondes warf lange Schatten auf den Teppich. Sie spitzte die Ohren, versuchte ein Geräusch im Haus ausfindig zu machen, doch alles war still. Totenstill. Tom hatte sich wie ein Dieb in der Nacht aus dem Haus geschlichen.

Doch dann hörte sie das Auto in der Auffahrt. Wie ein aufkommender Sturm ergriff sie die Panik. *Was wird er tun? Die Schlafzimmertür eintreten?* Sie musste ihn besänftigen, sich ruhig verhalten, durfte nicht wieder anfangen zu toben. Sie sollte nach ihm und nach Josh sehen, hatte aber keine Kraft aufzustehen. Trotz ihrer Müdigkeit konnte sie nicht einschlafen und ihre Schwangerschaft erlaubte ihr nicht die Einnahme einer Schlaftablette. *Tom …*

Endlich kamen die Tränen.

## Kapitel 28

*Berlin-Grunewald*

Der Nebel war langsam heraufgezogen. Es war nasskalt. Das Wetter hatte sich bei Weitem nicht so entfaltet wie er es sich erhofft hatte, also war er wieder nach Hause gefahren, aus dem Auto gestiegen und ins Haus gegangen.

Im Wohnzimmer ließ Tom sich auf die Couch fallen und zog zwei Kissen heran, eines presste er an sich, das andere legte er unter seinen Kopf. Er drehte und wendete sich, bis er bequem lag. Zwei Kissen, ein seltsames Gebaren dafür, dass seine Frau nicht neben ihm lag. *Das erste Mal, seit wir verheiratet sind,* spukte es in seinem vom Alkohol benebelten Hirn. Er vermisste ihren Körper neben sich, ihre Wärme, ihre leisen Atemzüge. Wenn Alexa dienstlich unterwegs war und die Nacht außer Haus verbrachte, machte es ihm nichts aus, allein zu schlafen. Aber jetzt ... Er starrte an die Decke. *Sie liebt mich – sentimental, wie ich nun mal bin.*

Das ganze Gefasel über Liebe. Er hatte sich in den letzten Jahren zu Tode geschuftet. Karriere zuerst, lautete das Motto. Er hatte einfach zu wenig Zeit zu Hause verbracht. *Liebe ...*

Sie hatten einen heftigen Streit gehabt. Seine Zunge warf jetzt Blasen und schmerzte, weil sie ständig zwischen seine Zähne geraten war, als er versucht hatte, sein Bedauern zu artikulieren. *Alexa, du bedeutest mir so viel, das weißt du doch ...*

Er tauschte sich täglich mit ihr aus. Wenn er vor ihr nach Hause kam, vermisste er sie, bis sie die Haustür öffnete und endlich das Haus betrat. Sie war ihm viel wichtiger, als ihr vermutlich bewusst war. Doch neuerdings führte er mit dem Alkoholteufel Dialoge, seltsame Dialoge, innere Dialoge, wie jetzt auch.

*Wir führen doch eine gute Ehe.*

*Was denn sonst?*

*Aber etwas stimmt nicht!*

*Das hast du richtig erkannt.*

*Ich bin ein Narr!*

*Ach was.*

*Ich trinke zu viel.*

*Warum?*

*Keine Ahnung!*

*Aber was genau läuft dann schief in deinem oberen Stübchen?*

*Keine Ahnung. Ob sie mich noch liebt?*

*Keine Ahnung. Du benimmst dich jedenfalls wie ein Idiot.*

*Sie schläft oben, ich hier unten. Das ist unerträglich.*

*Dann sauf nicht so viel!*

*Ihr Gezänke geht mir aber auf den Geist.*

*Dann hau ihr eins aufs Maul!*

*Meinst du? Oh, diese lähmende Ehekrise macht mich fertig.*

*Alles in allem bist du doch mit der Krise einverstanden, kannst in Ruhe deinen Job erledigen.*

*Das glaubst du?*

*Was soll ich denn sonst glauben?*

*Wer bist du eigentlich?*

*Dein Unterbewusstsein, du Arschloch.*

Gesprächsfetzen wüteten in seinem Kopf. Sein Magen krampfte vom Alkohol.

*Du hast Alexa verspottet. Was hast du ihr noch mal an den Kopf geworfen?*

*Oh Alexa, du hast es nicht leicht und jetzt macht dieses Arschloch von Ehemann dir auch noch Kummer.*

*Was hat sie noch mal geantwortet?*

*Ob ich wüsste, wie traurig mein Verhalten sie macht, oder so ähnlich.*

*Ach Gottchen.*

*Sie will Aufmerksamkeit wegen ihrer Trauer.*

*Papperlapapp. Ausreden.*

Tom erhob sich und trat gegen die Couch.

Der Tisch, die Sockelleisten, die offenen Regale, alles bekam einen Tritt. Er stampfte in die Küche, um gegen die Unterschränke zu treten.

*Was machst du denn da? Das muss doch schrecklich wehtun.*

*Ich bin ein Demokrat. Wohnzimmer und Küche. Demokratische Gewalt. Jetzt muss die Sitzbank dran glauben.*

*Denk an den Kater. Der schläft dort!*

*Ein Tier ist ein Tier. Ich bin doch kein Weichei.*

*Bist du doch!*

Er trat mit dem Fuß gegen die Bank und unterdrückte den Schmerz. Der Kater blickte hoch und fauchte ihn an. Dann lief er erhobenen Hauptes gleichgültig an ihm vorbei.

„Ja, was kümmert es dich", flüsterte Tom. „Ich bin auf dem Kriegspfad, wie Frauchen."

Jetzt analysierte er sogar das Verhalten des Katers, so schlimm stand es schon um ihn.

*Der Kater liebt dich nicht. Tiere lieben nur die Menschen, die ihnen etwas zu fressen geben.*

*Blödsinn.*

*Du Ärmster wurdest aus dem Schlafzimmer verbannt. Und jetzt kannst du nicht widerstehen: Mann gegen den Rest der Welt.*

*Sei still.*

*Oh shit. Es ist vorbei. Sie hat vorhin gemeint, dass du dir eine andere Bleibe suchen sollst.*

*Du redest Unsinn! Halt endlich deine Klappe.*

Er sehnte sich nach Alexa, wollte ihre sanfte Stimme hören. Sie sollte ihm sagen, dass alles wieder in Ordnung käme.

*Instant-Trost nennt man das, mein Lieber.*

*Halt endlich deine Klappe.*

Ob Alexa vor der Tür stand, während er hier Selbstgespräche führte? Sollte er nachsehen, oder ihr eine SMS schreiben?

*Nein – sei standhaft. Zeig Charakter! Denk über eine Lösung nach! Schlaf mit ihr.*

*Die Hoden von Drohnen explodieren beim Geschlechtsverkehr.*

*Idiot!*

Wenn Alexa ihn nicht mehr mögen würde, hätten sie sich heute nicht so gestritten, sie hätte auch nicht geweint. Und sie hätte sich den ganzen Aufwand sparen können.

*Richtig! Scheidungspapiere unter die Tür schieben. Fertig! Bei Fragen kontaktieren Sie bitte meinen Anwalt.*

Der Schweiß brach ihm aus allen Poren.

*Dreh die Heizung runter!*

Er hatte sie aufgedreht, um eine intime Atmosphäre zu schaffen. Eine kuschelige Wärme für den Wiedergutmachungssex. Das hatte er wenigstens richtig gemacht. Eine Frau mit Gänsehaut zog sich nicht aus.

*Du hast dir solche Mühe gegeben. Und jetzt liegt sie da oben in ihrem Bett. Von Versöhnung keine Spur, du Arsch! Zeig ihr, wer hier der Mann im Haus ist!*

# Kapitel 29

*Moskau*

Die Hände der Frau waren gefesselt, ihre Handgelenke rot und geschwollen. Janus lag erschöpft neben ihr und bewunderte seine nackte Beute. Er fragte sich, ob ihr Schlaf nur vorgetäuscht war, ein erbärmlicher Versuch, seinen weiteren Forderungen zu entgehen. Egal, er hatte genug. Gesättigt richtete er sich auf.

In Moskau waren Frauen Besitz, Werkzeuge zum Vergnügen, Leibeigene, die gehandelt wurden wie Vieh, zumindest, wenn sie aus den ärmeren Schichten kamen und schön waren, und wenn sie wussten, wo ihr Platz war - wie Tanja. In Deutschland täuschten die Frauen eine Stärke und Unabhängigkeit vor, die ihn zugleich erheiterte und erregte. Sie physisch zu unterjochen, war ein Vergnügen, das er stets aufs Neue genoss.

Trotz der Zufriedenheit in den Lenden spürte er, wie neuer Appetit in ihm wuchs. Er hatte in der vergangenen Nacht eine namenlose Frau getötet, sie getötet und verstümmelt. Das Töten war für ihn wie eine Sucht. Jede Befriedigung war immer nur von kurzer Dauer, und jedes Mal wurde die Gier umso größer. Das Hochgefühl hatte sich verflüchtigt. Das Verlangen kehrte zurück.

Er betrachtete die schlafende Online-Hure neben sich. Tanja hatte er sich für heute aufgehoben. Er fuhr mit der Hand über ihren Hals und spürte die Erregung des Gefühls, sie in einem einzigen Augenblick töten zu können. Was spielte es für eine Rolle? Sie war ein Niemand, ein Ding, das zum Dienen und zum Vergnügen da war, weiter nichts. Seine starken Finger umfassten ihre Kehle, spürten ihren schwachen Puls. Doch er kämpfte gegen das Verlangen an und zog die Hand zurück. Arbeit wartete auf ihn. Arbeit für eine höhere Sache als sein persönliches Vergnügen.

Während er aus dem Bett stieg, wurde ihm einmal mehr bewusst, welch große Aufgaben auf ihn warteten. Dimitri hatte ihm die höchste aller Ehren zuteilwerden lassen. Heute würde der Schattenmann ihn auszeichnen. Er würde seine Hand und seine Stimme im Hintergrund sein, derjenige, der Europa verändert hatte. Wieder spürte er das Verlangen und drehte sich noch einmal nach Tanja um.

„Du kannst mit ihr machen, was du willst", hatte Dimitri gesagt. „Sie ist unser Geschenk an dich für die Dienste, die du unserem Land geleistet hast."

Er dachte an seinen Vater. Was hätte er wohl in dieser Situation getan? Diese Frau hier war anders als die anderen Frauen, die er in Russland kennengelernt hatte, aber er hatte während des brutalen Geschlechtsaktes kein Mitleid mit ihr empfunden. Er hatte sie geschlagen, mit dem Messer geritzt, hatte bekommen, was er immer haben wollte: eine domestikenhafte Hingebung und den Genuss ihrer Erniedrigung. Ihr Wimmern hallte in seinem Kopf nach und verband sich mit den pochenden Schlägen seines Hirns. Er wischte sich eine dunkle Haarsträhne, die ihm ins Auge gefallen war, aus dem Gesicht. Seine Hände zitterten.

Da ... da waren sie wieder, die dichten, grünen Schatten, die auf ihn starrten, während sich die Nacht über ihm zusammenbraute, um den Tag aufzuzehren. Da waren sie wieder, in Begleitung der Stimme seines Vaters. Er hörte sein Flüstern, die Aufforderung, dass er sich beeilen sollte. Das war der Anfang. So begann es immer. Er setzte sich auf die Bettkante und streichelte Tanjas Gesicht. *Fasse sie nicht noch einmal an,* rief sein Vater aus der Ferne.

„Ich fasse sie nicht an. Ich werde ihr nur den Schädel zertrümmern", zischte er. Dann holte er die Axt unter dem Bett hervor, schwang sie. Nichts hatte er von seinem Vater so gut gelernt, wie mithilfe eines pfeifenden Schlages eine Frau zu enthaupten. Auf den grausamen Klang des Todes verzichtete er bei Online-Tanja, als er den Kopf vom Körper trennte. Sie tötete er im Schlaf.

*Wunderbar.*

Die Stimmen entfernten sich.

Stille.

Er lehnte die Axt gegen die Zimmertür, ging ins Badezimmer und stellte sich unter die Dusche. Das Wasser reinigte seinen mit Blut besprenkelten Körper und erfrischte seinen Geist. Nachdem es nicht mehr rötlich, sondern hell und klar in den Abfluss rann, drehte er den Hahn zu.

Er musste sich beeilen. Dimitri erwartete ihn in zwei Stunden im Haus Nummer 14, dem Verwaltungsgebäude des Kremls.

Draußen verwässerte erstes Morgenlicht das Nachtschwarz des Himmels. Eisige Kälte schlug ihm entgegen, als er die Holztür der Baracke öffnete. In der Ferne heulte ein Wolf.

Er starrte zum violetten Horizont. Die Frauen, die er in Russland getötet hatte, winkten ihm zu.

Sein Lächeln breitete sich aus, zögerlich. Er leckte seine Lippen, schmeckte ihr Blut.

„So?", flüsterte er mit leichtem Schwanken in der Stimme und hielt ihren Kopf hoch. „Und was war das?"

Sein Mund berührte ihre Stirn. „Ach Tanja, du bist jetzt nur noch in meiner Erinnerung mit einer seltsamen Geschichte verknüpft."

Der Kopf rollte den Berg hinunter, den Wölfen zum Fraß.

Dann fiel der erste Schimmer der Wintersonne auf sein Gesicht und erstarb wieder.

*

Dimitri blickte auf, als Janus den dunklen, abhörsicheren Raum im Kreml zum zweiten Mal betrat.

„Ich freue mich, Sie wiederzusehen, Dimitri."

Dimitri winkte ab. „Setzen Sie sich. Wir haben ein Problem. Dieser BKA-Mann, dieser Diavelli, prüft doch das PrePol-Projekt. Nun, jemand hat ihm einen *Staatstrojaner* auf den PC und sein Handy geschickt, mit dem Ergebnis, dass er unsere Fotosegmente zu bewusst wahrgenommen hat. Er hat daraufhin *Kiss*, einen Hacker, beauftragt, seinen Computer und sein Smartphone zu überprüfen. Mittlerweile weiß Diavelli, dass er überwacht wird."

Janus spürte förmlich Dimitris Wut.

„Das haben wir diesem Idioten von Winter zu verdanken. Wie kommt der überhaupt an einen *Staatstrojaner*?"

Dimitri seufzte und musterte ihn. „Den kann jeder heute auf illegalem Wege beschaffen. Winter hat gute Kontakte. Für ihn dürfte das kaum ein Problem sein. Wenn aber dieser Hacker weiter schnüffelt – und das wird er, wenn man seinem Ruf Glauben schenken darf – könnte er auf STEFKO stoßen und das ist ein Problem. Dann haben wir ein gewaltiges Problem mit unabsehbaren Folgen!"

„Stimmt. Warum haben Sie Diavelli eigentlich im Visier? Doch wohl nicht, weil seine Ehefrau die Neurotec II-Studie durchführt, oder?"

Dimitri zuckte die Schultern. „Im Grunde genommen schon. Aber es gibt noch einen weiteren Grund. Er wurde für die Leitung des BKA vorgeschlagen. Es ist immer gut zu wissen, mit wem wir es in Wiesbaden zu tun haben. Wir dürfen jetzt keine Fehler machen. In den E-Mails, die wir ihm haben zukommen lassen, sind Bildsequenzen eingefügt, die er wohl nicht so gut verkraftet. Sie beeinflussen seine Gedankenwelt, weil wir seine Frau als Medusa darstellen. Das Ganze hat für uns zwei Vorteile: Erstens können wir sehen, inwieweit wir ihn mit STEFKO manipulieren können, zweitens können wir ihn steuern, sobald seine Frau Verdacht schöpft und die Studie nicht in unserem Sinne weiterführt."

„Für den Fall haben Sie doch diesen Irren, diesen Simon im Visier, Dimitri."

„Martin Simon ist ein Irrer, Diavelli ist nicht geistesgestört. Er trinkt neuerdings nur ein bisschen zu viel. Wir sind überrascht, wie hervorragend Überwachung und Manipulation bei ihm ineinander übergreifen. Wenn also etwas schiefgehen sollte, gibt es Lösungen, die keine Schatten auf uns werfen. Winter muss den Trojaner entfernen. Er stört das Programm. Wie kommt der Typ überhaupt auf so etwas?"

„Ich glaube, dass Diavellis Ehefrau es ihm angetan hat." Mehr war Janus nicht bereit preiszugeben. Er grinste. „Medusa … so, so, das ist bestimmt eine grauenhafte Animation, die der Ärmste sich ansieht, sobald er eine E-Mail öffnet. Hoffentlich erstarrt Diavelli nicht zu Stein."

„Die Animation ist nicht grauenvoller als Ihre Spielchen der vergangenen vierundzwanzig Stunden.

Mann, was haben Sie für eine Schweinerei hinterlassen." Dimitri hielt inne und erhob sich. „Kommen Sie, Janus. In zehn Minuten sind Sie Träger des Ordens *Held der Russischen Föderation*. Es ist die höchste Auszeichnung und der höchste Ehrentitel, der in Russland vergeben wird. Sie haben sich – mal abgesehen von Ihren Spielchen – durch Ihren außerordentlichen Einsatz hervorgetan. Das hat dem Präsidenten gefallen. Dennoch wartet er nicht gern. Folgen Sie mir bitte."

## Kapitel 30

*Die Klinik*

Alexas Büro enthielt eine eigenartige Mischung von Kuriositäten, die sie in ihren Urlauben erstanden hatte. An der Wand, und alles überragend, hing die Kopie eines imposanten Gemäldes aus dem sechzehnten Jahrhundert, eine Madonna mit einem Kind auf dem Arm. Dahinter blickten acht rote Teufel der Mutter Gottes über die Schulter. An der Decke hing ein ultramoderner Kronleuchter. Der Designerschreibtisch, ein Erbstück ihrer Adoptivmutter, war aus marmoriertem Wurzelholz und stammte aus Italien. Das sanfte Licht der Schreibtischlampe gab dem Büro eine behagliche Atmosphäre.

Inzwischen war Frank Ponti im Haus und auf dem Weg zu ihr. Sie saß am Besprechungstisch und blätterten ungeduldig in ihren Unterlagen, als Ponti eintrat.

Alexa stand auf und lächelte, als sie bemerkte, dass er in sprachlosem Staunen die Umgebung in sich aufnahm.

„Ich freue mich, dass Sie meiner Einladung gefolgt sind, Herr Ponti.“ Sie reichte ihm die Hand und Wärme durchfloss ihren Körper. Da war es wieder. Das Gefühl der Vertrautheit.

„Sie haben einen exzellenten Geschmack, Dr. Erbach.“ Noch einmal schweifte sein Blick wohlwollend durch ihr Arbeitszimmer.

„Ich verbringe hier die Hälfte meines Arbeitstages. Dann möchte ich mich auch in meinen Räumen wohlfühlen.“

Sein freundlicher Blick streifte sie. „Wir scheinen einige Gemeinsamkeiten zu haben, wenn ich das mal so sagen darf."

„Darf ich Ihnen etwas anbieten?" Sie schmunzelte. „Kaffee mit Cognac vielleicht?"

Ponti grinste schelmisch. „Ah, Sie haben es nicht vergessen. Da sage ich doch nicht nein."

„Ich habe Sie zu mir gebeten, Herr Ponti, weil ich Ihnen etwas zeigen möchte und weil ich Probleme mit Martin Simon, einem Probanden der Neurotec II-Studie habe." Sie reichte ihm einen Kaffee und einen Cognac und nippte an ihrem Kaffee. „Auf Simon komme ich später zurück. Ich möchte Ihnen erst einmal das hier zeigen." Sie reichte ihm die Adoptionsurkunde und ein von ihrem Adoptivvater an sie gerichtetes Schreiben.

Ponti betrachtete die Dokumente einen Moment, dann blickte er auf und sah sie an. Seine Augen schimmerten feucht. „Ich habe es von Anfang an gespürt. Sie waren mir sofort vertraut. Sie sehen übrigens meiner Frau, Ihrer Mutter, sehr ähnlich. Darf ich du sagen?"

Sie schluckte und nickte. „Was ist damals geschehen?"

„Vor vielen Jahren hielt ich mich mit meiner Familie in Kuwait auf und war Gast im Hause von Scheich Jaber Al Ahmad Al Sabah. Dann drangen am 2. August 1990 irakische Soldaten mit Panzertruppen, Infanterie und Unterstützung durch Flugzeuge in Kuwait ein und eroberten strategische Positionen im Land, einschließlich des Palastes des Emirs. Bomben fielen. Der Scheich konnte mit seiner Familie nach Saudi-Arabien fliehen. Uns behielt der Irak als Geiseln zurück." Pontis Gesicht zeigte überwältigende Trauer und aufkeimende Panik. Er nahm ein Taschentuch aus seiner Jacke und rieb sich die Augen. „Dann wurde das Lager angegriffen und wir wurden Opfer eines erneuten Bombenangriffs, bei dem deine Mutter ums Leben kam. Aber wir beide konnten fliehen. Ich lief mit dir durch die Trümmer, einen Straßenzug vom Krankenhaus entfernt die King-Abdulaziz-Straße entlang. Dann kamen sie wieder. Ich hörte das ohrenbetäubende Heulen der Luftschutzsirenen und dann den Bomber hoch über uns, bereit, seine tödliche Fracht abzuladen. Du hast meine Hand losgelassen, Alexa. Der Himmel stand in Flammen, und ich war taub vom Lärm der Schnellfeuergewehre, dem Donnern der Flugzeuge und dem Krachen der tödlichen Mörsergranaten. Die Gebäude in der Nähe zerbarsten, es hagelte Zement, Ziegelsteine und Staub. Dann verlor ich das Bewusstsein, und als ich wieder aufwachte, warst du nicht mehr da. Ich habe dich überall gesucht. Nichts. Du warst wie vom Erdboden verschluckt. All die Jahre habe ich geglaubt, du seist gestorben. Dann kam vor einigen Wochen ein anonymer Brief. Darin stand, dass du damals schwer verletzt wurdest und in einem Krankenhaus um dein Leben gekämpft hast. Ein Arzt, der dich dort behandelt hat, hat dich als Verhandlungsmasse eingesetzt, um das Land selbst verlassen zu können und dein Adoptivvater war ihm dabei behilflich. Der Arzt hat dich nicht den dortigen Behörden gemeldet, sodass dich auch niemand finden konnte. Die Behörden sind davon ausgegangen, dass du getötet wurdest. Nur dein Adoptivvater wusste von dir. Bardo Erbach war in dich vernarrt und die Situation war seine Chance. Du hast ein halbes Jahr in diesem Krankenhaus im Koma gelegen. Als du dann aufgewacht bist, hat er dich mit falschen Papieren nach Deutschland gebracht, dich adoptiert und dich in dem

Glauben gelassen du seist seine Tochter. Es gab auch keine Komplikationen. Du hattest die Erinnerung an die Zeit vor deiner Kopfverletzung völlig verloren."

Etwas von dem, was er soeben gesagt hatte, ließ ihre Gefasstheit ein wenig ins Wanken geraten. „Oh mein Gott. Dann ist es also wahr? Meine Träume sind keine Träume, sondern Kindheitserinnerungen. Mein Adoptivvater hat all die Zeit gewusst, wer ich in Wirklichkeit bin?" Ihre Stimme klang brüchig.

„Offen gestanden, ja. Dein Vater und ich kannten uns aus Kuwait, wo dein Vater die dortige Regierung als Kriminologe beraten hat."

Alexa spürte einen Stich in ihrer Brust. In Frank Pontis Worten lag die ganze Wahrheit. Bardo hatte ihre Spuren in der Ferne verwischt, sodass ihre Familie sie niemals hätte finden können. *Warum? Warum hat er das getan?*

Die Antwort kam augenblicklich.

„Er hat mich wegen meines Erfolges gehasst, Alexa. Ich glaube, dass er mir und meiner Frau Schmerz zufügen wollte, weil wir etwas hatten, was er niemals haben konnte. Dich!"

Ihre Hände zitterten, suchten einander und fanden sich im Schoß.

Ponti schwieg sekundenlang, und sie sah, dass er einen inneren Kampf austrug. Er stand auf, kam auf sie zu und legte seine Hand auf ihre. „Ich habe geglaubt, dass du in den Wirren dieses Krieges umgekommen bist. Und doch hatte ich tief im Inneren immer noch Hoffnung. Mein Gott, all die Jahre die Ungewissheit, nicht zu wissen, was mit meiner Tochter geschehen ist. Es war grauenvoll."

Sie schüttelte den Kopf. „Nein, nein. Ich kann es immer noch nicht glauben, dass Bardo mir das angetan hat. Zwischen uns gab es zwar nie eine besondere Vertrautheit, im Gegenteil, es herrschte immer eine gewisse Distanz, vielleicht sogar eine emotionale Kälte. Und ich war im Umgang mit ihm auch nie einfach. Ich habe immer gespürt, dass es da etwas gibt, wofür ich keine Erklärung fand. Du meine Güte, ich muss das erst einmal verdauen."

„Alexa, ich habe immer nach dir suchen lassen, habe Privatdetekteien beauftragt, doch die Spuren lösten sich in nichts auf. Bardo war Kriminologe und hatte gute Verbindungen. Für ihn war das ein Klacks. Bardo hat dich immer beobachtet, wenn er uns früher besucht hat. Deine Adoptivmutter konnte keine Kinder bekommen. Warum, weiß ich nicht. Plötzlich kam Bardo nicht mehr zu uns und ich wurde auch nicht mehr in sein Haus eingeladen. Heute kenne ich den Grund."

*Stimmt. Ich habe Frank Ponti nie in unserem Haus gesehen.*

„Du hast es gewusst, Frank, als ich dich aufgesucht habe, nicht wahr?"

„Bardo hat mir einige Tage vor seinem Tod einen Brief geschrieben, in dem er sein Bedauern über das, was er uns angetan hat, zum Ausdruck brachte. Bardos Intellekt war schon immer das Produkt der völligen Trennung jeglicher Gefühle."

Plötzlich sehnte sie sich nach Geborgenheit, nach etwas Vertrautem an diesem Ort. Doch ihr blieb im Moment nichts anderes übrig, als den Schmerz über den Verrat an Vater und Tochter zu ertragen. „Du bist also tatsächlich mein Vater." Ihr Smartphone vibrierte. *Tom.* Sie drückte ihn weg und wandte sich Ponti zu, sah ihm in die Augen – ihre Augen.

„Wollen wir versuchen, uns ein bisschen näher kennenzulernen, Alexa?"

Da war sie, die Vertrautheit, nach der sie sich seit Jahren gesehnt hatte und die nur Eltern ihren Kindern vermitteln können: Zugehörigkeit, Liebe, Vertrauen und Geborgenheit, Gefühle, die ein Kind stark, selbstbewusst und glücklich machen oder ein Kind abstürzen lassen, wenn ein Elternteil stirbt. Bis zu ihrem zehnten Lebensjahr hatte sie diese Nestwärme erhalten und dieses besondere Gefühl war trotz der Amnesie nie verloren gegangen. Sie versuchte, ihre Gedanken zu ordnen.

„Ich glaube, das ist eine gute Idee. Wir haben so einiges nachzuholen. Wie wär's mit einem zweiten Cognac, Frank?"

Ponti atmete sichtlich erleichtert auf. „Den könnte ich jetzt gebrauchen. Und dann erzählst du mir, was es mit Martin Simon auf sich hat."

„Aber zuerst würde ich dir gerne einen kurzen Überblick über unsere Klinik geben, damit du meine Entscheidung verstehst."

Er blickte für einen Moment zum Fenster, dann sah er sie fragend an. „Entscheidung?"

„Die Stationen gliedern sich aufgrund des therapeutischen Stufenkonzepts in einen Aufnahmebereich, eine Station zur Motivationsprüfung, eine weiterführende Behandlungsstation mit der Aufgabe einer mittelfristigen Perspektivenentwicklung und der Vorbereitung auf eine Bewährungsentlassung", erklärte Alexa. „In der zweiten forensischen Abteilung werden vorwiegend Straftäter, zu neunundneunzig Prozent Männer, untergebracht, die getötet und Sexualdelikte begangen haben, Feuer gelegt, geraubt und gestohlen haben. Oft sind es Suchtkranke wie Martin Simon. Im Vorjahr gab es dort acht Fluchtversuche und drei Selbstmordversuche."

Frank Ponti grinste. „Das ist der Klinikalltag mit Erfolgen und Misserfolgen. Die Norweger können nicht mit einer solch guten Statistik aufwarten, Alexa."

„Martin Simons Aggressionspotenzial hat im Laufe der Studie zugenommen. Er ist seinem behandelnden Arzt an die Kehle gesprungen!", erwiderte sie emotionslos.

Ponti sah sie erstaunt an. „Wie bitte?"

„In der Abteilung für Vollzugslockerungen begegnete unser Psychiater Bernhard Kramer vor einigen Jahren ein Patient – Martin Simon. Er therapierte ihn mit Psychopharmaka. Simon aber wollte mehr. Nach der Behandlung bestand er damals auf einer Begutachtung. *Ich will wissen, was für ein Mensch ich bin, Dr. Kramer. Warum ich so aggressiv bin,* sagte er seinem Therapeuten.

„Martin Simon hat vergewaltigt und eine Frau getötet." Sie nahm einen Schluck Kaffee. „Bei den Therapiesitzungen kam aber nicht viel heraus. Simon schilderte zwar seine Kokainsucht, hielt sich aber sonst zurück. Die Vergewaltigungen, die einen Hinweis auf eine ganz andere Therapiebedürftigkeit hätten geben können, wurden von Dr. Kramer therapeutisch vorerst beiseitegelassen. Simon gab später zu, er habe sich nicht getraut, mehr zu sagen. *Dr. Kramer wäre ja sonst umgefallen,* hatte er gemeint." Sie zuckte hilflos die Schultern. „Mein Kollege fand erst viel später heraus, dass er in Simon einen Mann vor sich hatte, der schon zehn Frauen umgebracht hatte; der nach Verbüßung seiner Haftstrafen wegen Vergewaltigung wieder und wieder tötete, insgesamt zehnmal – bis er schließlich den Polizeibeamten zu deren Fassungslosigkeit *Ich bin kein Mensch, sondern ein Ungeheuer* gestand.

„Ich glaube, ich habe davon in der Zeitung gelesen", sagte Ponti. „Die Irrtümer und Fehlleistungen der Berliner Ermittlungsbehörden und der Justiz im Fall Simon waren beispiellos. Ein Unschuldiger wurde für einen der Simon-Morde zu acht Jahren Jugendstrafe verurteilt, von denen er fünf Jahre gottverlassen absaß. Dem damaligen psychiatrischen Gutachter war die Wehrlosigkeit des falsch Beschuldigten nicht aufgefallen, der sich zu einem Geständnis hatte verleiten lassen. Der Pflichtverteidiger tat nicht einmal das Nötigste."

Alexa nickte. „Die Fehleinschätzung Simons hat Dr. Kramer damals schwer belastet. Vor drei Jahren kam Kramer zu uns und er gehört zu den fähigsten Kollegen, die ich je an meiner Seite hatte. Er traf hier wieder auf Simon, aber Dr. Kramer hat sich im Griff. Wir führen gemeinsam die Neurotec II-Behandlung durch, obwohl er Simon misstraut."

Sie bemerkte, dass Ponti ihr aufmerksam zuhörte. „Ein Sachverständiger hatte die Aussichten auf einen Therapieerfolg mit Neurotec I bei Martin Simon bezweifelt. Aber es war ein voller Erfolg. Das Gericht lehnte zwar einen betreuten Freigang ab und ordnete eine lebenslange Unterbringung in der Psychiatrie an, aber es ging Martin viel besser, bis vor einigen Tagen. Da hat er Dr. Kramer, den er zutiefst verabscheut, fast umgebracht."

Ponti sah sie erstaunt an. „Wann geschah das genau?"

„Nach der dritten Sitzung. Er hat mir von grauenhaften Visionen erzählt. Gab es denn in Norwegen ähnliche Vorkommnisse?"

„Nein", erwiderte Frank. „Sie haben bereits zehn Patienten behandelt, alle mit großem Erfolg. Im Zuge therapeutisch und gesetzlich gebotener Lockerungen dürfen die Patienten dort nun einmal in der Woche am Tage die Klinik unter Aufsicht verlassen. Die Patienten haben bis heute den gewährten Freiraum nicht zu neuen Gewalttaten missbraucht."

Alexa musterte ihren Vater und hob die Schultern. „Ich möchte die Studie nicht weiterführen, Frank. Wir haben in der Klinik viele von der Sorte Martin Simon. Wenn die alle ausrasten, muss ich irgendwann auch um mein Leben fürchten."

Frank holte tief Luft.

„Warum hat Simon all diese Personen, diese Stimmen erfunden?"

„Wir wissen nur, dass er eine sehr schwere Kindheit gehabt haben muss. Kinder, die geschlagen und missbraucht werden, erfinden Identitäten, die eine Stimme erhalten. Sie glauben, dass die geschaffenen Identitäten sie vor neuen Übergriffen schützen werden. Simon hat seine Stimmen mal Insekten genannt, die in seinem Hirn leben und in seinem Schädel ticken wie eine Bombe."

„Du meine Güte."

„Es ging Martin Simon vor der Studie gut. Und dann wurde er plötzlich rückfällig. Er sprang wieder auf Anfang, wie ein Tonband, das einen Endlosstreifen spielt. Vor dem Versuch habe ich geglaubt, dass es mir gelungen war, das Band zu stoppen, aber stattdessen nahm seine Aggressivität während des Versuchs zu."

„Du hast Simon nie aufgegeben?"

„Nein. Ich habe hier etwas von großem Wert aufgebaut, Frank. Aber in der Psychiatrie wollen alle nur schnelle Ergebnisse, wenn es um eine neue Versuchsreihe geht. Ich habe nur eine Befürchtung: Dass mir mit anderen Insassen dasselbe passiert. Deshalb habe ich mich zu diesem Schritt entschieden und die Studie abgebrochen."

Ponti nickte. „Das akzeptiere ich natürlich. Was geschieht jetzt mit Simon?"

„Allgemeine Gruppengespräche, ein Verhaltenstraining zur Stärkung des Selbstbewusstseins, Ruhigstellung. Das Übliche eben."

„Wenn ich dir irgendwie helfen kann, dann lass es mich wissen, Alexa."

Sie sah ihn liebevoll an. „Das tust du schon, Frank. Du bist hier und ich bin sehr froh darüber." Sie lächelte. „Und jetzt führe ich dich durch die Klinik."

## Kapitel 31

*Die Klinik*

Martin konnte seine Stimmen bis auf eine einzige nicht mehr hören und wusste nicht so recht weiter. Sie hatten ihn geführt und ihm gesagt, worüber er besser schweigen sollte. Ich brauche eure Hilfe, dachte er. Es war so viel passiert, dass es wirklich schwer für ihn war, seine Gedankengänge zu ordnen und danach genau zu wissen, wohin was gehörte. Manchmal war er sich auch nicht sicher, ob die Ereignisse, an die er sich deutlich erinnern konnte, tatsächlich stattgefunden hatten. Erinnerungen wirbelten durch sein Hirn, manchmal scharf konturiert, im nächsten Moment unklar. Darin lag eines der Hauptprobleme für einen Verrückten, hatte der Doc mal gesagt. Man konnte sich einfach nie sicher sein. Lange Zeit dachte er, alles hätte gewissermaßen mit dem Tod einer Frau begonnen und sich mit dem Tod seines letzten Opfers geändert, doch jetzt war er sich dessen nicht mehr so sicher. Fest stand nur, dass ein paar Leute gestorben waren und dass er einfach eine Zeit lang mehr Glück als Verstand gehabt hatte. Anfangs hatten sie ihn nur wegen Vergewaltigungen angeklagt, aber später hatte die Kripo ihm einige Morde nachweisen können, was zu den abfälligen Bemerkungen seiner Stimmen gehörte, bevor sie – bis auf eine – schwächer wurden.

Anstelle ihres Raunens erhielt er nun eine Neurotec II-Therapie und Medikamente, die sie zum Schweigen brachten. Einmal am Tag nahm er brav eine ovale, blaue Pille, von der er einen derart trockenen Mund bekam, dass er wie ein keuchender alter Mann nach zu vielen Zigaretten klang. Darauf folgte unverzüglich ein scheußlich bitter schmeckender Stimmungsheber, der die gelegentlichen, niederträchtigen, selbstmörderischen Depressionen bekämpfte, in die er, wie Dr. Kramer ihm ständig predigte, jederzeit verfallen konnte, egal, wie er sich gerade fühlte. Er hasste den Typen.

In Wahrheit könnte er in sein Büro marschieren und vor lauter überschwänglicher Freude über den positiven Verlauf der Neurotec-Behandlung die Hacken zusammenschlagen. Kramer würde ihn trotzdem fragen, ob er seine tägliche Dosis an Pillen genommen hätte. Trotz der verschiedenen Nebelschleier des Wahnsinns kapierte er durchaus, dass es Kramer so was von egal war, wie es ihm ging, und dass er es lediglich als seine Pflicht erachtete, ihm eine Rückmeldung zu entlocken.

Der Pillencocktail brodelte durch seine Adern und griff unterwegs eine Reihe Organe an, die keine Ahnung hatten, was das Ganze sollte.

Da war's doch entschieden einfacher, auf seine Stimmen zu hören. Meistens waren sie nicht mal so schlimm gewesen, wie das Getuschel zwischen Kindern, die sich Geheimnisse zuflüsterten. Die Stimmen hatten ihm Gesellschaft geleistet, besonders dann, wenn er allein in der Zelle auf den Schlaf gewartet hatte.

In den vergangenen Wochen hatte er nur eine Stimme vernommen – die des Computers, an den er regelmäßig angeschlossen wurde. Sie war weitaus schlimmer als die anderen und schleuderte ihm Befehle entgegen.

Die Stimme war hartnäckig, fordernd und nicht im Mindesten kompromissbereit. Wenn sie sich auch nach der Behandlung in ihm meldete, verkrampfte seine

Muskulatur und das versprach selten etwas Gutes. In solchen Momenten verdrückte er sich einfach und wartete beim Eingang oder am anderen Ende des Tagesraums, weil jeden Moment etwas Verhängnisvolles passieren konnte, wie jetzt auch.

*Du bist gefangen im Schlund der Hölle. Gib dem Pfleger einen Kick. Tauch ihn unter. Du schaffst es sonst nicht.*

Was?

*Dieses Haus zu verlassen.*

# Kapitel 32

*Berlin-Grunewald*

„Mama, du weinst ja!“

Josh kam auf sie zu, legte seine Arme um ihre Taille und drückte sein erhitztes Gesicht an ihren Pullover.

Der Junge war ein großes Ausrufezeichen. Seine Emotionen lagen wie immer an der Oberfläche.

Alexa berührte ihre feuchte Wange. Stille Tränen, für die Tom verantwortlich war. Sie hatte nicht einmal bemerkt, dass sie weinte. „Das ist wegen der Zwiebeln, Joshi. Alles okay.“

„Du musst die Taucherbrille aufsetzen, Mama. Das hilft!“

Alexa hob eine Augenbraue. „Woher hast du die Weisheit?“ Ihre Stimme klang seltsam aufgewühlt. Sie räusperte sich, schluckte ihren Kummer hinunter.

„Aus einem Film oder so. Jeder weiß das, Mama, das mit der Maske.“ Er warf die Schale einer Zwiebel in den Mülleimer. „Ihr bösen Zwiebeln. Ihr dürft Mama nicht zum Weinen bringen.“

„Sei nicht so albern, Josh. Du bist sieben. Setz dich bitte an den Tisch. Papa steht noch unter der Dusche, aber er kommt sicher gleich.“

*Tom.* Sie grübelte in letzter Zeit nur noch über ihn und verband seinen Namen mit drei Begriffen: Alkohol, Misstrauen und Wut. Tom war dabei, alles zu zerstören, was sie sich in den vergangenen Ehejahren aufgebaut hatten. Das Haus der Zuversicht, der Geborgenheit, der Liebe war im Begriff einzustürzen. Sie hatte einzig jene Bilder im Kopf, die sie zum Weinen brachten: Tom in einer Entzugsklinik, Tom in einer Zwangsjacke. *Was für eine beschissene Ehe.*

„Mama!"

„Tut mir leid, was hast du gesagt, Joshi?"

„Ich möchte heute Abend Pizza mit Würstchen."

Alexa lächelte zustimmend, nahm ihr Smartphone und wählte den Pizzaservice.

„Pizza-Party!", jubelte Josh. „Yeh! Pizza-Party!"

„Hey, mein Kleiner, was höre ich da? Es gibt heute Abend Pizza?" Tom betrat mit nassen Haaren die Küche.

„Papa! Papa!" Josh stürzte sich auf seinen Vater. Sie betrachtete das Spiel zwischen Vater und Sohn, ihre vor Freude geröteten Gesichter, zwei Körper, die sich aneinanderschmiegten und deren Duft sie im Traum erkennen würde. Sie seufzte. Sie war so müde, dass sie vierundzwanzig Stunden hätte schlafen können, aber sie musste wachsam bleiben. Sie spürte noch immer die heraufziehende Gefahr.

## Kapitel 33

*Berlin-Grunewald*

Wie ein Jäger, der den Finger am Abzug hatte, folgte er jeder ihrer Bewegungen. Tom nahm eine strategische Position in der Küche ein und lehnte sich gegen die Wand, sein Blick auf die Kücheninsel gerichtet. Er stand einfach nur da, beobachtete, während er den morgendlichen Kaffee schlürfte.

Josh biss in ein Sandwich und betrachtete aufmerksam die Bilder in einem Comic-Heft, das neben seinem Teller lag.

Tom erfasste die Handlung seines Sohnes, ohne sich weiter Gedanken darüber zu machen. Er konzentrierte sich auf Alexa, die Schulbrote für Josh zubereitete. Sie wickelte das Pausenbrot in Frischhaltefolie, legte sie in eine Tupperdose und steckte den Behälter in die Schultasche. *Was für eine Idylle. Die perfekte Familie.*

Alexa überprüfte die Tasche und legte noch einen Apfel hinein. Sie benahm sich wie ein Autopilot, fand Tom. Ihre Gedanken waren zweifellos nicht bei Joshs Schulbroten. Womöglich dachte sie an etwas völlig anderes. Etwas Schreckliches. Etwas Unverzeihliches. Obwohl Musik aus dem Radio ertönte, sang sie nicht wie sonst leise mit. Jede Bewegung, jede Geste, jede ihrer Reaktionen behielt er im Auge. Sah sie betrübt aus? Hatte sie heute nicht die Lippen zu einem schmalen Strich verzogen, der sie unerbittlich und um Jahre älter aussehen ließ?

Sie hörte Josh zu, der endlos plapperte. Ab und an gab sie dem Jungen eine Antwort.

Es kam Tom vor, als würde er fernsehen, ohne Ton. Er hatte keine Ahnung, worüber die beiden sprachen. Im Moment lachte sie wegen etwas, das Josh gesagt hatte. Dann sah sie in seine Richtung. Ihre Blicke trafen sich.

Tom nahm rasch einen Schluck Kaffee. Alexa benahm sich wie immer. Da war nichts Seltsames an ihr festzustellen, aber eben das weckte sein Misstrauen. Unschöne Gedanken wirbelten in seinem Kopf herum und raubten ihm den Verstand. Möglicherweise würde er verrückt. Es lag durchaus im Bereich des Möglichen, dass Alexa aus ihm ein emotionales Wrack machen wollte. Dabei hatte sie seine Rationalität früher immer bewundert.

Er setzte sich an den Küchentisch und aß mit Widerwillen ein weich gekochtes Ei, das sie ihm eben hingestellt hatte. Sie wusste doch, dass er keine Dreiminuten-Eier mochte. Das war ihre subtile Art und Weise, ihn zu bestrafen, indem sie ihm einer Salmonellenvergiftung aussetzte.

„Papa?" Um den Mund seines Sohnes klebte Nutella.

„Ich höre dich", grummelte er.

„Warum antwortest du dann nicht?", fragte Alexa schnippisch.

Diese ewigen Reibereien, immer flogen die Fetzen, wenn sie ihren Willen nicht bekam. Er sollte sich in Acht nehmen, sie nicht zu verärgern. Immer dann wuchsen die Schlangen aus ihrem Kopf oder sie schickte die Ratten in sein Schlafzimmer.

Sein Smartphone vibrierte. Er drückte die grüne Taste, las die Mail.

„Die Pflicht ruft", sagte er fröhlich, zwinkerte Josh zu und verließ das Haus. Draußen hatte er seine Gesichtsmuskeln nicht mehr unter Kontrolle und brüllte vor Lachen.

Er wählte eine Telefonnummer. „Morgen!“

## Kapitel 34

*Die Klinik*

Martin Simon erwachte, fest in eine Zwangsjacke geschnürt, mit rasendem Herzklopfen und schwerer Zunge, in einer weißen Gummizelle. Er hatte Durst, hätte gerne etwas Kaltes getrunken, und wäre nicht allein.

Er lag steif auf dem Metallbett auf einer dunkelgrauen Matratze, starrte zur Decke und bemühte sich um eine erste Bestandsaufnahme seines Zustands und seiner Umgebung. Er wackelte mit den Zehen, leckte sich über die ausgetrockneten Lippen und zählte jeden Pulsschlag mit, bis er merkte, wie er langsamer wurde. Von den Medikamenten, die ihm verabreicht worden waren, fühlte er sich wie lebendig begraben oder zumindest wie in eine dicke, zähflüssige Substanz getaucht. Hoch über ihm brannte eine einzige weiße Leuchte. Das grelle Licht tat ihm in den Augen weh. Obendrein sollte er hungrig sein, aber er hatte nicht den geringsten Appetit. Er zerrte vergeblich an seiner Zwangsjacke und beschloss, um Hilfe zu rufen. „Seid ihr noch da?", flüsterte er.

Für einen Moment herrschte Stille. Dann hörte er mehrere Stimmen, die alle auf einmal redeten, wie von fern kamen sie unter seinem Kissen hervor. *Wir sind da, ja, wir sind noch da.*

Das beruhigte ihn.

*Du darfst uns aber nicht verraten, Martin.*

Er nickte. Das war nur naheliegend. Wenn er sich während der Behandlung verstellte, schloss er sie neuerdings vorübergehend in ein eigens für die Stimmen eingerichtetes Zimmer. Die Stimmen, die ihm in der Telefonzelle zur Seite gestanden hatten, hatten ihn in diese missliche Lage gebracht, und er hegte kaum Zweifel, dass er sie verschweigen musste, wenn er je wieder dieser Irrenanstalt entkommen wollte. Während er über dieses Dilemma nachdachte, hörte er, wie all die vertrauten Leute, die seine Fantasiewelt bevölkerten, Zustimmung bekundeten. Jede dieser Stimmen besaß eine eigene Persönlichkeit, der er Namen verpasst hatte. Da gab es Mister Wut; den Major, der Befehle erteilte; Sonny, der gerne Tiere quälte; Schneider, der Disziplinierte; die kompromissbereite Margareta; Eddie, der immer Schmiere stand, wenn es brenzlig wurde; Mia, die ihn besänftigte; und Sting, die Bestie. Sie verbanden sich jeweils mit einer charakteristischen Sprechweise und mit vorherrschenden Motiven. Er wusste längst, in welchen Situationen er mit ihnen rechnen musste. Seit der wütenden Auseinandersetzung mit diesem Fuzzi Kramer, hatten die Stimmen alle zusammen hektisch versucht, seine Aufmerksamkeit zu erringen. Doch jetzt musste er weiterhin die Ohren spitzen, um sie zu hören, sodass er vor lauter Konzentration die Stirn in Falten legte. Es war die beste Methode, sich in den Griff zu bekommen.

Die wichtigste Stimme kam jedoch aus dem Computer. Sie befahl ihm, von hier zu verschwinden, um wichtige Aufgaben zu erledigen. Statt dieser Stimme zu gehorchen, hatte er zu toben angefangen und war Kramer an die Kehle gesprungen, mit dem Resultat, dass Kramer ihn in eine Zwangsjacke gesteckt hatte. *Nicht gut.*

Er wusste nicht, wie lange er in dieser unbequemen Lage in der bedrückenden Enge des Zimmers auf dem

Bett gelegen hatte, als sich in der Tür ein Guckfenster öffnete. Um etwas zu sehen, musste er die Bauchmuskeln anspannen und den Oberkörper heben, was in der Zwangsjacke nach wenigen Sekunden zu anstrengend wurde. Dennoch sah er, wie ein Auge zu ihm hereinspähte. Er brachte ein schwaches „Hallo" heraus. Es meldete sich niemand, und das Fenster wurde wieder zugeschlagen. Es dauerte eine gefühlte Ewigkeit, bevor sich das runde Fenster wieder öffnete. Er versuchte es noch einmal mit lautem „Hey", und diesmal schien es Wirkung zu zeigen. Sekunden später bewegte sich ein Schlüssel im Schloss. Die Tür ging auf und ein Pfleger schob sich in die Zelle. „Wie geht es dir heute Morgen, Martin? Hast du dich wieder beruhigt?"

Schweigen.

„Hast ein bisschen lange geschlafen. Hunger?"

„Ich muss was trinken", brummte Martin.

Der Pfleger nickte. „Das kommt von den Pillen, die sie dir gegeben haben. Man bekommt eine schwere Zunge davon."

Martin wusste einfach nicht, was er antworten sollte. Außerdem hörte er in diesem Moment das schwache Echo seiner Stimmen, die ihn mahnten, äußerst vorsichtig zu sein. Andererseits waren sie nicht annähernd so laut wie sonst, sondern klangen eher, als riefen sie ihm über eine breite Schlucht hinweg ihre Befehle zu.

„Erinnerst du dich, was passiert ist und wo du bist?"

Martin nickte. „Klar. Ich bin dort, wo ich immer bin – im Knast."

Der Pfleger befreite ihn aus der Zwangsjacke. „Das ist nicht schwer zu erraten. Aber erinnerst du dich auch, warum wir dich in diese Jacke gesteckt haben?"

Er schüttelte den Kopf.

„Du bist unserem Dr. Kramer an die Kehle gesprungen und wolltest ihn abmurksen. Martin, Martin, du warst so was von wütend. Ein richtig böser Junge. Hatten dir das deine Stimmen befohlen?“

*Blöde Sau, halt die Klappe,* meldete sich die Wut.

Martin zuckte die Schultern. „Kann mich nicht erinnern. Aber es tut mir nicht leid. Das ist ein richtiges Arschloch.“

„Meinst du? Vielleicht liegst du da richtig. So, und jetzt bring ich dir dein Frühstück und dann kannst du wieder in deine Zelle zurück.“

*

In seiner Zelle kniete Martin vor dem Stahlthron und übergab sich heftig. *Steck den Finger in deinen Hals!,* hatte der Major ihm befohlen.

Er sah die noch nicht aufgelösten Pillen, die zwischen dem restlichen Erbrochenen schwammen, bevor er die Spülung betätigte.

Nicht zum ersten Mal. Er musste einen klaren Kopf behalten und hatte die heutige Tagesration unter die Zunge gelegt. Aber der Pfleger hatte es bemerkt und gewartet, bis er sie mit Wasser hinuntergeschluckt hatte.

*Schluck sie nur, wenn du das Gefühl hast, dass es nicht anders geht, wenn die körperlichen Entzugserscheinungen zu verräterisch und offensichtlich werden,* meldete sich der Major zu Wort.

Leider war das nicht einfach zu bewerkstelligen, aber er hatte eine Alternative gefunden. Erbrechen funktionierte immer.

Gegen Mittag brachte ihm ein Pfleger mit einer Basketballkappe seine Mahlzeit. Er konnte den Blick nicht von ihm abwenden, obwohl der Mann nicht besonders hübsch war. Aber ihm gefiel sein Hintern. *Jetzt!*

Martin ballte seine Fäuste. Seine Lippen wurden schmal und verzogen sich zu einem hässlichen Strich. Er fing an zu schwitzen und murmelte leise vor sich hin.

*Los jetzt!*, befahl der Major.

*Das ist deine Chance. Ich werde Schmiere stehen!*, meldete sich Eddie.

Martin tat, was ihm gesagt wurde. Er blickte dem Pfleger direkt in die Augen.

*Lass mal, Martin. Ich erledige das für dich!*, meldete sich Sting, die Bestie.

Martin stürzte sich in dem Moment wie ein Raubtier auf den Pfleger, als dieser das Essen auf den Tisch stellte. Ein einziger Schlag gegen die Halswirbelsäule, ein Blick, aus dem Entsetzen sprach, ein einziger Schrei voll verzweifelter Angst, ein Kreischen, ein hohes, schrilles Geräusch vor dem Sterben.

Als Martin wenig später die Zelle verließ, trug er Kleidung und Kappe des Pflegers.

An der Pforte zeigte er dessen Ausweis. Der Wachmann wunderte sich nicht über die fehlende Ähnlichkeit. Er konzentrierte sich auf die Videomonitore, die die Klinik überwachten.

Die Freiheit vor den Toren begrüßte Martin mit einem schneidenden Herbstwind, Böen, die über den Asphalt jagten und seine Wangen taub werden ließen. Er fröstelte und schlug immer wieder die Arme um den Oberkörper, während er bemerkte, wie sich ihm plötzlich eine schwarze Limousine näherte. Das Fenster auf dem Rücksitz wurde heruntergekurbelt und eine Hand forderte ihn auf, einzusteigen.

Martin folgte der Aufforderung und stieg hinten ein. Als er das Gesicht des Mannes sah, fiel er aus allen Wolken. „Nee, was … Ich glaub's nicht."

Der Mann brachte seinen Finger an Martins Lippen. „Hallo Martin. Leute in meiner Position haben viele Möglichkeiten", begrüßte der Mann ihn. „Wir überwachen Kliniken, Gebäude, die Straßen. Wir sehen und hören alles. Leute wie du landen dort drüben." Er zeigte auf die Anstalt. „Wir konnten deinen Ausbruch mitverfolgen. Du warst übrigens ein harter Brocken, aber jetzt hast du es endlich begriffen. Deine Freiheit liegt in der Ausführung von gewissen … äh Aufträgen."

Martin grinste. „Okay, okay, ich hab verstanden! Das waren ja tolle Bilder, die ich mir ansehen durfte."

Der Mann sah ihn seltsam an. „Du hast es bemerkt? Hm … Es gibt übrigens etwas, wobei du mir behilflich sein könntest, Martin."

„Durch Sie habe ich meine Freiheit wieder. Ich mache alles, was Sie von mir verlangen. Also, wobei soll ich Ihnen behilflich sein?"

„Du machst genau das, was ich dir sage und stellst keine blöden Fragen. Sonst landest du ganz schnell wieder im Knast, wo sie dich mit den härtesten Drogen ruhigstellen und in eine Zwangsjacke stecken werden. Und jetzt erzählst du mir, wie dir das Experiment gefallen hat und was du genau gesehen beziehungsweise gehört hast."

Martin eröffnete ihm alle seine Geheimnisse. Er war so glücklich, dass er sich mitteilen konnte, so dankbar, endlich ein Publikum gefunden zu haben.

Der Mann lauschte, nickte und fühlte mit ihm. So kam es ihm zumindest vor.

„Ich habe noch nicht genügend Informationen", fuhr Martin fort. „Die Tat ist dreist und sehr riskant. Aber es steigert den Nervenkitzel. Das mag ich. Ich bin wirklich gut in dem, was ich tue, und ich hinterlasse keine Spuren."

Der Mann runzelte die Stirn. „Deshalb haben wir dich für diese Aufgabe gewählt. Nur jemand, der perfekt ist in der Ausübung einer Tat, kann so etwas zustande bringen, kann den Mut aufbringen, kann seine Angst besiegen und diesen Auftrag erfüllen. Du wirst den Nervenkitzel als unwiderstehliche Verlockung genießen. Also, bist du bereit? Und du versprichst, keine Spuren zu hinterlassen?"

Martin hob seine Finger. „Großes Indianerehrenwort."

„Sorge dafür, dass es möglichst geräuschlos über die Bühne geht. Was ist mit deinen Stimmen?"

„Ich habe alles unter Kontrolle, Boss."

Der Blick aus den Augen des Mannes war voller Zweifel. Er schnippte seine Zigarette durch das offene Fenster.

„Morgen darfst du gegen Abend im Keller der Klinik Arzt spielen. Wenn du es vermasselst, bringe ich dich persönlich in die Hölle zurück. Verstanden?"

Martin antwortete nicht, dafür flüsterten die Stimmen: *Zerbrich dir keinen Kopf über den Typen neben dir.* Es war ein merkwürdiger Rat, um ehrlich zu sein, ein Rat, den er nicht befolgen wollte.

„Ich bringe dich jetzt in eine Wohnung. Dort bleibst du, bis es so weit ist."

„Ich hätte gerne was zum Ficken, das ist die schlimmste Entbehrung im Knast."

Der Mann hob die Augenbrauen. „Und was soll es sein?"

„Herrgott noch mal. Was schon? Eine Nutte und ein Stricher ohne Aids."

Der Mann lachte. „Ich habe schon vor langer Zeit begriffen, dass Gott sowohl für die Guten als auch für die

Bösen immer das Passende bereithält. Ich werde auch für dich das Passende finden."

Martin spürte, wie der alte vertraute Dämon sich regte. „Dann bringen Sie mich mal in die Bude. Danach spielen Sie Gott."

## Kapitel 35

*Berlin-Grunewald*

Tom fuhr zu einer Zeit nach Hause, als die Straßen menschenleer waren. Selbst die Hundebesitzer lagen längst in ihren Betten, schließlich mussten sie in aller Herrgottsfrüh wieder ihre obligatorischen Runden drehen. Es war eine ungewöhnlich klare Nacht. Der Sternenhimmel erinnerte ihn an den Sommerurlaub vor zwei Jahren in Italien: Zelten mit Alexa und Josh; kein schönes, bequemes Hotel, sondern eine Woche Mücken und mangelnder Schlaf. Es war bei diesem einen Mal geblieben, obwohl es ihm gefallen hatte. Aber Alexa wollte im Urlaub keine Betten machen, kein Frühstück zubereiten, keine Mücken, die sich an ihrer Haut vergingen, kein Lagerfeuer unter Campern. Nie wieder, hatte sie gesagt. Vielleicht hatten sie damals in Italien bereits etwas zurückgelassen, etwas verloren, das er heute vermisste. Was es genau war, konnte er nicht sagen. Vielleicht die Unbeschwertheit jener Tage?

Er lenkte seinen Wagen in die Auffahrt und dachte, dass er sich anders … irgendwie anders fühlte. So, als hätte er geraume Zeit in einem warmen Kräuterbad gelegen, das seinen Körper und seinen Geist gereinigt hatte, wie absurd sich das auch anhören mochte.

Er ließ den Wagen draußen stehen, stieg aus und blickte zu den Sternen.

Er war erschöpft, fühlte sich aber nicht schläfrig. *Da, eine Sternschnuppe!* Er schloss die Augen und gab sich das Versprechen, dem Alkohol den Rücken zu kehren und morgen mit Alexa ein klärendes Gespräch zu führen.

Als er die Augen wieder öffnete, sandte der Himmel ihm eine zweite Sternschnuppe! *Ein gutes Omen!* Die Haustür nicht war abgeschlossen. *Seltsam.* Er war sich sicher, dass er den Schlüssel umgedreht und die Haustür verschlossen hatte. Vielleicht waren Alexa und Josh nicht zu Alexas Schwester gefahren.

Drinnen dröhnte laute Musik. Heavy-Metal-Gekreische, elektrische Gitarren, dröhnende Bässe.

„Alexa?", rief er, „bist du da? Alexa?" Seine Erregung flaute ab und verwandelte sich in Entmutigung. Vielleicht hatte er doch vergessen, die Tür abzuschließen.

Wo zum Teufel kam die Musik her, die seine Frau immer aufdrehte, wenn sie ihre Jugend durchlebte? Tom spürte, wie sein Adrenalinspiegel stieg. Der Lärm war allgegenwärtig. Er konnte nicht lokalisieren, woher er kam. Er lief durchs Haus, öffnete alle Türen. Nichts.

Plötzlich verstummte die Musik. Er war wieder allein mit all seinen Widersprüchen. Sie waren wie Fledermäuse, die sich auf ihn stürzten.

Im Schlafzimmer setzte er sich aufs Bett, zog die Knie ans Kinn und schlang die Arme um die Schienbeine. Er schaukelte langsam vor und zurück. Dann kamen die Tränen, heiß und galoppierend begleiteten sie sein Schluchzen.

Die Stimmen kamen näher. Das Surren kam näher. *Es ist also doch keine Einbildung,* dachte Tom.

Während er eine Jeans anzog und sein Hemd zuknöpfte, versuchte er, sich den Akzent der Stimmen einzuprägen. *Russisch.*

Er schauderte. Sein Atem beschleunigte sich, und seine Panik löste ein unkontrolliertes Flattern in seiner Kehle aus, als würden sich Hände um seinen Hals legen. Er ging die Treppe hinunter. Im Wohnzimmer hielt er einen Moment inne, dann öffnete er die Tür zur Terrasse.

Draußen war die Morgenluft eisig. Ein Windstoß fegte über das Gras und schleuderte ihm welke Blätter gegen die Beine. Er blickte über den Zaun zum Nachbargrundstück, wo ein Junge mit einer Fernsteuerung spielte. *Nick, der Nachbarsjunge.*

Plötzlich tauchte wie aus dem Nichts ein kleiner Flugkörper auf, den Nick wohl mit der Fernsteuerung lenkte. Tom atmete erleichtert auf, als er das Surren hörte und blickte zum Himmel hinauf, der gerade zu einem aschgrau verschwommenen Etwas verblasste. Der Flugkörper kreiste jetzt über ihm, obwohl der Nachbarsjunge aus seinem Blickwinkel verschwunden war. In der Ferne peitschte der Wind die Bäume.

Tom spürte, dass etwas nicht stimmte, dass etwas heraufzog, schlimmer als der aufkommende Sturm.

„Sie haben im Garten etwas zurückgelassen, Herr Diavelli."

*Torsten Winter!* Die Worte drangen über den Rasen zu ihm. Tom starrte den Mann mit kantigem Kinn und grimmigem Gesichtsausdruck an, der auf ihn zukam und ihm einen Spielzeugpanzer von Josh reichte.

„Warum schleichen Sie ums Haus, Winter?"

Winter seufzte. „Was hat Sie so erschüttert, Herr Diavelli? Sie haben im Schlaf immer wieder *Nein, Nein* geschrien, dass ich es bis ans Ende des Gartens hören konnte." Er klang hellauf begeistert und zeigte auf den Panzer. „Haben Sie im Kinderzimmer zu viel Krieg gespielt? Muss wohl aufregend gewesen sein."

„Was wollen Sie? Wieso kommen Sie nicht durch die Vordertür?"

Winter betrachtete nachdenklich seine mit breiten Goldringen bestückten Finger. „Sie haben mein Läuten wohl überhört. Egal. Nun zu uns. Sie haben uns nur einen Teil der Korrespondenz von Bardo Erbach überlassen. Sie haben eine Schlüsselinformation zurückbehalten, nicht wahr? Weil Sie wussten, was wir vorhatten."

„Wieso haben Sie mich überhaupt mit dem Projekt PrePol beauftragt? Sie wussten, dass ich herausfinden würde, dass das Programm nicht dem entspricht, welches das BKA erworben hat. Das BKA hat PrePol gekauft. Dieses Programm heißt STEFKO. Es ist eine bedrohliche Software, insbesondere, wenn sie in falsche Hände gerät. Also wieso ich?"

„Ein Test."

„Ein Test wofür?"

„Völlig egal. Sie sind durchgefallen. Ihr Täuschungsmanöver uns gegenüber war zu offensichtlich. Übrigens haben wir auch herausgefunden, dass Sie *Kiss* engagiert haben."

„Ich bin Ihnen entgegengekommen, Winter, weil Sie ein Beauftragter des Innenministeriums sind und weil ich Ihnen geglaubt habe, als Sie mir von Bardos Software und seinen krummen Geschäften erzählt haben. Ich habe Ihnen die Unterlagen überlassen, weil Sie sich darum kümmern wollten. Nichts ist geschehen. Sie lassen mich überwachen, verschaffen sich Zugang zu meinem Grundstück und drohen mir. Sie haben alles erhalten, was in Erbachs Umschlag war. Verlassen Sie jetzt mein Grundstück, Winter! Sonst werde ich die Behörden einschalten. Ich habe bislang nur aus Rücksicht auf meine Frau geschwiegen."

„Sie scheinen es nicht zu verstehen, Diavelli. Dann muss ich es ein bisschen klarer machen. Die Firma, die STEFKO mithilfe Ihres verstorbenen Schwiegervaters weiterentwickelt hat, akzeptiert keine Mitwisser. Sie sind noch im Besitz eines Sticks und einer DVD. Die haben Sie uns nicht gegeben." Winter kam auf ihn zu. „Es sieht so aus, als müsste ich deutlicher werden."

Ein Kinnhaken riss Tom zu Boden. „Sagen Sie mir sofort, wo der Stick ist und was Sie wissen, Diavelli. Sofort! Sonst durchlöchert demnächst eine Kugel den Kopf Ihrer hübschen Frau und Ihren Sohn übergebe ich … sagen wir mal, gewissen Kreisen, die kleine Jungs mögen. Sie wissen, was die mit einem hübschen Jungen wie Josh machen." Winter verpasste ihm einen Tritt in den Magen.

Tom krümmte sich vor Schmerzen und geriet in Panik. *Nicht Josh, mein kleiner Josh.* „Ich habe mir den Stick nicht angesehen. Nur die DVD", flüsterte er. „Der Stick und die DVD liegen oben in meinem Schreibtisch, erste Schublade links." Winter musste es ihm angesehen haben, dass er gelogen hatte.

Aus der Ferne hörte Tom plötzlich wieder das Surren, das ihn aus dem Schlaf gerissen hatte. Er lag noch immer auf dem Boden und fühlte sich seltsam benommen. Der Nachbarsjunge tauchte wie ein Schatten aus dem Nichts auf und beugte sich über ihn. *Das ist nicht Nick.*

Winter reichte dem Jungen seine Pistole. Ihre Blicke trafen sich. Tom erkannte das unausgesprochene Verständnis zwischen Winter und dem Jungen.

„Du passt auf ihn auf, Levin, während ich den Stick und die DVD hole", herrschte Winter den Jungen an. „Wenn er Dummheiten macht oder glaubt, er könne mit dir feilschen, knallst du ihn ab. Ich überlasse dir die Genugtuung."

„Nein", sagte der Junge. „Ich habe da eine bessere Idee."

Seine großen, emotionslosen Augen richteten sich auf ihn, nagelten Tom fest. Er holte eine schmale Manschette mit der Aufschrift *STEFKO* aus seiner Hosentasche und legte sie ihm an.

„Es gab früher einen Unfall mit einer Frau, die diesen Armreif getragen hat", sagte er vergnügt. „Er enthält eine Manipulationssoftware – eine kleine Mindmachine, um es mal so auszudrücken. Eines Tages wollte sie nicht mehr mit uns zusammenarbeiten. Am nächsten Tag fuhr sie *zick* statt *zack* mit dem Auto. Das war ihr Ende. Sie werden gleich schlafen – sehr lange, Herr Diavelli, und wenn Sie wieder aufwachen, sind wir verschwunden und Sie werden sich an nichts mehr erinnern."

Tom zuckte bei der Enthüllung des Jungen zusammen. Er spürte, wie seine Benommenheit zunahm.

„Okay. Gute Idee, Levin", sagte Winter und klopfte dem Jungen auf die Schulter. Dann ging er rasch ins Haus.

Levin lächelte von einem Ohr zum anderen und drückte den Knopf seiner Fernsteuerung. Der Flugkörper kreiste über ihnen. „Okay, Herr Diavelli, Sie wissen, was mein Boss haben will. Wenn wir es haben, befreie ich Sie von dem Armreif."

„Lasst ihr mir denn die Wahl?"

„Natürlich nicht", kam die kalte Antwort.

Die Welt um Tom wurde mit einem Mal gespenstisch still. Drei Sekunden starrte er in die Augen des Kindes, in denen nicht die Spur eines Gefühls zu erkennen war. Große dunkle Krater, tränenlos, die Augen eines kleinen Monsters. Es waren die längsten Sekunden in seinem Leben – und die kürzesten. Die kürzesten und die längsten Sekunden. Die Zeit blieb stehen, zugleich zerrann sie Tom zwischen den Fingern. Zeit hatte neuerdings eine andere Bedeutung. Zeit bedeutete nichts mehr, seit er Probleme mit Alexa hatte. *Alexa ...*

„Ich finde gewiss eine Möglichkeit, Ihnen das Material zu geben", lallte er leise. Seine Zunge überschlug sich und das Letzte was er hörte, waren die Worte des Jungen, der zur Seite blickte. „Sie hatten Ihre Wahl."

## Kapitel 36

*Berlin-Grunewald – am Abend*

Der Mann, der Toms rote Jacke trug, war wütend.

Alexa sah es an der Weise, wie er das Messer aus dem Block herausnahm: mit einem unkontrollierten Ruck. Seine Finger umklammerten den Griff so fest, dass seine Knöchel weiß hervortraten.

Sie sah den Ausdruck in seinen Augen hinter der Strumpfmaske und wich ein wenig zurück. *Er wird mir doch nicht wehtun?* Einen Moment hielt sie den Atem an, ihr Blick starr auf das Messer in seiner Hand gerichtet. *Nein. Er wird es nicht wagen.* Das konnte nicht sein. Warum sollte er? Sie hatte doch nachgegeben. Vielleicht nicht sofort, aber irgendwann. Was wollte er denn noch? Dass sie ihn auf Knien anflehte, ihr nicht mehr wehzutun?

Sie legte ihre Hand auf ihre geschwollene Wange und betastete vorsichtig ihr rechtes Auge. Die Haut war stark geschwollen und das Hämatom schränkte ihr Sichtfeld ein.

Sie schluckte. Bitten und betteln oder ihn anflehen wäre sinnlos. Diese Lektion hatte sie heute Nacht gelernt. Ihr Auge war der beste Beweis für seinen maßlosen Zorn. Und ihr Körper, der übersät war mit blauen Flecken. Dazu die stechenden Schmerzen in den Rippen. In ihren Armen. Ihrer Seele. In seinen Augen flackerte der Zorn. Warum trug er Toms rote Jacke? Wo war Tom?

Angst raubte ihr den Atem. Sie wünschte, sie könnte sich umdrehen und weglaufen, aber ihre Beine versagten.

Im nächsten Moment stieß ihre Wirbelsäule hart gegen den Heizkörper, sie spürte es kaum. In ihr war nur eine tiefe Sehnsucht nach jener Zeit, die vor dieser Nacht lag: Das gemeinsame Frühstück mit Tom und Josh, Toms Abschiedskuss, Joshs Umarmung, bevor er zum Schulbus gerannt war. Aber man konnte die Uhr nicht zurückdrehen. Sie streckte ihre Arme nach vorne, in einem letzten Versuch, sich zu verteidigen, aber es war zwecklos. Er packte sie mit der freien Hand an der Schulter und hielt gleichzeitig das Messer nach vorn. Sie spürte, wie er mit der Klinge Schnitte in ihren Bauch ritzte, kalt, scharf, qualvoll. Dann explodierte der Schmerz, als er mit kreisenden Bewegungen mehrmals in ihre Bauchdecke stach, nicht tief, nur oberflächlich. „Schöne, gleichmäßige, runde Löcher", kreischte er. Sie wollte schreien, aber kein Laut entwich ihrer Kehle. Sie klammerte sich an ihn und starrte ihn ungläubig an. Eiskalte blaue Augen scannten sie. *Emotionslos.* Er zog das Messer noch einmal hoch, ließ sie los und stieß sie ruckartig, fast verächtlich von sich. Mit einem stummen Schrei fiel sie zur Seite, glitt an der Wand entlang zu Boden. Der Schmerz in ihrem Unterleib brachte sie fast um den Verstand. *Das Baby!* Hatten seine Tritte das Baby getötet? *Nein! Bitte nicht. Nicht mein Baby.* Sie holte tief Luft. Eisige Kälte ergriff sie, als sie das Blut sah, das aus den vielen Stichwunden rann. Sie presste ihre Hände auf ihren Bauch. Es half nichts. Blut, überall war Blut. Die hellrote Flüssigkeit sickerte weiter durch ihre Finger und aus ihrem Unterleib.

*Ich werde sterben,* realisierte sie blitzartig. *Wir werden sterben.*

Sie und das Baby. Sie geriet in Panik. *Nein, nicht mein Baby! Unser Baby.* Sie versuchte aufzustehen, aber der tobende Schmerz machte ein Hochkommen unmöglich. Sie stöhnte leise. Ihre Sicht verschwamm. Wo war er? Sie versuchte ihre Augen zu öffnen, aber ihre Lider waren schwer, zu schwer. Sie hörte, wie Schritte die Treppe herunterkamen. Eine Tür wurde geöffnet.

Aus der Ferne drang plötzlich eine weiche, wimmernde Stimme zu ihr durch. „Mama, Mama."

Dann Toms Stimme. „Oh mein Gott …"

War er das? Wieder versuchte sie, die Augen zu öffnen, aber es gelang ihr nicht. Jemand packte sie, hielt sie fest. Sie vernahm diese verzweifelte Stimme direkt neben sich. „Oh mein Gott, Alexa. Das wollte ich nicht."

Sie öffnete die Augen. Josh stand vor ihr und schrie, hinter ihm Tom, der telefonierte und sie dabei fassungslos anstarrte.

Ihr war kalt. Sie sehnte sich nach Wärme, nach einer leidenschaftlichen Umarmung in einer warmen Nacht, den Duft einer Meeresbrise. Sekunden später kam der Nebel.

# Kapitel 37

*Moskau*

Wieder fand im Kreml ein geheimes Gipfeltreffen statt. Auch Janus hatte Dimitris Einladung in das Haus Nummer 14 angenommen. Allerdings verfolgte er das Geschehen von einem Verhörraum aus, der neben dem Konferenzzimmer lag. In dem spärlich beleuchteten Raum saß er vor einer großen Spiegelglasfront und studierte die Mimik der Anwesenden, während er über Kopfhörer zuhörte.

Dimitri ergriff das Wort. „Ich bin soeben von einem Treffen mit den Sicherheitsexperten der europäischen Regierungen zurückgekehrt. Internationale und regionale Fragen wurden diskutiert. Ich bin ziemlich wütend. Der Westen kritisiert uns immerzu auf impertinente Weise. Deshalb haben wir für heute eine Vereinbarung vorbereitet. Russland, Indien und China wie auch ihre UN-Vertretungen sollten zukünftig besser miteinander kooperieren." Er holte tief Luft. „Wir werden das Tun und Handeln der Weststaaten mit STEFKO überprüfen. Das Programm arbeitet einwandfrei."

Indien hob die Hand. „Wieso diese Einschränkung? Woher wissen Sie, dass STEFKO funktioniert?"

„Wir haben in Deutschland ein Pilotprojekt gestartet. STEFKO funktioniert. Nachdem wir uns davon überzeugen konnten, haben wir anschließend die Smartphones und Computer der wichtigsten Regierungsmitglieder infiziert."

Ein Raunen ging durch den Raum.

China meldete sich, ein überheblicher Blick streifte Dimitris Gesicht. „Was geschieht, wenn es bemerkt wird? Die sind doch nicht *so* dumm."

Hinter der Glasfront wäre Janus dem Chinesen liebend gern an die Kehle gesprungen. Wie konnte dieses Schlitzohr es wagen, ihre Arbeit anzuzweifeln?

„Das Innenministerium der Bundesrepublik hat ein deutsches Unternehmen beauftragt, eine Überwachungssoftware - PrePol - zu entwickeln, das derzeit in Bayern als Pilotprojekt eingesetzt wird. Gleichzeitig wird die Datenbank PrePol beim BKA mit brisanten Daten gefüttert", erwiderte Dimitri mit einem kalten Lächeln. „Der Computer eines ranghohen Beamten des BKA wurde mit STEFKO verknüpft. Bislang gab es keine Probleme. Unsere Testperson hat allerdings die Manipulation bemerkt. Wir haben aber in Deutschland einen Kontaktmann, der das Ganze überwacht und die Fäden in der Hand hält."

Wieder ein Raunen und plötzlich sprachen alle durcheinander.

Dimitri mahnte zur Ruhe. „Herrgott noch mal. Beruhigen Sie sich, meine Herren! Weil er es bemerkt hat, konnten wir diese Sicherheitslücke schließen. Wir sind doch nicht auf den Kopf gefallen."

„Was geschieht mit diesem BKA-Mann?"

„Das lassen Sie mal unsere Sorge sein. Wir haben bei ihm die Mindmachine zu Manipulationszwecken erprobt. Funktioniert einwandfrei. Wir haben ihm außerdem unmissverständlich zu verstehen gegeben, wie gefährlich wir sein können."

Im Nebenraum runzelte Janus die Stirn. Einen BKA-Mann zu töten, erregte ein zu großes Aufsehen. Alle Hebel würden in Bewegung gesetzt werden, um den Täter zu entlarven. *Das ist zu gefährlich, Dimitri.* Nach der Konferenz blieb immer noch Zeit, Dimitri auf das Risiko aufmerksam zu machen.

Dimitri verabscheute Deutschland. Sein Ziel war es, die Bundeskanzlerin zu demütigen, die er in seinem Beisein immer nur *Mutti* nannte.

In Dimitris Augen sah Deutschland die Welt von oben, als Stratege, Datenverarbeiter, Superrechner und Rekordvielfraß, dessen Einwohner so viel konsumierten, dass, wenn alle Menschen es täten, sie die Ressourcen von mehr als vier Erdkugeln benötigen würden.

Janus konnte Dimitri verstehen. In Russland lebte das Volk unter einem Maximum an Leidensdruck und grobmotorischer Belastung bei einem Minimum an Transparenz.

Auch er liebte dieses überdehnte, untervölkerte, raue Land, das einen ungemütlichen chinesischen Nachbarn hatte und das an die islamische Welt grenzte. Der Weltmarkt hungerte nach russischen Rohstoffen, das förderte die Korruption der Spitzenkader. Die ökonomischen Eliten emigrierten.

Der entwickelte Westen, wo Gorbatschow einst durch den Abzug der sowjetischen Truppen Freundschaft hatte stiften wollen, hatte mithilfe der Nato das gesamte Glacis besetzt, ihr Militär rückte immer dichter an die Landesgrenzen. Wie sollte da ein russisches Staatsoberhaupt den Kurs seiner Vorgänger nicht bitter bereuen und deshalb versuchen, die unfreundlich immer weiter vorrückenden Widersacher endlich zu stoppen?

In Russland konzentrierte sich die staatliche Macht auf Wladimir Putin. Janus fragte sich immer häufiger, wie stark der Präsident wirklich war. Durch die Gespräche mit Dimitri wusste er mittlerweile, dass Putin eine begrenzte Anzahl von Vorgängen direkt steuern konnte. Er verfügte über die Befugnisse, sich persönlich um eine große Krise zu kümmern, vielleicht sogar um zwei gleichzeitig. Das war der Vorteil eines autoritären Systems, aber es hatte auch enorme Nachteile. In einem Land, in dem reguläre staatliche Institutionen vernichtet worden waren, wie die unabhängige Justiz, das Parlament oder die lokalen Selbstverwaltungen, konnten die Machthaber keine komplexen Herausforderungen mehr managen. Russland war zwar hochzentralisiert, aber schwach. Dem konnte man mit dem Einsatz von STEFKO ein Ende bereiten.

Mit dem Programm konnte Dimitri das ganze Land und andere Staaten ausspionieren, und niemand würde Verdacht schöpfen. Wenn die Wirtschaft eines Landes schrumpfte, begannen die Konflikte zwischen den Gruppierungen, die um Einflussbereiche und Geldquellen kämpften, fand Janus. Hatte Putin diese Gruppen noch unter Kontrolle, oder war er in Wahrheit zu deren Geisel geworden? Janus konnte die Situation nur schwer beurteilen. Morde geschahen, die viele als Schwäche des russischen Systems interpretierten. Auch glaubte er, dass ein Mord an einem Menschen aus der politischen Elite unweit des Kremls ein Schlag gegen die Unantastbarkeit der Machtstrukturen war. Einen BKA-Mann töten zu lassen, wäre ein ebenso großer und fataler Fehler.

Viele Menschen glaubten, dass die Mächtigen in Russland unberechenbar sein mussten. So ein Blödsinn, Russland war ein Global Player und konnte es sich nicht erlauben, unberechenbar zu sein.

Janus betrachtete die Männer hinter der Glasfront. Er wollte den Rest seines Lebens dazu beitragen, dass sich Russland weiterentwickelte. Sollte das Regime zerbrechen, musste jeder bereit sein, alles für sein Land zu geben.

STEFKO musste bei denen eingesetzt werden, die das Ansehen Russlands beschmutzten und seine Macht über die Manipulation anderer Staaten bis hin zu Sanktionen versuchte zu schwächen: bei den Deutschen! Dimitri lag mit seiner Einschätzung der Situation vollkommen richtig. Der Westen wurde beherrscht von Mutti Merkel. Sie würden es ihr zeigen.

## Kapitel 38

*Berlin-Grunewald*

Tom stand am Rande des Gartens und konnte nicht fassen, was er sah: Josh auf dem Flachdach der Villa, in einem viel zu großen, weißen Bademantel. Das grelle Gegenlicht der tief stehenden Sonne blendete ihn, sodass er Joshs Gesichtsausdruck nicht deutlich erkennen konnte.

Unmittelbar neben den Gartenbüschen erstreckte sich der Rasen unendlich, so kam es Tom vor. Mittendrin glitzerte das Wasser des Schwimmbeckens azurblau.

Tom war seltsam zumute, so, als stünde er unter Drogen. Er war unfähig, sich von der Stelle zu bewegen. Er beschirmte mit einer Hand seine Augen und starrte hinauf zum Dach.

Josh hielt in der rechten Hand sein Lieblingsstofftier: Gregor, einen giftgrünen Schimpansen. Das Haus schimmerte weiß, der Bademantel weiß, der Lockenkopf schwarz, das Gesicht seines Sohnes war von einer beängstigenden Blässe, die Lippen blutrot. Er glaubte eine abstrakte Performance vor Augen zu haben, eine mit Buntstiften skizzierte Zeichnung – nur für einen Moment.

War das Ganze ein Produkt seiner Fantasie? Eine Fata Morgana? Eine andere Erklärung gab es nicht. *Das ist eine Halluzination.* Josh rührte sich nicht. Der Wind spielte mit seinem Haar. Die Locken fielen ihm ins Gesicht. *Solange Josh in der Position verharrt, nicht in Richtung Traufe geht, wird nichts geschehen.*

Unter Josh befand sich der Pool, erfrischend, einladend blau, die umliegende Fliesenfläche übersät mit verdorrtem Herbstlaub, ein verlockendes Beet, in dem der Tod auf der Lauer lag, um einen kleinen Jungen in die Arme zu schließen. Kalt und erbarmungslos erwartete er seinen Gast.

Wie von Drogen umnebelt, erreichten die Bilder träge sein Gehirn. Er rührte sich nicht, aus Angst, Josh aufzuschrecken. Er versuchte, seinen Sohn zu fixieren. *Sei vorsichtig. Nimm dich in acht. Das Kind steht unter Schock.*

Es war ihm ein Rätsel, wie Josh auf das Dach hatte gelangen können. Es gab keine Feuerleiter und auch keine andere Leiter. *Vielleicht über den Speicher?*

*Josh ... Joshi, du wirkst so winzig auf dem Dach, in dem zu großen Bademantel und den Turnschuhen.* Er wusste nur zu gut, wer diese Turnschuhe trug. *Oh Gott.* Er wollte schreien, nach seinem Sohn rufen, aber kein Laut entwich seiner trockenen Kehle.

Josh regte sich, ging auf die Rinne zu. Dort blieb er stehen, den Körper hielt er kerzengerade, die Beine zusammengepresst. Er hob die dünnen Arme in die Höhe, als plante er einen Sprung vom hohen Brett. Tom hörte seinen Schrei: „Nicht! Bitte nicht!“ Dann versagte seine Stimme.

Josh sah nicht in seine Richtung. Der Junge hörte ihn nicht oder wollte ihn nicht hören. Die Sonne blendete ihn wieder. Josh, auf dem Dach, umgeben von einem Kranz aus Flutlicht, wie ein Engel.

„Josh, ich liebe dich!“, rief er. „Joshi, es tut mir so leid.“

Sein Sohn zeigte keine Regung, stand ganz still, die Arme immer noch über seinem Kopf.

„Es tut mir leid!“, rief er, jetzt lauter. „Es tut mir so schrecklich leid!“

Erst jetzt wollte er seinem Sohn sagen, dass er krank war. Eine andere Erklärung gab es nicht für sein Verhalten. Der Anblick der aufgespießten Frau vom Möwensee war der Anfang gewesen und hatte ihn zutiefst getroffen. Immer wieder hatte er sie vor Augen gehabt, wie auch eine andere Szene: Alexa lag blutüberströmt auf dem Boden, von ihm fast zu Tode zusammengeprügelt. Diese Bilder sowie die anderen Halluzinationen raubten ihm in der Nacht den Schlaf, ganz zu schweigen von seiner Entdeckung über Bardos Machenschaften, die er Alexa bisher verschwiegen hatte. Er war in einen Sumpf von Korruption, Datenmissbrauch und Betrug geraten.

Tom wollte zum Haus laufen, aufs Dach klettern, obwohl er keine Ahnung hatte, wie er das anstellen sollte, doch er traute sich nicht, Josh für eine Sekunde aus den Augen zu lassen. Das Kind könnte sich erschrecken und in seiner Verzweiflung vom Dach stürzen.

Vorsichtig ging er einige Schritte in Joshs Richtung. Der Junge taumelte. Tom blieb sofort stehen und Josh fand sein Gleichgewicht wieder.

Er wollte kein Risiko eingehen, das einzig Richtige in dieser Situation war, seinen Sohn zu beobachten. *Alles ist aus dem Ruder gelaufen, seit Bardos Tod völlig außer Kontrolle geraten.* Er trug die Verantwortung. Er hatte durch seine Recherchen seine Familie in Gefahr gebracht.

Er sah hinauf. Eine kleine Drohne flog über das Haus. Ein Junge mit blonden Haaren, der Tom bekannt vorkam, spielte mit seinem Flugzeug und steuerte es ins Joshs Richtung.

*Josh, verdammt noch mal. Wie bist du auf das Dach geklettert? Josh ist in Gefahr.*

*Wir sind in der Hölle angekommen.* „Ich liebe dich, Joshi! Mein Kleiner. Es tut mir so leid!"

Josh stockte.

*Vorsicht, Tom. Du bringst mit deinem Gekreische den Jungen aus dem Gleichgewicht.*

„Alles wird gut, Josh! Wirklich!"

Eine Wolke schob sich vor die Sonne. Josh sah ihn jetzt an. „Du hast Mama geschlagen, Papa." Der kleine, zarte Körper zuckte heftig.

*Was behauptet der Junge da?*

„Nein, Josh. Mama wurde überfallen. Sie ist in der Klinik. Hast du das vergessen? Sie kommt bald nach Hause."

Sein Hemd klebte am Rücken, entlang seinen Schläfen perlte der Schweiß. Er hielt sich einen Moment beide Hände vors Gesicht und versuchte, nicht zu weinen. Jedes Geräusch wäre fatal gewesen.

„Du bist böse, Papa", schleuderte ihm Josh entgegen.

*Böse?*

„Warum sagst du das, Josh?"

„Ich habe gesehen, wie böse du sein kannst. Mit so einem Papa will ich nicht leben. Du hast Mami geschlagen und jetzt ist sie tot."

Tom dämmerte es allmählich. Sie waren beide mehr oder weniger zur gleichen Zeit in der Küche auf die verletzte Alexa gestoßen. Josh war vom Lärm aufgewacht und die Treppe heruntergelaufen, während er das Haus betreten hatte. Und nun glaubte Josh, dass er Alexa verletzt hatte und sie gestorben war. Was war geschehen, dass Josh aufs Dach geklettert war und von dort oben behauptete, er hätte seine Mutter getötet. *Verdammt, was ist hier los?*

Er befeuchtete mit der Zunge die Lippen und schmeckte das Salz der Tränen. Die Angst vor dem eigenen Tod war nicht die schlimmste Qual, sondern die Todesangst um das Kind, das er liebte. Er wollte für Josh sein Leben geben, seinen wertlosen Körper vom Dach stürzen, um seinen Sohn zu retten.

Er hörte Josh laut schluchzen. „Du hast Mami geschlagen. Überall war Blut. Ich habe es gesehen."

*Alexa geschlagen* ... Er weinte jetzt nicht mehr und hielt den Atem an, bis ihm schwindlig wurde.

„Nein, Josh, das war ich nicht."

Niemand war in der Nähe, um dem Terror ein Ende zu bereiten. Nur Josh und er, die einzigen Überlebenden nach einer Katastrophe.

Josh ließ die Arme sinken. „Du hast die rote Jacke angehabt."

In Windeseile wischte Tom mit dem Ärmel seines Shirts Schweiß und Tränen von den Wangen. *Vorsichtig, Josh!*

Trance, das musste es sein. Eine andere Erklärung gab es nicht. Der Junge schlafwandelte am helllichten Tag, nicht wie andere Kinder in der finsteren Nacht.

„Mami ist in der Klinik, Joshi. Sie kommt bald nach Hause."

Plötzlich kam der Wind auf. Wolkentürme schoben sich vor die Sonne. Die Kälte ließ Tom frösteln.

Josh ging ein paar Schritte zurück, weg von der Dachrinne.

Tom atmete erleichtert auf. „Noch ein paar Schritte zurück", flüsterte er. „Gut so, mein Kleiner, du kannst es. Komm zu mir. Ich werde dir helfen. Gemeinsam werden wir es schaffen."

Warum war der Junge dort oben? Er wusste es nicht. Josh ging zwei Schritte rückwärts, als ob er ihm signalisierte: *Ich gebe dir eine Chance, Papa. Eine zweite Chance. Ich mache auch keine Dummheiten mehr.*

„Papa, Mama, Josh!“, sagte Tom leise. „Wir machen uns ein schönes Leben, Joshi. Okay?“

Ein Lächeln huschte über Joshs Gesicht, als hätte er die Worte seines Vaters gehört.

Tom geriet in Panik, das Lächeln alarmierte ihn. Er musste einen Weg finden, den Jungen vom Dach zu holen. Er griff nach dem Smartphone in seiner Hosentasche, wählte die Rufnummer der Feuerwehr, nannte seine Adresse.

Josh lief weiter rückwärts, drei Schritte. Fast zu weit. *Bitte pass auf, mein Kleiner, du könntest stolpern.* Tom lächelte erleichtert. Playback: gut gemacht! *Wenn Joshis Füße wieder den Boden berühren, werde ich ein heißes Bad für ihn einlassen. Ich werde ihm helfen, sich auszuziehen, seine Hand halten, bei ihm bleiben, ihn ins Bett bringen, ihn nie mehr allein lassen.*

Josh blickte hinauf. Die Drohne kreiste bedrohlich über seinem Sohn und sandte merkwürdige Signale. Josh hielt sich die Ohren zu. Dann war die Drohne verschwunden, wie der seltsame Junge, der sie gelenkt hatte.

Aus heiterem Himmel machte Josh einige Schritte nach vorn. Dann – im Trab – lief er an den Rand. Tom schrie. „Nein!“

Er starrte auf Joshuas dünne Beine, auf die neuen Turnschuhe. Die Unschuld in einem weißen Bademantel.

*Nein!*, hallte es in seinem Kopf. *Bitte nicht …*

Josh zögerte keine Sekunde. Er sprang.

Die erschütternde Wahrheit dämmerte ihm erst, als er sein Kind in die Tiefe stürzen sah – nicht in Zeitlupe, wie in Filmen, sondern unnachahmlich schnell. Sein Körper prallte auf den gefliesten Boden, nur wenige Meter vom Schwimmbecken entfernt, und wirbelte das Herbstlaub auf.

Wie in Trance ging Tom auf das Haus zu. Josh lag mit gespreizten Armen und Beinen auf dem Bauch, der Bademantel halb geöffnet. Das Gesicht konnte Tom nicht sehen. Um Joshs Kopf bildete sich eine Blutlache. Langsam färbte sie die Fliesen dunkelrot.

# Kapitel 39

Als Alexa aus der Narkose aufwachte, lag sie auf dem Rücken und wusste nicht, wo sie war, wusste nicht, was geschehen war. *Tom ...*

Sie tastete über ihren Bauch. Überall Verbände, Schläuche, die ihren Körper verließen.

*Tom, unser Baby?* Sie hatte keine Antwort. Es war auch nicht erforderlich. Die Wahrheit hatte die lästige Eigenschaft, meistens das letzte Wort zu haben. *Wer hatte ihr das angetan?*

Sie glaubte, die Antwort zu kennen, zumindest für den Augenblick, basierend auf dem brennenden Schmerz in ihrem Körper, und auf dem, was ihr Bauchgefühl ihr sagte: *Er hat mein Baby getötet.*

Eine Woge der Erschöpfung und der höllische Schmerz über den Verlust des kleinen Wesens überrollten sie wie ein Laster, zu schwer und mit solcher Wut, dass ihre Augenlider sich schlossen, ohne dass sie es verhindern konnte und sie die den Operationsschmerz nicht spürte. Sie rollte sich zur Seite, zuckte zusammen, schrie, dann fiel sie in tiefe Dunkelheit.

Als Alexa wieder erwachte, drehte sie vorsichtig den Kopf nach links zum Fenster und sah vergilbte Vorhänge. Sie berührte die Bettlaken, die ihren Körper bedeckten, erstarrt durch die Stärke einer Klinikwäscherei.

Sie versuchte, die Wahrheit zu verdrängen. *Nur noch einen Moment die Nachwirkungen der Narkose erlauben. Keine Gedanken zulassen. Keine Gefühle. Nur das Nichts fühlen.*

Es gelang ihr, erneut einzudösen. Als sie die Augen wieder öffnete, bemerkte sie mehrere Gestalten, die am

Fußende des Bettes standen und sich leise unterhielten. Weißkittelgestalten mit Namensschildchen, drei Ärzte und eine Krankenschwester hatten sich um ihr Bett versammelt. Am Fußende stand eine junge, farblose Ärztin mit einem überheblichen Gesichtsausdruck, hinter ihr ein junger Mann mit asiatischen Wurzeln, der nicht sehr groß war und der blonden Ärztin gerade mal bis zur Schulter reichte. Eine dunkelhaarige Ärztin mit blassem Teint und dunklen Rändern unter den Augen, die sie vermutlich den vielen Nacht- und Wochenenddiensten verdankte, stand rechts neben ihrem Bett und fühlte ihren Puls, während die Krankenschwester sich Notizen machte. Sie waren so verdammt jung, vielleicht Mitte zwanzig und vermittelten den Eindruck, dass sie sich umgezogen hatten, um Arzt zu spielen. *Was wollen sie von mir? Ich bin Ärztin.*

Die Blonde stellte einige Fragen, auf die Alexa keine Antwort wusste. Ihr Hirn war noch immer umnebelt von den Nachwirkungen der Narkose und von den Schmerzmitteln.

„Frau Diavelli, verstehen Sie mich?“

„Erbach“, flüsterte sie.

„Was meinen Sie?“

Sie räusperte sich. „Mein Name ist Erbach.“

„Oh, entschuldigen Sie bitte.“ Die Blondine sah in die Patientenakte. „In Ihrer Akte wurde der Nachname Diavelli eingetragen. Vorname Alexa.“ Die sah ihre Kollegen hilflos an. „Habe ich die richtige Person vor mir?“

„Diavelli ist der Name meines Mannes.“ Sie schluckte. „Mein Mädchenname lautet Erbach. Alexa Erbach.“

Die Erklärung erforderte Kraft. Alexa wollte schlafen und keine idiotischen Fragen von Teenie-Ärztinnen beantworten. Sie hatte nur das Bedürfnis verspürt, ihre Hirnfunktion zu überprüfen. Hatte der Mann ihr einen Schlag auf den Kopf verpasst? Ihr Gedächtnis versagte in diesem Punkt. Sie erinnerte sich nur an das Messer, das sie durchbohrt hatte. *Keine Erinnerung an einen Schlag auf den Kopf. Kein gutes Zeichen.*

„Sind Sie geschieden?"

*Blond, jung und blöd!* „Wie kommen Sie denn darauf? Ich habe Ihnen doch gerade ..."

„Entschuldigung", erwiderte Blondie. „Wie fühlen Sie sich? Haben Sie Schmerzen?"

Alexa versuchte festzustellen, ob es eine einzige Stelle in ihrem Körper gab, die nicht wehtat, aber ihr Körper war ein einziger Verbund schmerzhafter Zellen. Sie konnte Gliedmaßen und Organe nicht voneinander unterscheiden.

„Es geht schon", sagte sie leise.

„Wenn Sie Ihre Schmerzen auf einer Skala von eins bis zehn bewerten müssten?"

Alexa zögerte einen Moment. „Sieben minus." Die Blondine schaut in ihre Unterlagen. „Sie wurden schwer verletzt. Drei gebrochene Rippen, ein schweres Hämatom hinter der rechten Augenhöhle, eine Schulterfraktur, Prellungen am ganzen Körper, Prellungen im Unterleib ... und eine Gehirnerschütterung."

„Der Täter war ein Perfektionist."

Die Ärztin sah sie verständnislos an.

Alexa seufzte. „Schon gut."

„Die Röntgenaufnahmen haben allerdings bestätigt, dass Ihre Milz intakt ist. Sie haben Glück gehabt."

„Glück?"

„Wir haben einen Milzriss vermutet. Die Stichwunde war nicht so tief. Wir mussten Sie nicht operieren. Die Wunde wurde nur mit mehreren Stichen genäht", erklärte Blondie. „Dennoch ist es wichtig, dass Sie es sehr ruhig angehen lassen. Das Bett hüten und nicht aufstehen. Viel schlafen, keine Aufregung."

Alexa nickte. „In Ordnung."

„Haben Sie Fragen?", wollte die Dunkelhaarige wissen.

„Was ist mit meinem Baby? Ist alles in Ordnung?"

„Es tut uns leid. Wir konnten das Baby nicht retten. Die Tritte in Ihren Unterleib waren zu heftig. Aber Sie können noch viele Kinder bekommen."

Blondie sah sie an. „Frau Erbach, wir werden hier gut auf Sie achtgeben."

„Was reden Sie denn da? Was ist mit meinem Baby?"

*Ich möchte nach Hause, ich möchte zu Tom und Josh. Was ist mit dem Baby?*

„Bitte beruhigen Sie sich. Meine Kollegin sagte Ihnen doch schon, dass wir das Baby nicht retten konnten."

*Mein Baby ist tot? Oh mein Gott, dann war es kein Traum. Es ist wahr.*

„Es tut mir leid. Versuchen Sie, ein bisschen zu schlafen, Frau Erbach."

Hinter ihren Augen sammelte sich ein Meer an Tränen. *Ich will nicht weinen. Noch nicht. Nicht vor diesen Teenies.* „Wann darf ich das Krankenhaus verlassen?"

„Das hängt davon ab, wie schnell Sie sich erholen. Ich vermute, in zwei bis vier Tagen sind Sie wieder halbwegs fit, aber nageln Sie mich bitte nicht fest. Gute Besserung, Frau Erbach."

Die Ärztinnen drehten sich um und verließen das Zimmer. Der Asiat blieb noch einen Moment stehen.

Sie griff nach seinem Ärmel. Doch dann fühlte es sich an, als hätte sie etwas Unpassendes getan und sie ließ ihn sofort wieder los.

„Es tut mir leid", sagte er.

Sie nickte. „Bin ich hier sicher?"

„Gewiss. Haben Sie Angst?"

Seine Stimme hatte einen warmen Klang, der sie berührte. „Ein wenig."

„Wir wissen nicht genau, was geschehen ist. Wir haben den Polizeibericht gelesen. Ihr Mann wird derzeit vernommen und vor Ihrem Zimmer wurde ein Wachposten abgestellt. Ein Einbrecher hat Sie so übel zugerichtet, Frau Erbach."

Was war da los? Tom vernommen? Wieso? Es kam ihr vor, als wären sie Teil eines surrealistischen Theaterstücks, dessen Text sie nicht kannte und nicht wusste, wie die Geschichte enden würde. Um ernst genommen zu werden, musste sie erst einmal die Realität akzeptieren.

Der Arzt stand noch immer an ihrem Bett und betrachtete sie mit ernster Miene. „Versuchen Sie zu akzeptieren, was geschehen ist."

Mit seinen Worten hielt er die nackten Tatsachen – und ihre Bedeutung – zurück. Misshandlung als eine Hypothese, kein Verbrechen? Nein!

Der Asiat schlug seine Augen nieder. Sie fand, dass er auch ein wenig blass wirkte, wohl ein Assistenzarzt, der in der Nacht die beschissenen Trunkenbolde zusammenflickte und dafür miserabel entlohnt wurde. Sie fand ihn sympathisch und liebenswert. Josh würde später auf andere Menschen gewiss auch diesen Eindruck hinterlassen. Josh … Sie vermisste ihren Jungen. *Verdammt, wo blieb denn Tom?*

„Sie haben bestimmt viel zu tun", sagte sie. „Ich möchte Sie nicht aufhalten."

Erleichterung flackerte in seinen Augen auf. „Viel Glück. Ich meine Stärke, Frau Erbach."

Sie suchte nach Worten. Ihr wurde schwindlig, und sie schloss die Augen. Ärzte – sie machten nur ihren Job. Sie blieb still, als er das Zimmer verließ.

Sie sah aus dem Fenster. Es war bereits dunkel und der Mond schimmerte schwach durch die Vorhänge. Sie betrachtete ihn, als hätten sie beide etwas zu bedauern. Es kam ihr vor, als führten sie beide ein Zwiegespräch, in dem die Wahrheit ans Tageslicht kam.

Die warme Stimme des Asiaten hatte sie berührt und plötzlich spürte sie einen Kloß im Hals.

In jener Nacht hatte sie in leere Augen geblickt, in denen weder Trauer noch Freude zu sehen waren, keine vergossenen Tränen und kein Lachen. Diese Augen hinter der Maske hatten sie nur von oben bis unten gemustert und mit unerbittlicher Festigkeit gewartet – bis zum Übergriff.

*Tom … Unser Baby ist tot. Tom …*

Die Zukunft war ein klaffendes, schwarzes Loch, aber dem würde sie sich später stellen. In der Klinik war sie sicher.

Der Mann hatte ihr in den Bauch getreten, sie vergewaltigt, war ein zweites Mal in die Küche gekommen und hatte sie mit dem Messer verletzt. Er hatte das Baby auf dem Gewissen. Auf ihr Schluchzen folgten Tränen, stille Tränen für das Unverzeihliche.

# Kapitel 40

Als jemand klopfte, durchzuckte sie ein winzig kleines Glücksgefühl. Sanft wurde die Tür ihres Zimmers geöffnet und wieder geschlossen. Schritte. Vertraute Schritte. Sie hörte sein Atmen und hielt ihre Augen geschlossen. Sie wusste, wer vor ihr stand.

Sie lächelte den Mann in ihrem Leben an. Tom trug ein dunkles Jackett, dazu ein weißes Hemd ohne Krawatte. Sein Haar war ein wenig zerzaust, er sah müde und abgespannt aus.

„Hey", sagte er, ein einziges Wort, durchtränkt von Wärme und Trauer, unterlegt von einem ernsten Lächeln. „Wie geht es dir, Liebling?"

Sie konnte sehen, dass er genauso erleichtert war, sie lebend zu sehen, wie sie es über sein Kommen war. In seinen Augen lag ein Ausdruck, den sie nicht einordnen konnte. Er wirkte beinahe geistesabwesend. *Er ist nervös, Tom ist nervös.*

„Möchtest du mir etwas sagen, Tom?"

Schweigen.

Er lehnte sich zurück, blickte zur Decke und seufzte. „Ja."

„Und was? Du machst mir Angst, weißt du."

Er bedachte sie mit einem unsagbar schmerzerfüllten Blick, der nicht gerade dazu beitrug, ihre Nervosität zu lindern.

„Ich weiß nicht, wie ich es dir sagen soll", flüsterte er.

„Soll das ein Witz sein? Oder hast du schon wieder getrunken?"

„Nein. Es ist vielleicht nicht der günstigste Zeitpunkt, aber", er zuckte hilflos die Schultern, „etwas, das nicht bis zu deiner Krankenhausentlassung warten kann, Alexa."

Ihr Magen zog sich zusammen. „Tom, was ist los? Nun sag schon!"

Er atmete tief durch und sah ihr in die Augen. Plötzlich erkannte sie darin Tränen. „Hast du mir das angetan, Tom? Ist es das, was du mir gestehen möchtest?"

Er blickte erstaunt auf, schüttelte den Kopf, schwieg.

Stille.

„Dann sage es einfach, verdammt noch mal!"

Tom atmete tief durch. „Es ist Josh ... Joshi ... Unser Kleiner hat sich vom Dach gestürzt. Er hat geglaubt, ich sei der Mann, der dich vergewaltigt und dich mit dem Messer verletzt hat." Er schluchzte. „Ich habe alles versucht, aber ich konnte ihn nicht davon abhalten."

Sie spürte nichts, dachte nur, dass manches der Dunkelheit entsprang, unter einer finsteren Sonne heranwuchs, gehegt und gepflegt von einem Gärtner mit einem Rechen aus Knochen.

„Hör auf. Hör einfach auf. Ich weiß nicht, wovon du redest. Vielleicht solltest du besser nach Hause gehen und deinen Rausch ausschlafen."

„Alexa, bitte. Josh ist tot."

Ihr Blick schweifte durch das Zimmer, an Tom vorbei. „Was waren seine letzten Worte?"

„Er wollte nicht mit einem Vater leben, der so etwas seiner Mami antut." Tom schluchzte hemmungslos.

Sie starrte auf die weiße Wand, bis ihre Augen brannten.

Ein Schrei entwich ihren Lippen. „Nein!"

Sie starrte Tom an. Sie wollte diese Worte nicht aus diesem Mund hören. Doch blitzartig wurde ihr bewusst, dass er die Wahrheit gesagt hatte, und mit der schlichten Wahrheit seiner Worte kam der Dolch, der ihr Herz durchbohrte. Sie zitterte am ganzen Leib, das Pochen in ihrem Körper wollte nicht aufhören. Sie schüttelte den Kopf, brach in Tränen aus. „Nein! Nein!“ Heftiges Schluchzen ließ sie am ganzen Körper beben. Sie drehte sich auf die Seite und übergab sich. Ihre Wangen standen in Flammen.

Tom berührte ihre Schulter.

Er sah widerlich aus, unappetitlich und schmutzig. „Du hast deine Wut an uns ausgelassen, du hast uns wie wehrlose Tiere mit deinem Verhalten gequält, mit deinen Lügen und Notlügen gefoltert, mit deinem Alkoholkonsum, mit deiner üblen Laune. Du hast Josh, deinem eigenen Sohn, den Glauben an seinen Vater und mir das Vertrauen genommen, du hast alles zerstört, was wir aufgebaut haben und was mir wichtig war. Du hast saubere Arbeit geleistet.“ Sie schloss die Augen, damit sie sein Gesicht nicht mehr sehen musste. Die Wut übermannte sie, als sie sich mühsam aufsetzte und Tom mit ihrer letzten Kraft ins Gesicht schlug. „Verschwinde“, zischte sie. „Verschwinde aus meinem Leben!“

*Josh hat ... Mami, machst du mit ... Josh ...* Satzfetzen wirbelten wie Steine auf sie herab. Jedes Mal, wenn sie einen Gedanken festhalten wollte, flog er wieder davon. Ihr Gehör nahm Geräusche wahr, das Sinnesorgan ließ sich nicht abschalten. Ihr Herz pochte wild.

Sie spürte, wie jemand sich über sie beugte und eine Nadel ihre Haut durchbohrte, fühlte wie eine kalte Flüssigkeit durch ihre Vene floss und Sekunden später ihren Körper erwärmte.

Es dauerte beinahe vier Tage, bis das Pulsieren in ihrem Körper völlig abflaute.

## Kapitel 41

*Ein Hotel nahe dem Friedhof.*

Der seelische Schmerz war unbeschreiblich, eine höllische Folter, die Tom schreiend und schweißnass aus dem Schlaf hochschrecken ließ.

Er konnte keine Zuflucht finden. Nicht bei Tag, nicht bei Nacht. Er schloss die Augen, streckte sich und atmete tief den neuen Morgen ein. *Josh, mein Junge.*

Nur der Alkohol dämpfte den Aufruhr in ihm.

Er versuchte sich aufzusetzen, doch er konnte kaum den Kopf heben. Er war so unendlich müde, wollte seinem Leben ein Ende setzen. Ohne Alexa und Josh ertrug er es nicht mehr, obwohl seine Ausbildung als Profiler und Psychologe ihm all das an die Hand gegeben hatte, was seinen Selbstmord verhüten könnte.

In einem Zeitungsartikel war mal die Rede von seiner warmherzigen Art und Liebenswürdigkeit gewesen, seinem großen Engagement für das BKA; von dem Ansehen und dem Fachwissen, das er als Profiler über die Grenzen des BKA hinaus erworben hatte. Nichts von all dem entsprach mehr der Realität. Er hatte einer kriminellen Vereinigung unter die Arme gegriffen, ein Vergewaltiger hatte seine Frau krankenhausreif geschlagen und das Baby getötet, und er war zum Alkoholiker aufgestiegen. Bravo. Seinen kleinen Jungen hatte er nicht von dem Sprung abhalten können. Er hatte versagt. *Oh mein Gott, Josh …*

„Morgen ist deine Beerdigung", wimmerte er verzweifelt. Er musste seinen eigenen Sohn zu Grabe tragen. Der Gedanke hatte die Wucht einer Abrissbirne.

Sie zerschmetterte innerhalb eines Sekundenbruchteils seine Verteidigungsmauern um Alexa und Josh, seine Welt, zwei Menschen, die er liebte. Er hatte beide mehr oder weniger zur gleichen Zeit verloren.

*Zur selben Zeit - 220 km von Berlin entfernt.*

Grauschwarze Wolken zogen am fahlen Mond vorbei. Sein Licht sickerte durch die Äste des alten Baumbestandes der Klosterruine Nimbschen und warf Schatten, die aussahen wie die knöchernen Finger einer alten Frau. Beidseits der Mulde hätte er mit seinem Gönner tagsüber eine Wanderung unternehmen oder sich die Schiffsmühle in Höfgen ansehen können. Ein Ritt durch den Wald wäre auch denkbar gewesen. Hier war alles möglich. Die Dämonen schliefen tagsüber.

Jetzt lag Martin Simon in seinem Bett. Jedes Mal, wenn ihm in dieser Nacht die brennenden Augen zufielen, sah er die Szene, die sich kurz vor Mitternacht abgespielt hatte, wieder vor sich …

Martin Simon hatte ihm etwas Neues, etwas Interessantes beigebracht. Janus genoss den Anblick der wimmernden Nonne, die da nackt vor ihm auf dem kalten Steinfußboden lag. Soeben war ihr Kopf auf den Boden aufgeschlagen. Noch benommen, versuchte sie sich an die Stirn zu fassen, doch es gelang ihr nicht. Sie konnte ihre Arme nicht bewegen, ebenso wenig die Beine, weil Martin Hände und Fußgelenke mit Lederriemen an ein Andreaskreuz aus alten Holzbalken gebunden hatte. Als ehemaliger Klosterschüler hatte Martin gewusst, wie man ein Andreaskreuz zusammenzimmerte. Janus war begeistert. Sein Appetit wuchs bei dem Anblick ihres gestreckten Körpers.

Die Nonne war leicht betäubt und hatte wohl immer noch keine Ahnung, wo sie war und warum sie sich nicht bewegen konnte und der Kälte schutzlos ausgeliefert war. Janus wusste, wie man sich nach einer Ketamininjektion fühlte, sobald man zu sich kam: Der Schädel dröhnte vor Schmerz, alles um einen herum schwamm, schlingerte durch ein Dämmerlicht. Jetzt schaute sie zur Seite auf ihre Hände. Janus bemerkte, wie ihr allmählich klar wurde, warum sie sich nicht bewegen konnte. Sie sah sich um. Er folgte ihrem Blick: Um sie herum nur die alten Gemäuer der Klosterruine. Dann entdeckte sie Martin, der keinen einzigen Ton über die Lippen brachte und sich rieb.

Martin ging auf sie zu, legte einen Hammer und Nägel auf den Boden und brachte sein Gesicht ganz nah an das der Nonne heran. Seine Lippen waren jetzt schmal, die Wangen angespannt, die Mundwinkel zu einem Lächeln hochgezogen, seine Augen leicht zusammengekniffen, und sein Blick war der eines Raubtieres, teilnahmslos, kalt.

Janus' Hände glitten über den nackten, blassen Körper, der kaum einer Sonnenbestrahlung ausgesetzt gewesen sein konnte, hell, wie ihre Haut war.

Die Nonne war so schlank, dass Janus ihre Rippen klar und deutlich unter der Haut sehen konnte. Das war gut. „Schau Martin an", zischte er, „du darfst ihm deine Angst nicht zeigen. Bleib ruhig, blöde Kuh." Er wurde wütend.

Das Miststück konnte das Zittern ihres Körpers nicht kontrollieren. Janus sah ihr ins Gesicht, aber sie wich seinem Blick aus und starrte Martin an.

„Ganz ruhig", sagte der.

Sie kämpft, dachte Janus und sie fragt sich, wer von uns beiden der Schlimmste ist. Das war gut. Normalerweise zerbrachen sie schon beim ersten Schlag ins Gesicht. Er musste lächeln. Auch das war gut.

Martin drückte einen Nagel in die Innenfläche der linken Hand der Nonne, nahm den Hammer, lächelte, sah sie an und hörte ihren ersten Schrei: Erbärmlich, schrill, gequält.

Janus blickte Martin an.

„Martin, du hast sie hierher gebracht und du entscheidest, wie sie stirbt." Die Stimmen in seinem Kopf hallten von unten herauf. Beschwörend. Während sie emporstiegen, überkamen Janus Visionen in schneller Folge ... Sündige Nonnenleiber, die sich feurig wanden, fressende Seelen, die in Exkrementen trieben, erstarrt in Satans eisernem Griff.

„Es gefällt mir schon ganz gut, was du da machst. Erst die Hände, dann die Füße. Schenk ihr bloß keinen sanften Tod!"

Martin nickte.

Janus hörte ihre Schreie. Ihre Augen waren voller Schmerz, und doch glaubte er, Ehrfurcht in ihnen zu spüren, womöglich für das Leid, dass sie durch Martin und ihn erfahren durfte? Herrgott noch mal, dachte er, wie kann sie denn jetzt noch an Gott glauben? Janus riss die Lider auf und starrte in die stille, reglose Dunkelheit auf den alten Baumbestand an der Ruine. Er konnte ein Frösteln nicht unterdrücken. Sein Herz klopfte unregelmäßig, er schluckte die abgestandene, modrige Luft; abgesehen von dem schmalen Lichtstreifen an den Rändern einer Giebelruine gab es keine Orientierungsmöglichkeit. Martin Simon langweilte ihn.

„Geh mal beiseite", zischte er. „Ich zeige dir jetzt, wie *sie* den Verstand verlieren. Betet zu Gott, während du sie ans Kreuz nagelst. So weit kommt das noch."

Martin flüsterte ein leises *Amen* und trat einen letzten Schritt vor, hinein in den Abgrund. Der Himmel war schwarz, grau, tot.

Die Erinnerung kehrte nur langsam zurück ... wie Blasen, die aus den Tiefen eines bodenlosen Brunnens an die Oberfläche steigen. Durch sie wurde die Nonne ebenso unbarmherzig beleuchtet wie jede Sequenz einer Fernsehaufnahme unter grellen Scheinwerferlichtern: seine breiten Schultern, um die sich seine Kutte spannte und seine Haut reizte, als er zusammengesunken auf der Nonne gelegen hatte.

Als ehemaliger Klosterschüler musste er früher beim Geschlechtsakt mit einem der Mönche dieses Opfergewand tragen, das die Form eines Kreuzes hatte. Ausgestattet mit einer Kapuze, ruhte es jetzt wie eine schwere Last auf seinen Schultern, reichte bis zu den Füßen und verhüllte seinen Körper in Fäkalbraun. Die aufgeraute Wolle ließ seine Haut schmerzhaft glühen. Als Kind hatte er unter dem Habit weitere Kleidungsstücke getragen, um den Juckreiz einzudämmen, der die nackte Haut befiel wie eine Termitenplage, doch nie die Unterhose mit dem verstellbaren Gummiband. Er hatte die Ordensregeln verletzt, indem er nie die gemeinsamen Klosterunterhosen getragen hatte.

Unterhosen ...

Übermorgen würde die Frau, die er gemeinsam mit Janus gequält hatte, nicht mehr hier in der Finsternis liegen, in der die Gespenster der Nacht lauerten. Sie hatten sie zum Spielen an ein wärmeres Plätzchen gebracht. Der Himmel konnte noch eine Weile auf sie warten.

*Es sind keine Süßigkeiten mehr im Haus, Papa.* Dieser kurze Satz, die wenigen Worte, hatten sich in Toms Hirn gebrannt.

Alexa stand einige Meter von ihm entfernt, unmittelbar vor dem Grab. Er hätte sie in die Arme nehmen sollen, sie stützen und ihr Trost spenden, aber er konnte es einfach nicht.

So viele Menschen waren gekommen, viel mehr als sie erwartet hatten.

„Ein kleiner Trost“, sagte Lion, als er ihn umarmte. Es gab keinen Trost. Lion sollte das als Ermittler wissen.

Alexa und Tom hatten gemeinsam den Sarg ausgesucht, die Trauerkarten drucken lassen, die Umschläge mit den Adressen versehen, eine Traueranzeige in der Zeitung aufgegeben und für den Leichenschmaus Kuchen mit Limonade bestellt - Josh hatte den Geruch von frisch gebrühtem Kaffee noch nie gemocht.

Anschließend hatten sie zusammen die Kleidung für die Beerdigung ausgesucht. Für ihn keinen schwarzen Anzug, Alexa hatte gemeint, er käme ihr darin wie ein Sargträger vor. Dann doch lieber dunkelblau.

Es war ein Moment, in dem er hatte lächeln müssen, um sich gleich darauf wegen dieses Lächelns so elend zu fühlen, dass ihm übel geworden war und er sich hatte übergeben müssen. *Josh …*

Sie hatten viele Beileidskarten erhalten. Die Menschen wünschten ihnen viel Kraft für die schwere Zeit, die vor ihnen lag. Aber er hatte keine Kraft mehr.

Die Nachrichten über Cyberattacken auf den Bundestag waren nur vage zu ihm durchgedrungen. Er hatte mit dem Leben abgeschlossen, er war mit Josh gestorben.

*Es sind keine Süßigkeiten mehr im Haus, Papa.*

*Du sollst keine Süßigkeiten essen, Josh,* hatte er hundertmal in Gedanken geantwortet.

Hunderte Male ...

Hundertmal hatte er in das enttäuschte Gesicht seines Sohnes geschaut und seinen Protest vernommen. „Aber Papa ..."

„Nein, Josh", hatte er hundertmal mit fester Stimme gesagt.

Joshi hatte sich das Leben genommen, weil er geglaubt hatte, sein Vater sei ein Monster.

*Vielleicht bin ich das auch...*

Wie oft hatte er Josh seine Taschen leeren lassen und die klebrigen Bonbons in den Mülleimer geworfen.

*

Die weiße Kiste ist so klein, dachte Alexa. Es spielte keine Rolle, Josh würde nicht mehr wachsen. Er blieb für immer ein Junge von sieben Jahren.

Sie wusste nicht, wie sie zur frisch ausgehobenen Grabstätte gelangt war. Die Trauerfeier war größtenteils an ihr vorübergegangen. Sie hatte kaum etwas von ihr mitbekommen.

Sie sah sich um und bemerkte Philipa Breckendorf, die ihre Töchter an der Hand hielt. Eines der Mädchen klammerte sich an ein knuffiges Stofftier. Sie selbst hielt Joshis giftgrünen Schimpansen und die Zeilen an ihren Sohn in der Hand. Sie konnte sich aber nicht an den Namen des Plüschtieres erinnern. Dabei war das so wichtig. Wenn sie sich nicht mal den Namen merken konnte, gab es keinen Grund mehr weiterzumachen. Kein Joshi, kein Baby. Wieder spürte sie ihren Verlust mit seinem immensen Schmerz. Der Friedhof war eine grüne Ruhestätte mit einem großen Baumbestand und großen Pflanzenarealen. Er lud förmlich zu einem Spaziergang entlang der Gräber ein. Wohin man auch blickte, war die blühende Pracht der Pflanzen zu sehen, die den Eindruck vermittelten, dass die Welt in Ordnung war. Sauber gestutzte Hecken trennten die Gräber voneinander. Doch die Idylle täuschte. Hinter jedem Baum, hinter jedem Strauch lauerte das Unheil. Sie musste Tom sagen, dass ihr Sohn hier nicht sicher war.

Tom stand einige Meter von ihr entfernt mit einer weißen Rose in der Hand. Neben dem Erdloch stellte jemand einen Korb voller Rosen hin. Sie nahm eine Blume und bemerkte, dass sie bereits eine in ihrer Hand hielt.

Zu viele Menschen versammelten sich um das Grab ihres Sohnes, um Joshi adieu zu sagen. Sie brachten kein Verständnis dafür auf, dass das zu Grabe tragen eines Kindes eine sehr intime Angelegenheit war. Sie wollte allein mit ihrem Sohn sein.

Der Sarg wurde mechanisch hinuntergefahren. Ein Knopfdruck, keine liebevollen Menschen, die ihr Kind in die Grabstätte hinabließen. Alles unterlag heute einem Automatismus.

Sie warf die Rose in die Tiefe, dann den Brief, den giftgrünen Affen. Eine Handvoll Erde obendrauf. Jemand umfasste sanft ihren Ellenbogen. Sie sah zur Seite. Es war Lion Breckendorf.

Sie sah noch mehr bekannte Gesichter mit Namen, die sie irgendwo in ihrem Kopf gespeichert hatte. Irgendwo. Freunde, Kollegen, Joshis Lehrer, Frank Ponti, Tom.

*Josh. Ach, mein kleiner Liebling.*

Sie konnte nicht weinen. Tränen gehörten zur Trauer. Dies hier war so viel größer. Sie konnte nicht weinen. Da waren keine Tränen mehr. Da war nichts, nur Leere. Wenn sie jetzt stürzte, würde die Erde auch sie in ein gähnendes schwarzes Loch ziehen – wie Josh. Die Menschen würden hinuntersehen und begreifen, dass da unten von Alexa Erbach nichts mehr übrig war. Keine Haut. Keine Organe. Kein Skelett, nicht mal ein winziger Knochen. Nichts.

Aber wenn da nichts war, lag sie dann neben Josh? Josh. Sie sah hinab. Sein Körper lag da unten in der kleinen weißen Kiste. Vorher hatten sie ihn in der Kapelle aufgebahrt. Sie hatte ihn gesehen, sich von ihm verabschiedet.

„Er hat so friedlich ausgesehen", hatten die Leute geflüstert.

Friedlich bedeutete tot, tot aber friedlich. Der Tod war nicht friedlich, er war grausam, wie auch Gott es sein konnte.

Niemand erzählte ihr, wo Joshis Seele hingeflogen war. Wo blieb das, was einen kleinen Jungen ausgemacht hatte?

*Ich hätte ihn mehr lieben sollen.*

*Ich hätte besser auf ihn achtgeben, ihn besser beschützen müssen.*

Die Packung Pillen lag auf ihrem Nachttisch.

*Später.* Vorher würde sie Gänseblümchen auf sein Grab pflanzen. Wie oft hatten sie gemeinsam Blumenkränzchen daraus gemacht. Oder *ich lieb dich, ich lieb dich nicht* gespielt.

Sie verdiente es nicht, weiterzuleben. *Es tut mir leid.*

Im Zimmer ihres Sohnes hatte sie gestern einen Vierzeiler gefunden.

*Papa küsst Mama nicht mehr und trinkt zu viel Bier.*
*Mama arbeitet und ist oft traurig.*
*Ich bin dumm oder faul.*
*Sorry.*

Vielleicht hatte Josh die Worte an dem Tag geschrieben, als er vom Dach gesprungen war.

Ihre und Toms Schuld war unerträglich und zu einem Berg herangewachsen, den sie beide nicht mehr überbrücken konnten. Hoch bis zu den dunklen Wolken, die im Moment über die Grabstätte hinwegzogen und sich weigerten, den Friedhof mit ihren Tränen zu überschütten.

*Wie war noch mal dein Name, Affe?*

Gregor, fiel es ihr plötzlich wieder ein. Sie hätte ihm vielleicht einen anderen, humorvolleren Namen geben sollen. Sie hörte die sanfte Stimme von Josh.

*Ich will nicht in den weißen Sarg.*
*Ich will nicht unter die Erde.*
*Mir ist kalt.*
*Hier ist es unheimlich und dunkel.*
*Mami, kannst du mich bitte von hier fortbringen?*

Das Knirschen des Kieses kündigte das Ende der Beerdigung an. Die Menschen ließen sie endlich allein.

Lion nahm ihren Arm. „Komm bitte, Alexa."

Sie blieb wie Tom am Grab stehen. *Er ist sein Vater, ich bin seine Mutter. Wir dürfen bleiben, weil wir seine Eltern sind.*

Dann kam der Moment, an dem alles zu Ende war. Die Krähen in ihren schlecht sitzenden, schwarzen Anzügen, mit ihren seltsamen, anachronistischen Kopfbedeckungen entschieden, dass es sein musste. Genug getrauert. Nach Hause gehen.

Tom blieb am Grab stehen, erstarrt, unbeweglich. Solange er da war, würde sie auch bleiben.

Ihr Körper hatte sich in den vergangenen Tagen wieder ein wenig erholt. Er hatte ihre Qual ignoriert und sich den Gesetzen der Natur unterworfen. Dabei wollte sie ihn zerstören, damit Josh leben konnte. Warum musste Joshi sterben? Er hatte das ganze Leben noch vor sich.

Sie nahm eine Opiattablette und legte sie unter ihre Zunge. Als der Schmerz nachließ, blickte sie zu dem Mann an ihrer Seite. Sein Körper zeigte den Verlust seines Kindes, er war schmerzgebeugt.

*Du bist für immer allein mit der Trauer, die wie eine Glaswand zwischen dir und dem Rest der Welt steht.*

Ihr fiel auf, wie sehr Tom sich an seine Trauer klammerte, weil es das Einzige war, was ihm von seinem Sohn geblieben war.

Alexa wusste, wie Tom sich fühlte. Aber sie konnte keinen Schritt auf ihn zugehen. Sie stand auf der anderen Seite der Mauer.

## Kapitel 43

*Die Klinik*

In der forensischen Anstalt waren dreißig drahtlose Kameras verteilt und übertrugen das Geschehen in der Klinik: die langen Gänge, die Großküche, die Isolierzellen, diverse Behandlungsräume und Alexa Erbachs Büro.

In dem Überwachungsraum saß ein älterer Wachmann geduldig vor einer Reihe von Videomonitoren und beobachtete die immer wechselnden Bilder auf den Schirmen.

Während sie an ihm vorüberzogen, kämpfte er gegen einen Tagtraum. Das Ende seiner Schicht war nah, dennoch versuchte er, wachsam zu bleiben. Der Dienst war eine Ehre.

Eines Tages würde ihm dafür die höchste aller Belohnungen zuteilwerden, eine stattliche Rente vom Staat plus eine aus dem Rentenfond seines Arbeitgebers.

Während seine Gedanken kreisten, erweckte ein Bild seine Aufmerksamkeit. Plötzlich und in einem trainierten Reflex, drückte er auf einen Knopf auf dem Kontrollpult.

Das Bild vor ihm blieb stehen.

Hellwach beugte er sich vor und betrachtete konzentriert die Aufnahme, die von Kamera elf übertragen wurde – ein Gerät, das den Keller überwachen sollte.

Doch das Bild vor ihm zeigte definitiv keinen Keller, sondern eine Isolierzelle. Er drückte den Knopf, verstärkte den Kontrast und folgte dem Geschehen, das ihm eine Gänsehaut nach der anderen über den Rücken jagte. Der Neuzugang, den der Arzt dort untergebracht hatte, spielte mal wieder verrückt. Der Psycho beschmierte die Wände mit dem Blut einer Bisswunde.

Der Wachmann seufzte. Die defekte Kamera konnte er auch noch morgen melden. Hauptsache, die Kameras in den Gummizellen funktionierten einwandfrei, denn dort drehten alle durch.

*

Gegen 19 Uhr lief Martin Simon durch den grau gestrichenen Korridor zum Aufzug. Seine Gedanken waren erfüllt mit Bildern von Tod und Leiden, doch auch von Fortschritt, großem Fortschritt, der die Welt verändern würde.

Nicht in seinen kühnsten Träumen hätte er erwartet, dass Freiheit für eine Kleinigkeit zu haben war. Ein junger Wachmann bog um die Ecke des Ganges und grüßte ihn respektvoll, als er näher kam.

„So spät noch bei der Arbeit, Herr Doktor?"

„Manchmal drehen sie zu den unmöglichsten Zeiten durch, Karl", erwiderte Martin und dachte, dass er als Arzt einen überzeugenden Eindruck machte. Die schriftliche Anweisung, die er in seinem Appartement erhalten und auswendig gelernt hatte, enthielt auch den Namen und ein Foto des heutigen Wachdiensthabenden. Karl kannte ihn nicht, da er erst seit drei Tagen in der Klinik arbeitete.

Martin war ein wenig erschöpft. Die Nutte und der Stricher hatten ihm mit atemberaubendem Sex die Nacht versüßt. Er hatte die Frau gequält, nur ein bisschen, um wieder weibliches Blut zu schmecken. Als die beiden gegangen waren, war er sofort eingeschlafen, hatte besonders schlimm geträumt und war schreiend erwacht, mit Eddies warnender Stimme in seinem Hirn: *Da draußen lauert ein Wolf und er will dein Blut.*

Endlich kam der Aufzug, die Türen glitten auf. Er stieg ein. „Gute Nacht, Karl." Er zeigte dem Wachmann seine weißen Zähne und ein Lächeln ohne jegliche Wärme. Er spürte keine.

Martin straffte seinen hochgewachsenen Körper und strich sich müde mit einer Hand durch das lange blonde Haar. Während der Aufzug in das Tiefgeschoss fuhr, säuberte er seine Drahtgestellbrille am Saum seines Arztkittels und rieb sich die Augen, bevor er sie wieder aufsetzte. *Verdammt.* Er hatte etwas vergessen.

Wie war noch mal der Name von diesem Typen, der im Keller um 21 Uhr auf ihn wartete? Gerd? Nee. Fred? Fred, so hieß er. Als sich die Aufzugstür öffnete, ging er ein paar Schritte bis zu einer massiven Stahltür und drückte sie auf. Vor ihm lag ein unterirdischer Lagerraum. Die Fackel in seiner Hand war überflüssig. Überall brannte ein schwaches Licht. Es war kühl hier unten, dachte er, während er durch den dunklen Tunnel marschierte.

Plötzlich blieb er stehen. Etwas stimmte nicht. Er näherte sich einer Tür, dahinter hörte er Stimmen. Ein Name fiel. *Alexa Erbach.* Fast wäre er gestolpert. Er spürte, wie die Luft aus seinen Lungen entwich. Seine Welt begann sich zu drehen. Er hatte sie vergewaltigt und dieses Miststück hatte nicht mal seine Stimme erkannt. Und in der Klinik war sie immer so nett gewesen. Ja, nett. Alles gelogen. Sie war auch nicht besser als all die anderen Weiber. Sie hatte den Tod verdient.

Aber dann hatte er das Auto in der Einfahrt gehört und von ihr ablassen müssen. So ein Mist. Leise öffnete er die Tür einen Spalt und lauschte.

## Kapitel 44

*Die Klinik*

Tom starrte den Mann an, der in einer dunklen Ecke auf einem Stuhl saß und den Lauf einer Pistole auf ihn richtete. Seine kalten Augen blickten ihn gleichgültig an.

Tom zitterte. „Du hast mich hierher gelockt. Ich habe angenommen, dass deine Mail von Lion Breckendorf stammte, der hier auf einen entflohenen Häftling gestoßen ist. Verdammt. Ich habe mein Wort gehalten und Alexa nichts von deiner Mail erzählt."

„Warum solltest du auch? Die Mail kam ja von Lion Breckendorf!" Das Lachen klang hässlich und böse.

Tom verstand plötzlich. Das Blut gefror in seinen Adern. „Wie hast du das angestellt, Bardo? Warum hast du uns das angetan?"

„Ich habe gesehen, wozu du fähig bist, du Arschloch!", rief Bardo. „Wieso hast du nicht verhindert, dass Josh aufs Dach klettern konnte, um hinunterzuspringen? Das nenne ich Versagen!"

Trotz des Entsetzens und der Worte des Mannes, die wie ein Speer seine Seele durchbohrten, spürte Tom, dass weitere Schrecken auf ihn warteten. Sein Blick wanderte wieder zu Bardo. „Wer liegt in deinem Sarg?" Tom richtete den Blick auf eine andere Tür. Ein durchdringender Geruch, den er nur zu gut kannte, stieg ihm in die Nase. Es war der Geruch des Todes.

Bardos Gesicht war völlig ausdruckslos. „Eine völlig bedeutungslose Person."

Tom versuchte sich zu konzentrieren. Trotz des Irrsinns um ihn herum wollte er mehr wissen. „Warum?"

„Man wäre mir kurz über lang auf die Schliche gekommen. Das musste ich um jeden Preis verhindern."

„Hast du meinen Computer mit dem *Staatstrojaner* infiziert?"

Bardo lacht laut auf. „Ach Tom, ich habe Weicheier wie dich noch nie gemocht und ich weiß nicht, was Alexa in dir gesehen hat. Sie ist so klug, aber bei dir hat sie wohl nur mit ihrem Unterleib gedacht. Aber das spielt keine Rolle mehr. Ich habe immer gern mit ihr gearbeitet. Sie hat die Studie abgebrochen, weil sie geahnt hat, dass dabei etwas außer Kontrolle geraten ist. Die Filme, die den Testpersonen gezeigt wurden, waren mit Bildern versehen, die der reinen Manipulation dienten. Ich kann mit STEFKO einen Menschen zum Monster mutieren lassen oder zum lahmen Schaf. STEFKO überwacht und manipuliert. Das ist die wahre Macht." Der Mann holte tief Luft. „Es stimmt, ich habe dich benutzt. Ich habe deinen Computer infiziert, ich wollte wissen, was das BKA so treibt. Dann bin ich auf die Idee gekommen, deinen Computer mit meinem eigenen Programm zu infizieren. Den *Staatstrojaner* hast du entdeckt, also musste *Kiss* ihn entfernen. *Kiss* arbeitet übrigens für mich. Mit STEFKO haben wir nicht nur das BKA überwacht, sondern auch den gesamten Bundestag inklusive *Mutti*. Sie wurden alle hinters Licht geführt. Das Schnüffeln hat richtig Spaß gemacht." Bardo kicherte. „Den Abhörskandal konnte ich den Amerikanern in die Schuhe schieben und Deutschland hat's geschluckt. So konnte ich verhindern, dass sie weiterschnüffeln. Und *Kiss* hat das BKA wissen lassen, dass du für die Russen spionierst." Bardo kicherte. „Schluss mit lustig."

„Wieso?"

„Wieso? Wie dumm bist du eigentlich? Ich liebe Russland, und ich werde es nicht zulassen, dass das Land von Mutti Merkel und diesem Obama isoliert wird."

„Russland hat sich selbst isoliert."

Bardo warf ihm einen hasserfüllten Blick zu, ein Blick, in dem der Wahn loderte. „Ich habe STEFKO an Russland verkauft. Die Russen werden mein Programm weltweit einsetzen, und du wirst es nicht verhindern können."

Schweigen.

Tom war kaum in der Lage, einen klaren Gedanken zu fassen. Er wusste, dass er den Abschiedsbrief an Alexa hätte zerreißen und seine Suizidgedanken beiseiteschieben sollen. Er wusste, dass er sich auf einer Reise ohne Wiederkehr befand. Das Monster würde seinem Leben ein Ende setzen. „Woher stammt das viele Geld?"

„Ich habe mit meinen Programmen ein Vermögen verdient. Es ist legales Geld. Mein Vater hat mir außerdem ein riesiges Erbe hinterlassen. Er war Russe und ist mit sibirischen Amur-Tigerfellen zu Reichtum gekommen. Er war ein sehr wohlhabender Mann."

„War dein Vater auch so ein krankes Schwein?"

Die tödliche Stille, die auf seine Worte folgte, war das Schrecklichste. Dann geschah es. Ein Blitz. Vielleicht knallte es zwei-, dreimal, fast gleichzeitig schlugen die Kugeln in seinen Körper.

Er fiel zu Boden. Er spürte kein Entsetzen mehr. Tom wusste, dass er jeden Moment sterben würde. Er war froh darüber. Eine träge Taubheit erfasste ihn. Sein Schmerz und seine Angst waren betäubt, er wollte für keinen Preis, dass sie zurückkehrten. Seine letzte bewusste Erinnerung kam direkt aus der Hölle: der

Sprung seines Sohnes vom Dach. In der Ferne sah Tom Josh, der ihm zuwinkte. Die Dunkelheit raste ihm entgegen. Ein letztes Mal pumpte er die Lungen voll Luft, dann kam die Kälte und nichts als Schwärze.

## Kapitel 45

*Die Klinik*

Martin hörte zuerst die Schüsse, dann die Stimme seines Gönners. „Du hast gelauscht, Martin. Wie unartig. Komm bitte herein."

Ein durchdringender Gestank stieg Martin in die Nase. Er ging zu der Stelle, wo dieser Tom lag, erschossen von Bardo, wie der Tote seinen Gönner genannt hatte.

Vor ihm lag auf einer doppelten Plane eine zweite Leiche, ein nackter Frauenkörper. Je mehr er über die beiden nachdachte, desto mehr dachte er über die Frage nach, ob das, was sein Gönner vom ihm jetzt erwartete, genauso leicht werden würde, wie dieser es ihm auf dem Rücksitz des Wagens versprochen hatte. Die Frau war wohl vor ihrem Tod auf bestialische Weise gequält worden, der Körper des Mannes war nur durchlöchert.

*Du machst die Welt zu einem besseren Ort, wenn du das für mich erledigst*, hatte Bardo auf dem Rücksitz geflüstert.

Martin ging zum anderen Ende des Raumes und stieß eine weitere Stahltür auf, das genaue Duplikat der ersten. Diesmal begegnete ihm kein Schwall kühler Luft, sondern eine Hitzewelle wie aus einem Glutofen, das in seinen Ohren überlaute Geräusch eines lodernden Feuers und der unverwechselbare Gestank des Todes.

Alle drei Verbrennungsöfen waren in dieser Nacht in Betrieb.

Ein Mann mit einem großen Muttermal unter dem rechten Auge blickte auf, als er den Raum aus Schlackenbeton betrat. Sein muskulöser Körper glänzte vor Schweiß und war verschmiert. Er nickte respektvoll.

„Beeilen wir uns ein wenig", sagte Bardo. „Dauert alles viel zu lang für meinen Geschmack. Vorwärts, vorwärts! Du wirst gut bezahlt für diese einfache Arbeit. Viel zu gut!"

Martins Blick streifte ein letztes Mal den nackten Leichnam der jungen Frau auf dem Betonboden, hellblond und ausgesprochen hübsch, wie aus einem Modejournal.

Vielleicht hatte der Mann an ihr rumgefummelt. Das war sicherlich der Grund, weshalb er hinter dem Plan herhinkte.

Die Öfen fand er ziemlich beeindruckend. *Ein höllischer Anblick.* Martin spürte, dass Bardo ihn beobachtete, als er ein Holzbrett unter den Leichnam der jungen Frau schob.

Er öffnete die schwere Glastür eines Verbrennungsofens. Gemeinsam schoben und stießen sie das Brett mit der Toten in das Feuer. Wie eine Pizza, dachte Martin. Die Flammen fielen für einen kurzen Augenblick in sich zusammen, doch nachdem sie die Tür geschlossen hatten, loderte das Feuer wieder auf.

„In jeder Retorte herrscht eine Temperatur von 3600 Grad Celsius, Martin", erklärte Bardo. „Es dauert etwas mehr als fünfzehn Minuten, einen menschlichen Körper zu reiner Asche zu verbrennen." Bardo seufzte. „Ach Martin. Für mich bedeutet der Ofen hier vor allem eines: keine Zeugen und keine Beweise für das, was geschehen ist, absolut nicht der geringste Hinweis. Aus dem Grund habe ich auch die Kamera im Keller auf eine Gummizelle umprogrammiert."

Martin hob die Augenbrauen. Ein letztes Mal. „Dimitri“, rief Bardo dem Mann mit dem Mal erneut zu. „Verbrenn ihn!“

Martin hörte Bardos Worte und den Schuss, der darauf folgte. Das Letzte, was er spürte, war der höllische Schmerz in seiner Brust.

*

Der Mann im Überwachungsraum kam zu sich und rieb sich die Augen. Er war im Dienst eingeschlafen. Das erste Mal seit fünfzehn Jahren. Er überprüfte die Videomonitore. Alles ruhig. *Was hast du bloß für einen idiotischen Traum gehabt?* Er blickte auf die Uhr an der Wand. In zwei Minuten kam die neue Schicht. Rasch packte er seine Thermoskanne und die Tupperdose in seine alte Aktentasche und verließ den Raum.

An der Tür drehte er sich noch einmal um und tippte seinen Finger an die Stirn.

„Bis morgen, Jungs!“

## Kapitel 46

*Berlin-Grunewald, ein halbes Jahr später*

Nach längerer Zeit war Alexa wieder ans Klavier zurückgekehrt. Ihre Finger glitten über die Tasten, als hätte sie erst gestern zuletzt Chopins Bolero a-Moll Opus 19 gespielt. Während sie die letzten Noten anschlug, kam sie zum x-ten Mal zu dem Ergebnis, dass das Piano verstimmt war. Es hatte einen schrägen Klang, ohne jene Wärme, die man für Chopins Meisterwerk benötigte. Allerdings war ihr gutes Stück auch kein Steinway-Flügel, sondern ein einfaches Piano.

„Bravo", ertönte eine sanfte Stimme hinter ihr, begleitet von lautem Händeklatschen.

Sie drehte sich um und lächelte. „Hallo, Lion. Was für eine schöne Überraschung!"

Er zögerte einen Moment. Dann reichte er ihr eine Schachtel Pralinen. „Ich habe dir etwas zum Naschen mitgebracht."

„Danke. Wie nett von dir." Sie nahm die Überraschung entgegen. „Giotto. Meine Lieblingspralinen!"

Lion schmunzelte. „Aber nicht alle auf einmal, soll ich dir von Philipa ausrichten und einen lieben Gruß." Er zeigte auf das Piano. „Du hast wundervoll gespielt. Welches Stück ist es? Ich tippe auf Chopin."

„Richtig. Chopins Bolero a-Moll Opus 19." Sie sah auf das Notenblatt. „Ich habe in den vergangenen Monaten zu oft seine Tristesse gespielt. Es wurde Zeit für ein anderes Stück."

„Chopin stimmt traurig. Trauer ist aber wichtig, um zu überleben."

Sie schenkte ihm ein Lächeln. „Das hat Tom auch immer gesagt."

„Und ist es so?"

„Manchmal", erwiderte Alexa und legte die Schachtel auf das Piano. „Heute hat der Klang des Pianos mich traurig gestimmt. Es ist völlig verstimmt."

„So schlimm war es doch gar nicht."

„Hm, das hört nur ein geübtes Ohr, Lion. Ich wollte mir immer einen Flügel kaufen. Aber Josh war dagegen, obwohl Tom die Idee auch gut fand. Aber Josh mochte unser altes Piano. Schade, dass ich nie wieder etwas für ihn spielen kann." Sie sah ihn an. „Hast du etwas über Tom in Erfahrung bringen können?"

Lion warf ihr einen nachdenklichen Blick zu und schüttelte den Kopf.

„Schade." Da war sie wieder, die lähmende Traurigkeit, die sie erfasste, wenn sie an Toms Verschwinden dachte.

Lion schwieg.

Sie hatte auch nichts anderes von Toms Freund erwartet. „Ich habe in den letzten Tagen häufig an Josh und Tom gedacht." Sie presste ihre Hände zusammen.

„Du vermisst sie sehr, nicht wahr?"

Eine überflüssige Frage, die Lion soeben geflüstert hatte. Sie nickte. „Sehr." Ihre Stimme klang heiser. Sie schluckte die aufkommenden Tränen hinunter.

„Unsere Untersuchung hat ergeben, dass er sich das Leben genommen haben muss. Du hast seinen Abschiedsbrief gelesen. Er war ein sensibler Mann, der den Verlust seines Sohnes nicht verkraftet hat. Er war nicht so stark wie du." Er hielt inne, holte tief Luft. „Da ist noch etwas, Alexa. Er hat mit mir vor seinem Tod über ein Problem gesprochen, das ihn beschäftigt hat. Sein Computer wurde überwacht. Experten vom BKA haben aber etwas anderes behauptet. Sie sagen, dass Tom für die andere Seite gearbeitet hätte."

Sie wurde hellhörig. „Wovon sprichst du? Welche andere Seite?"

„Tom hat für die Russen gearbeitet. Ein Computerspezialist hat es mir gesteckt. Der Nachrichtendienst hat es dann bei der Überprüfung seines Computers festgestellt."

„Niemals! Niemals hat er das getan. Tom war absolut loyal."

„Ich weiß das auch, Alexa. Aber die Behörden behaupten was anderes. Hast du noch etwas in Händen, womit wir seine Unschuld beweisen können?"

„Nein. Vor Monaten haben das BKA und der Staatsschutz bei der Hausdurchsuchung alles beschlagnahmt."

Sie spielte nervös mit der Perlenkette an ihrem Hals. „Niemals hat Tom das getan. Er hat zum Schluss getrunken, ja, verdammt, er wurde zum Alkoholiker und ich weiß nicht mal weswegen. Aber Spionage für die Russen? Nein! Niemals!"

Lion räusperte sich. „Ein Kollege bekam neulich einen anonymen Hinweis zum Aufenthaltsort von Martin Simon. Wir haben daraufhin eine Streife vorbeigeschickt, aber der Vogel war schon ausgeflogen." Er holte tief Luft. „In seiner Wohnung wurden Unterlagen gefunden, die Toms Aktivitäten in diese Richtung bestätigen. Und dort fanden wir dieses Dokument." Er reichte ihr die Adoptionsurkunde, die sie seit Monaten vermisste.

„Tom hatte sie an sich genommen. Was hat Tom mit diesem Psychopathen zu tun?"

„Sie kannten sich, haben sich getroffen. Auf Toms Laptop war eine E-Mail von Tom an Simon."

„Aber … Das kann nicht sein. Simon war mein Patient, der bis zu seiner Teilnahme an der Neurotec II-Studie gute Fortschritte gemacht hatte. Doch eines Tages sprang er Dr. Kramer an die Kehle. Ich habe mich daraufhin entschieden, die Studie abzubrechen. Saftige Wiesen und Meeresrauschen waren wohl nicht sein Ding. Kurz darauf ist er ausgebrochen. Er war sehr gefährlich. Was wollte Tom von ihm?"

„Tom hat herausgefunden, dass Simon der Mann war, der dich überfallen hat. Ich kann das bestätigen. Wir haben Hinweise in seiner Wohnung gefunden."

Plötzlich wurde ihr kalt. „Welche Hinweise?"

„Fotos."

Sie schlug die Hände vors Gesicht. „Was muss ich noch alles ertragen?", schluchzte sie.

Sanft berührte er ihre Schulter. „Nur drei Kollegen haben die Fotos gesehen, Alexa. Die Akte liegt unter Verschluss."

Sie nickte und trocknete ihre Tränen. „Gibt es noch weitere Hiobsbotschaften?"

„Tom hat mir einige Wochen vor seinem Tod von Visionen erzählt, die ihn plagten. Im Grunde fing alles mit dem Fund einer grausam entstellten Leiche am Möwensee an. Er hatte in den darauffolgenden Wochen immer wieder dieses Bild vom Fundort vor Augen."

Alexas Augen füllten sich erneut mit Tränen. „Er hat mir davon erzählt. Warum musste er zu diesem Tatort kommen? Das BKA ist doch nicht für diese Dinge zuständig."

„Er meinte, dass das BKA von einem Serientäter ausginge und er deshalb dorthin bestellt worden sei. Allerdings haben die Nachforschungen ergeben, dass das BKA ihn nicht involviert hatte und er auch nie einen Anruf vom BKA in dieser Sache erhalten hat."

Sie hob die Augenbrauen. „Woran hat Tom gearbeitet?“

„Das darf ich dir nicht sagen.“

Sie wurde wütend. „Nicht sagen? Glaubst du, ich gehe gleich vor die Tür und posaune, mein Mann hat … Los, sag es mir!“

Er holte tief Luft. „Also gut. Das Innenministerium hat ihn beauftragt, die Überwachungssoftware PrePol mit sensiblen Daten zu füttern und das Programm zu prüfen.“

„Das Innenministerium hat auch die Neurotec II-Studie in Auftrag gegeben. Eine Mindmachine sollte aus unseren Patienten bessere Menschen machen. Wir konfrontierten die Testpersonen mit Bildern, die besänftigend wirken. Bei Simon hat es nicht funktioniert. Wir haben vor einigen Jahren eine ähnliche Studie im Auftrag des Innenministeriums durchgeführt und erfolgreich abgeschlossen.“

Er streifte sie mit Erstaunen.

„Nein, Lion. Ich weiß, was du jetzt denkst. Ich habe mir die Fotosequenzen vorher angesehen und einige Aufnahmen selbst ausgewählt. Die Filme wurden von mir vor dem Einsatz noch einmal überprüft. Es hatte alles seine Richtigkeit.“

„Hm … Es gibt da noch etwas. Tom hat dir zwar einen Abschiedsbrief hinterlassen, in dem er dir seinen Freitod erklärt, aber die Behörden misstrauen dem Ganzen, weil es keine Leiche gibt. Gegen Tom wird ermittelt und es wurde ein internationaler Haftbefehl erlassen. Ich wurde von den Ermittlungen ausgeschlossen, weil ich befangen bin, auch wegen meiner Freundschaft zu dir. Ich kann nichts mehr für dich tun.“ Er legte seine Hand auf ihren Arm.

„Es tut mir leid.“

Wieder spielten ihre Finger nervös mit der Perlenkette.

Plötzlich errötete Lion. Er fand keine Worte.

„Schon gut, Lion. Du hast so viel für mich getan. Ich sollte den Tatsachen ins Auge sehen." Sie lächelte. „Die Kette ist übrigens ein Geschenk von Tom, ein Familienerbstück."

Schweigen.

Er setzte sich neben sie auf den Klavierhocker und legte den Arm um ihre Schulter. „Alexa, ich glaube, dass Tom nicht mehr lebt und dass er sein Wissen mit ins Grab genommen hat. Wir werden niemals wissen, was mit ihm geschehen ist und was tatsächlich in ihm vorging. Aber er hat mir etwas gegeben, das für dich bestimmt ist. Ich musste Tom versprechen, dass, wenn ihm etwas zustoßen sollte, ich es nur dir übergeben werde."

Er griff in seine Jackentasche und gab ihr einen braunen Umschlag, den sie auf das Piano legte. „Philipa und ich werden immer für dich da sein. Das verspreche ich dir."

Sie starrte auf die Pianotasten. „Ich weiß, Lion. Mein Sohn ist tot, Josh konnte ich begraben. Tom hat Selbstmord begangen, aber weshalb hat man seine Leiche nicht gefunden? Die Frage quält mich seit Monaten."

„Das verstehe ich. Aber im Grunde … Ich meine … mit Tom ..."

Sie blickte in seine Augen und verstand. Lion wollte ihr behutsam beibringen, dass Tom zu den Menschen gehörte, die nicht gefunden werden wollten. *Behalte Tom in Erinnerung, wie er war,* stand unausgesprochen zwischen ihnen.

Lion hob eine Augenbraue. „Alles okay?"

„Du bist ein sehr rücksichtsvoller Mann, Lion", sagte sie leise.

Er hielt sie, bis keine Tränen mehr übrig waren.

Als Lion einen Kaffee in der Küche zubereitete, nahm sie den Umschlag vom Piano und riss ihn auf. Sie atmete tief ein.

In dem Umschlag lag ein altes, in schwarzes Leinen gebundenes Tagebuch. Sie schlug die vergilbten Seiten auf und begann zu lesen.

*Sibirien 1909*

*Ich bin von kleiner Gestalt, ein spindeldürrer Pflock mit schmalen Schultern und Hüften und einer struppigen schwarzen Haarmähne. Auch meine Augen sind dunkel, mein Lächeln breitet sich nur zögerlich auf meinem Gesicht aus, aber es wirkt ansteckend, hat meine Mutter einmal gesagt und dass meine slawische Herkunft mir gut anzuhören und noch besser anzusehen ist, in der grimmigen Entschlossenheit, die in meinen Augen lodert.*

*Ich bin Marek Erbach, dein Vater. Ich schreibe dieses Tagebuch für dich, mein Sohn, den ich eines Tages in meinen Armen halten werde und der mich mit Stolz erfüllen wird.*

*Als ich in dem kalten Land im äußersten Osten von Russland eintraf, besaß ich kaum mehr als die Kleidung, die ich trug. Ich fand ein raues, aber prächtiges, unberührtes Land an der Grenze zu China vor. Eine einsame und öde Landschaft, in der die Menschen sich mithilfe des pfeifenden Schlages der Axt und des grausamen Klanges der stählernen Tierfalle ernährten, die zuschnappte, um die wertvollen Tiger zu fangen.*

*Ich wusste nicht viel über sibirische Amur-Tiger, aber die Fallenleger brachten mir bei, wo und wie man die Fallen setzen musste, damit sie Profit brachten, wie man mit einem*

*Rudel Hunde umgehen musste, wie man ein Tier häutete und ein Fell spannte. Sie warnten mich auch vor den Gefahren des sibirischen Winters; Temperaturen, die bis 30 oder 50 Grad unter null sinken konnten und dem Wahn, der jemand überkommen konnte, der sich allein und völlig eingeschneit in der Wildnis aufhielt. Ich hörte zu und notierte jede Einzelheit in meinem Tagebuch und verschwand.*

*Ich zog mir Erfrierungen zu, wurde von einem Amur-Tiger schwer verletzt und wäre fast ums Leben gekommen. Zehn Wochen war ich eingeschneit und neunzehn Tage am Rande des Wahns gewesen. Stimmen erwachten aus dem Eis, tuschelten in der Nacht. Ich liebte sie. Im Frühling kehrte ich zu deiner Mutter zurück, mit hohlen Wangen, die Augen in tiefen Höhlen und mit dem Gang eines Schlafwandlers, aber mit achteinhalbtausend Dollar auf meinem Konto. Ich erzählte ihr von dem Land, wo ich gewesen war. Die Stimmen aus dem Eis erwähnte ich nicht.*

*„Zeig es mir", sagte sie.*

*Einen Monat später standen wir als Ehepaar auf einer sibirischen Anhöhe.*

*In dieser wilden Einsamkeit wurdest du ein Jahr später geboren. Ich hörte deinen ersten Schrei, blickte auf dein zusammengekniffenes Gesichtchen in der Wiege und teilte meine Freude mit den Stimmen. Es war vollbracht.*

*Draußen fegte der Wind die Schneeflocken gegen die Fensterläden. Als ich zum Bett deiner Mutter zurückkehrte, war sie eingeschlafen. Ich blieb lange stehen, ohne mich zu bewegen, dann beugte ich mich über sie und dachte, dass ich tief in meinem Inneren alle Frauen hasste.*

*Ich hatte während der Geburt kein Mitleid mit deiner Mutter empfunden. Deine Schreie würde ich lieben, aber die Schreie deiner Mutter hallten nur in meinem Kopf nach. Dann stiegen die Stimmen aus der Tiefe empor. Ich konnte ihr Flüstern hören. Sie murmelten, ein Kind braucht keine Mutter.*

*Auf den grausamen Klang des Todes habe ich bei deiner Mutter verzichtet, als ich ihren Kopf vom Körper trennte. Sie tötete ich im Schlaf.*

*Ich hob dich hoch. Die Natur erwartete uns. Draußen zeigte ich dir die eisige Kälte.*

*Die Stimmen gaben dir den Namen Bardo – der Wolf mit der Axt, aus dem Eis erwacht. „Wir werden dir zeigen, was es bedeutet, ein Wolf zu sein", tuschelten sie und entfernten sich.*

Sie blätterte weiter. Ihr wurde übel und sie legte das Tagebuch beiseite, wollte nicht weiterlesen, wollte nichts über die grauenvollen Taten wissen, die auch Bardo Erbach später begangen hatte und die ihr Adoptivvater in diesem Tagebuch festgehalten hatte. Als Psychiater hatte sie bei Bardo Erbach versagt, die Zeichen des Wahns nicht bemerkt.

Sie blickte auf.

Lion stand vor ihr, mit zwei Tassen Kaffee in der Hand und sah die fragend an. Ihr Herz klopfte wild, sie zitterte und ihr war kalt. Panik erfasste sie. *Tief einatmen!* Das hatte ihr Bernhard Kramer empfohlen, der sie tagtäglich als Psychiater therapierte. *Atmen Sie tief und langsam ein und aus.*

Es half nicht. *Tom … Josh …*

Der Schock. Toms Zeilen, Joshis Blut auf den Fliesen, dieses Tagebuch.

*Hilf mir, Tom.*

Nie wieder Toms zärtlicher Blick, nie wieder Joshs lebhafte Kinderaugen. Nie wieder ihre Umarmungen. Nie wieder ihr Lachen. Nie wieder ihre Stimmen. Nie wieder. Alles vorbei.

Sie schüttelte den Kopf. Schneller und schneller, schluchzte heftig. „Was soll ich jetzt tun? Ich weiß es nicht. Ich will es nicht wissen. Oh Gott, ich weiß es nicht.“

Sie schlug mit den Fäusten auf die Klaviertasten. Immer wieder und wieder.

Lion zog sie an sich, nahm sie in den Arm. „Ist ja gut, Alexa. Ist ja gut.“ Er schaukelte sie wie ein kleines Kind, flüsterte ihr beruhigende Worte ins Ohr. Aber sie konnten sie nicht trösten, ihr nicht sagen, was sie jetzt tun sollte. Es gab nur einen, der das konnte. Tom.

*Wo bist du? Tom ... Bitte komm zurück.*

*Ich brauche dich so sehr.*

## Kapitel 47

*Bangkok*

In Bangkok verließ Janus seine Yacht. Die quirlige Metropole Thailands war übersät mit buddhistischen Tempeln von faszinierender Schönheit und hatte ihn schon immer durch ihren ganz besonderen Charme fasziniert.

Gemächlicher lief das Leben in den Dörfern entlang der verschlungenen Seitenarme des Chao Phraya ab, Dörfer, in denen Armut herrschte und in denen die käufliche Liebe in allen Varianten angeboten wurde. Er hatte sie schon oft gekostet.

Heute brachte ihn jedoch ein knatternder Tuk-Tuk in die Khao-San-Road, vorbei an den Straßenhändlern mit ihren traditionellen Handwerksprodukten, ihren Stoffen und modischen Accessoires. An jeder Straßenecke schenkte man ihm ein herzliches Lächeln, doch er ignorierte dies ebenso wie die betörenden Düfte der Garküchen. Stattdessen hielt er vor einer Werbetafel, die Waren aller Art anpries. Das Schild stand in einer schummrigen Einkaufspassage. Er wartete. Eine junge Frau in einem Seidenkleid trat an ihn heran. „Was suchst du?“, fragte sie in einem schlechten Englisch.

„A new ID.“

Seine knappe Auskunft reichte ihr. „Follow me!“

Er folgte ihr. Sein Hirn sog ihren geschmeidigen Gang auf und fast wäre er schwach geworden und hätte ihr ein Angebot gemacht. Sie führte ihn durch die Einkaufspassage zu einem Stand mit Aquarellbildern von Stränden und Sonnenuntergängen, wo Chai Mai ihn bereits erwartete und auf ihn zukam. „Guten Morgen, Janus. Was kann ich heute für Sie tun?"

Er kannte den fünfundvierzigjährigen Thailänder seit vielen Jahren. Hier in Thailand war er gut zu den Frauen und hatte sie immer fürstlich für ihre Liebesdienste entlohnt. Chai Mai schätzte ihn deshalb sehr. Er bat ihn, auf einem kleinen Holzhocker Platz zu nehmen.

Janus musterte den Mann mit Schnurrbart und Hawaiihemd. Der Thailänder atmete schwer. Er litt unter Bronchitis und Asthma und war oft erschöpft, hatte er einmal erklärt. Bangkok hatte mit erheblichen Umweltproblemen zu kämpfen. Eine dichte Wolke aus Abgasen lag permanent über der Stadt und seit dem Bau der Hochhäuser war die Ventilation der Straßen nicht mehr gewährleistet, wodurch die Konzentration der Giftstoffe im Laufe der vergangenen Jahre dramatisch angestiegen war.

„Was macht dein Asthma?"

„Irgendwann werde ich wohl aus gesundheitlichen Gründen die Stadt verlassen müssen, Janus."

Er nickte. „Ein Vögelchen hat mir gezwitschert, dass du neuerdings auch Ausweise verkaufst, Chai Mai."

Der lächelte und kramte eifrig zwei blaue Plastikmappen hervor, die einige Muster an Ausweisen enthielten: Presseausweise, Führerscheine, Geburtsurkunden. Dann hielt er ihm einen eingeschweißten deutschen Personalausweis vors Gesicht. „2000 Baht. Vierzig Euro."

Er lehnte ab. Das Dokument wirkte zwar echt, entsprach aber nicht dem, was er suchte. „Hast du auch Pässe?"

„Ja", murmelte Chai Mai. „Aber das wird richtig teuer."

Janus lachte. „Kein Problem. Wie viel?“

„3000 Euro, unabhängig von der Nationalität.“

„Kannst du mir einen *echten* Pass besorgen, Chai Mai?“

„Welches Land?“ Chai Mai beäugte ihn mit seinen schmalen Augen. „Hast du Ärger zu Hause?“

„Darüber möchte ich nicht sprechen“, antwortete er. Dimitri hatte ihm zwar eine neue russische Identität geschenkt, aber darauf wollte er sich nicht verlassen. Die Russen waren unberechenbar. Er wollte ihnen sein Leben nicht anvertrauen. Aus dem Grund hatte er Dimitri auch die Gesichtsoperation verschwiegen. Für STEFKO hatte er 125 Millionen Euro erhalten. Damit war der Deal abgeschlossen. Er sah Chai Mai an. „Erzähl mir mal etwas über dein neues Geschäftsmodell, mein Freund.“

„Sorry Janus, es geht mich ja auch nichts an. Problem hin oder her. Du bist unser Freund. Nicht alle Pässe sind geklaut. Manche kaufe ich von Thailand-Touristen, die finanzielle Probleme haben. Ich zahle ihnen 900 Euro pro Pass. Auf diesem Weg habe ich einen Pass eines Kanadiers bekommen, der kurz darauf verunglückt ist und anonym beerdigt wurde. Wenn du damit etwas anfangen kannst, geht es mit einer neuen Identität deutlich schneller.“

„Du hast mein Interesse geweckt, Chai Mai.“

Als Janus vier Tage später seinen kanadischen Reisepass und eine Geburtsurkunde abholte, behielt er vor der Aquarell- und Ausweisbude die Straße im Blick. Ein Polizist patrouillierte auf und ab. Die Polizeiwache war nur ein paar Hundert Meter weiter entfernt. Die Geschäfte von Chai Mai störten sie nicht. Der Thailänder ermöglichte den Polizisten mit einem ordentlichen Bestechungsgeld ein angenehmes und sorgenfreies Leben.

Janus dankte Chai Mai, indem er für den Mann und seine Familie ein Haus in Chanthaburi, Thailands Gartenprovinz, kaufte, wo die Luft sauber war.

## Epilog

*Zwei Wochen später – irgendwo im Atlantik*

Janus kicherte. Er tanzte drogenumnebelt auf dem Deck seiner Yacht zu den Klängen von Heavy Metal Mix 6 und wirbelte die Zeitungen wild umher. Seine Stirn war bandagiert und die Enden der Bandagen flatterten im Wind. Auf seinem Gesicht klebten schmale weiße Pflästerchen, um die frischen Narben an den Augen, der Nase, den Wangen, dem Kinn, und den Ohren zu schützen. Janus hatte sich für den Schönheitschirurg Dr. Rodrigo Sanpão entschieden. Der brasilianische Michelangelo des Schönheitsskalpells hatte ihm in Rio de Janeiro das Gesicht eines kanadischen Holzfällers modelliert. Eine Haartransplantation hatte die Veränderung seines äußeren Erscheinungsbildes perfekt abgerundet. Niemand aus seiner Vergangenheit würde ihn wiedererkennen. Einen Moment lang dachte er an seine Beerdigung. Alexa hatte geglaubt, dass er im Sarg auf Samt gebettet lag, ebenso die beiden Typen vom Staatsschutz, dabei war es nur der Körper irgendeines Penners gewesen, der eine Gesichtsmaske aus Silikon getragen hatte. Selbst der Bestatter Walther hatte keinen Verdacht geschöpft. Für Geld hatte er sich Walthers engsten Mitarbeiter kaufen können und sich des elendigen Schmarotzers später entledigt. Ein hübscher kleiner Unfall war ihm dabei dienlich gewesen. In seiner Situation hinterließ man keine Zeugen. Ein letztes Mal betrachtete Janus sein Gesicht aus Silikon. Dann zerstörte er es und übergab die zerfetzte Maske dem Meer.

Sein neues Leben konnte beginnen. Er schaltete den Laptop ein und begab sich in den geheimen Chatroom Oasis.

„Möchtest du eine Geschichte hören?“ Janus strahlte Anastasia aus Moskau an.

„Sicher!“

„Versprichst du, niemandem davon zu erzählen?“

„Okay! Ich liebe Geheimnisse. Sie haben Seele.“

„Gib mir dein Wort.“

„In Ordnung. Du hast mein Wort“, erwiderte sie.

„Im Grunde fing alles in Sibirien an. Ich fand einen Brief von meinem Vater an meine Mutter, der mit folgenden Worten begann: Keiner liebt dich so wie ich, keiner wird das jemals können, weder heute, noch irgendwann. Wir sind füreinander bestimmt, und daran wird nichts und niemand etwas ändern. Wir werden in den Wäldern von Sibirien eine Hütte bauen, ich werde für uns Amur-Tiger jagen und mit ihren Fellen ein Vermögen verdienen. Wir werden einen Sohn haben, da bin ich mir sicher. Wir werden für immer zusammen sein, irgendwann. So oder so.“

„Das ist der Beginn einer Liebesgeschichte, nicht wahr?“

„Gewiss. Es könnte auch der Beginn unserer Liebesgeschichte sein. Nur, dann müsstest du zu mir auf meine Yacht kommen.“

„Du hast eine Yacht?“

„Wenn du kommst, lege ich dir die Welt zu Füßen. Soll ich dir ein Flugticket schicken, Anastasia?“

Die strahlte ihn über den Bildschirm an. „Ja“, hauchte sie ihn an.

„Ich werde dir den Himmel auf Erden bereiten, Janus.“

*Und ich dir die Hölle, du kleine Nutte.*

Einige Minuten später schaltete er den Laptop aus. Er dachte an seine Adoptivtochter und daran, dass er sie aufgeben könnte. Er könnte, wenn er wollte. Aber es wäre viel interessanter, sie eines Tages aufzusuchen. Er war schon immer verrückt nach Alexa gewesen, hatte es ihr aber nie zum Ausdruck gebracht. Die kalte Schulter hatte er ihr gezeigt. Und dann war dieser Diavelli in ihr Leben getreten und er hatte Höllenqualen gelitten.

Noch leckte Alexa ihre Wunden. Aber eines Tages …

Der Gedanke bewahrte das Lächeln auf seinem Gesicht.

Sein Blick wanderte zu den Zeitungsausschnitten, die auf dem Deck verstreut lagen und die der Wind peu à peu auf den Atlantik hinauswirbelte.

Plötzlich lachte er laut auf. Die Welt änderte sich, nur er blieb derselbe. Mit STEFKO hatte er das Weltgeschehen mächtig aufgewirbelt …

**Oktober 2014**

*Die Süddeutsche Zeitung berichtet, dass die Schweizer Polizei mit einer Spezial-Software Verbrechen punktgenau voraussagen will. Nachfragen sind aber unerwünscht.*

**Januar 2015**

*… Der Hackerangriff auf das Datennetz des Deutschen Bundestages soll bereits stattgefunden haben. Der Angriff soll aus Russland kommen …*

**11. Februar 2015**

*Die Überwachungssoftware ist datenschutzrechtlich nicht zu beanstanden.*

**12. April 2015**
*Die Medien berichten, dass der G7-Gipfel ohne Wladimir Putin stattfindet, weil sich die Gastgeber nach der völkerrechtswidrigen Annexion der Krim außerstande sieht, den russischen Präsidenten Putin zum Treffen einzuladen. Man könne nicht einfach so tun, als sei nichts geschehen.*

**2. Juni 2015**
*Der Hackerangriff auf das Datennetz des Deutschen Bundestages nimmt immer bedrohlichere Ausmaße an, melden die Nachrichtenportale. Angeblich führt die Spur in östliche Geheimdienstkreise …*

**8. Juni 2015**
*Präsident Obama äußert sich beim G7-Gipfel, dass Russland momentan isoliert sei. Deutlich präsentieren sich die sieben Staats- und Regierungschefs als Verbund der gemeinsamen Werte.*

**10. Juni 2015**
*Putin wird mittlerweile „der isolierte russische Staatschef" genannt. Er wirft den führenden Wirtschaftsnationen Desinteresse an seinem Land vor, obwohl er kompromissbereit sei. Die anderen Staaten sind davon überzeugt, dass sie „das" nicht mehr benötigen.*

**19. Juni 2015:**
*Der Trojaner im IT-System des Parlaments kursiert schon seit Anfang Januar durchs Bundestagsnetz – wie ein Puzzle. Die bisher größte Hacker-Attacke auf den*

*Bundestag dauert schon wesentlich länger als bisher bekannt.*

**2. Juli 2015**

*Der Kanzleramtschef hat den amerikanischen Botschafter zu einem umgehenden Gespräch ins Kanzleramt gebeten, weil die Bundeskanzlerin und Mitarbeiter der Bundesregierung durch den amerikanischen Geheimdienst NSA abgehört wurden.*

**9. Juli 2015**

*Es wird behauptet, dass die Bundeskanzlerin nicht an einer Aufklärung in Sachen Abhöraffäre interessiert sei. Man spricht von der „anhaltenden Verweigerungshaltung der Kanzlerin". Die Kanzlerin selbst soll sich dahingehend geäußert haben, dass man die „Amerikaner" nicht ändern könne.*

Liebe Leserin,

Sie können sich nicht vorstellen, wie ich mich über Ihre Karte und die Gummibärchen gefreut habe. Woher wussten Sie, dass ich diese kleinen bunten Bären während der Schreibphase verschlinge?

Wie gerne meine Augen Ihre Zeilen gelesen haben. Es kam mir vor, als würde ich mit Ihnen gemeinsam über ein Wortparkett tanzen. Mein Thriller hat Ihnen also gefallen. „In Eiskalter Plan liegt die Seele meiner aller gewesenen Zeit", haben Sie geschrieben und zitieren mit diesen Worten den Schriftsteller Carlyle. Viele Leser und Leserinnen haben ähnlich empfunden, doch nie wurde es so treffend formuliert. Leider kann ich mich nicht persönlich bei Ihnen bedanken, denn die Karte trug keinen Absender. Deshalb mache ich es auf diesem Wege.

Viele Leser haben mich gebeten, die Kurzgeschichte „SIBIRIEN – Die aus dem Eis erwachen" fortzusetzen, die im 38. Int. Writemovies Contest, Los Angeles, das Finale erreicht hat. Mit dem Psychopathen „Janus" habe ich diesem Wunsch entsprochen.

„Dr. Dr. L.", mein besonderer Dank gilt dir, danke für deine Erläuterungen in Sachen Predictive Policing (vorhersehbare Polizeiarbeit), dafür, dass ich dich immer ansprechen konnte – auch wenn der Mond seine Runden über Kettwig drehte – und du meine Fragen geduldig beantwortet hast. Ohne „Dr.

Dr. L.“ wäre EISKALTE VERSCHWÖRUNG nicht entstanden.

Recht herzlich danke ich außerdem:

Dr. Kamphausen, Rechtsmedizin Köln, für seine wertvollen Hinweise in Fragen der Obduktion und für das Korrekturlesen der Passagen. Besonders für sein „Bitte nicht, Frau Korten.“

Prof. Dr. Kristin Taley, Washington DC, many thanks for your advice and information about total surveillance, data breaches and cyberwar. You're amazing.

Dr. Steve Carter, MGM Studios Inc. Los Angeles, thanks for the „drone missile strike“ and your friendship.

Michael Craciun, Polizeioberkommissar bei der Polizeiinspektion Göttingen und Stadtrat im Magistrat der Stadt Witzenhausen für seine Einschätzung in Sachen Predictive Policing.

Dr. Dimitri Smirnow, ich vermute, es gefällt dir, dass in EISKALTE VERSCHWÖRUNG ein „Dimitri“ sein Unwesen treibt. Vielen Dank für deine Hinweise in Sachen Kreml. Вилен Благодаря

Christine Hochberger, Buchreif, für den ersten Blick auf das Manuskript und die wertvollen Hinweise.

Katrin Scheiding, die mir den Befehl gab: Schreib dieses Buch!

Manfred Bülow, vielen Dank für die „Berlinberatung“ und deine Freundschaft.

Brigitte Pacholeck, Lektorin bei CW Niemeyer, die dem Buch den letzten Schliff gab.

Den Mitarbeitern bei CW Niemeyer Buchverlage, die alles gegeben haben, damit Eiskalte Verschwörung im November 2015 erscheinen konnte.

Peter, ohne dich wäre der Mond Löwenzahn.

Last but not least komme ich wieder auf Sie zurück, liebe Kartenschreiberin und verabschiede mich von Ihnen mit einem Zitat der Dichterin Marie-Henri Beyle, besser bekannt unter dem Pseudonym Stendhal: „Ein Roman ist wie der Bogen einer Geige und ihr Resonanzkörper wie die Seele des Lesers."

Wir werden nicht zulassen, dass technisch manches möglich ist, aber der Staat es nicht nutzt."

(Angela Merkel - 2008)

„Das Internet ist für uns Neuland"

(Angela Merkel - 2013)

Liebe Leserinnen, lieber Leser

das Thema Überwachungssoftware, Drohnen und der Einsatz der Mindmachine bei Gefangenen hat mich als Autorin schon immer interessiert, weil ein Freund (L)von mir Polizeisoftware entwickelt und wir in der Vergangenheit schon oft kontrovers darüber diskutiert haben.

In diesem Roman habe ich viele mögliche Szenarien zur Sprache gebracht, die der Öffentlichkeit (noch) nicht bekannt sind.

Die Mindmachine verursacht eine optische Täuschung für den Menschen, der gemeinhin auf die Nachbildwirkung auf der menschlichen Netzhaut zurückgeführt wird, während gleichzeitig Töne eingespielt werden. Diese Töne in Zusammenwirkung mit den Lichteffekten nehmen Einfluss auf den mentalen Zustand (Befindlichkeitsveränderungen und subjektive Wahrnehmungen, Epilepsie-Anfall). Unangenehm sind auch plötzliche Frequenzübergänge oder Störungen, die zu einer vorübergehenden Desorientierung und unkontrollierten Bewegungen (wie im Roman bei dem Kind Josh) führen können.

Predictive Policing: Polizisten sitzen vor dem Computer und können genau voraussagen, wo im Laufe des Tages Verbrechen geschehen werden, so wie Meteorologen das Wetter voraussagen. Per E-Mail schlägt das Windows-Programm automatisch Alarm, wenn irgendwo in der Stadt neue Einbrüche drohen. Ist es der Beginn einer Revolution in Sachen Polizeiarbeit? In der Praxis liegt das System oft richtig.

Michael Craciun, Polizeioberkommissar, Stadtrat, Kreistagsabgeordneter, Abgeordneter im Landeswohlfahrtsverband Hessen und Mitglied im Bezirksvorstand CDU Kurhessen-Waldeck, ist da anderer Meinung und beantwortete meine Frage nach Predictive Policing wie folgt. „Ich persönlich halte diese Software nicht für ein ‚Wundermittel', sondern für die logische Fortsetzung der manuellen Daten- und Erfahrungssammlung, die es schon seit Jahrzehnten gibt. Schon heute werden z. B. räumliche Schwerpunkte bei einigen Deliktsarten in die Prävention mit einbezogen. Die Vielzahl der Informationen, die datentechnisch in einer Software gespeichert werden können, erscheint mir hilfreich, um noch präziser planen zu können. Neben diesen nützlichen Hilfsmitteln wird es aber auch weiterhin notwendig sein, das menschliche Gehirn (kriminalistischer Spürsinn) zu benutzen."

In einem kritischen Kommentar der Piratenpartei des Bundeslandes Bayern hieß es zu Predictive Policing: „Trotz aller Verlockungen, die solche Vorhersage-Systeme bieten, sollte dem Einsatz ein öffentlicher Diskurs vorangehen, der sicherstellt, dass diese Verfahren nicht unter Ausschluss der Öffentlichkeit eingeführt werden, denn wenn die Büchse der Pandora einmal geöffnet ist …"

Was hat es auf sich mit den Nebenwirkungen? Und wer kontrolliert die Kontrollierenden? Der Steuerzahler hat einen Anspruch auf Transparenz. Die von Steuergeldern bezahlten staatlichen Stellen schweigen aber oder informieren nur selektiv.

Die Software-Entwickler betonen, dass keine personenbezogenen Daten verarbeitet werden. Stimmt das? Nein! Die Unterlagen, die Edward Snowdon der Welt präsentiert hat, beweisen den Missbrauch der digitalen Überwachung. Warum nicht auch bei einer Überwachungssoftware? Das Programm nutzt - wie eine vertrauenswürdige Quelle mir versichert hat - auch die Standorte von Mobilfunknutzern und die Daten von Social Media oder anderen Quellen, obwohl das verständlicherweise abgestritten wird. Dazu bedarf es nämlich einer richterlichen Genehmigung. Aber wie heißt es in prekären Situationen: Gefahr im Verzug.

Predictive Policing hat nichts mit dem berühmten Blick in die Glaskugel zu tun. Es ist knallharte Kriminologie und Statistik, die menschliches Verhalten analysiert. Auch Einbrecher sind Gewohnheitstiere. Es mag für uns erstaunlich klingen, aber Einbrecher kehren häufig innerhalb weniger Tage in ein Gebäude oder ein Quartier zurück. Fazit: Menschen hinterlassen immer ein musterhaftes Verhalten. Egal ob sie „normal" sind oder kriminell.

Liebe Leser, es liegt in den Händen der Anwender, dass die Prognose-Software nicht missbraucht wird oder die Daten in falsche Hände geraten oder womöglich falsch interpretiert werden. Ich möchte nicht, dass der Nachrichtendienst oder der Staatsschutz mich im Visier hat, weil ich als Autorin brisante Themen im Netz recherchiere und besagte Stellen womöglich falsche Schlüsse ziehen. Systeme kann man aber umprogrammieren. Sie können heute eigentlich alles „einbauen", nehmen Sie die NSA. Die sammelt alles. Was lässt der amerikanische Staat durchgehen und was nicht? Die Politik ist in der Verantwortung. Aus den USA hört man vom Einbezug von Social Media und anderen Datenquellen. „Man" experimentiert. Der Einsatz von Überwachung mittels Drohnen oder der Einsatz der Mindmachine bei den Gefangenen in Guantanamo ist bekannt.

In Deutschland wird der Staat die neue Software quasi durch die Hintertür einführen, ohne öffentliche Diskussion. Dadurch sind Unsicherheiten in der Bevölkerung vorprogrammiert.

Was heute als „anonym" gilt, kann morgen schon eine grobe Persönlichkeitsverletzung darstellen.

Deshalb ist Transparenz so wichtig. Im Zeitalter der NSA-Schnüffler und anderer umstrittener Methoden zur Massenüberwachung wecken neue Technologien Ängste. Durch eine aktive und offene Kommunikation können die verantwortlichen Stellen zur Beruhigung beitragen und Missverständnissen vorbeugen. Besonders wichtig ist es, die physische wie auch die digitale Identität zu schützen.

Nicht alle Probleme lassen sich am PC lösen. Menschen mit gesundem Menschenverstand sind der Technik noch immer in vielen Belangen überlegen. Insofern stimme ich Michael Craciun zu.

Und Denis Simonet hat einmal in einem Artikel erwähnt, dass er keine sterile Welt möchte, wo alle Menschen so handeln, dass sie nicht von einer Software erfasst werden. Wir brauchen keine einheitliche, sondern eine lebendige und freie Gesellschaft und sollten darauf achten, dieses Ziel nicht aus den Augen zu verlieren.

Dem kann ich mich nur anschließen.

Quellenverzeichnis:
http://www.watson.ch/!587217038

## Im Verlag CW Niemeyer bereits erschienen ...

Ein Mädchen, das Dinge sieht. Ein Mann, der kein Mensch ist. In einer kleinen Stadt am Fluss begegnen sich zwei Geheimnisse, die gegensätzlicher nicht sein könnten: Das eine handelt vom ewigen Leben, das andere vom endgültigen Tod.

„Man verschlingt nicht einfach irgendwen", erklärte er, „es ist leicht, jemanden zu töten, aber um satt zu werden, muss es der Richtige sein. Oder die Richtige."

Betti Anders. Wohin die Dinge gehen
480 Seiten. Paperback. ISBN 978-3-8271-9591-3
E-Book 978-3-8271-9666-8 (Pdf)
978-3-8271-9866-2 (Epub)